Le milliardaire démasqué

L'OBSESSION DU MILLIARDAIRE

Jason

J. S. SCOTT

Sommaire

Une nuit avec un milliardaire

LE MILLIARDAIRE DÉMASQUÉ

Prologue

J. S. SCOTT

Chapitre 1

Minuit, réveillon du Nouvel An, Amesport, État du Maine, 2014.

Hope Sinclair essaya vainement de détourner son regard de l'homme le plus séduisant qu'elle avait jamais vu. Elle le connaissait depuis son enfance, mais elle n'avait plus rien d'une enfant et, doux Jésus, lui non plus.

Bon sang. Il faut que j'arrête de le regarder. Encore une petite seconde et je regarde ailleurs. Je vais le faire. Je vais arrêter de le dévorer du regard.

Pourtant, ses yeux restaient rivés sur Jason Sutherland et elle semblait totalement incapable d'ôter son regard de l'homme le plus beau de la planète. Hope essaya de se faire discrète en prenant une gorgée de champagne, mais elle se doutait que le désir qui l'animait devait être visible de tous. Il lui suffisait de porter un vieux jean troué ainsi qu'un simple t-shirt pour être captivant. Alors aujourd'hui, vêtu d'un smoking à l'occasion d'une soirée de réveillon, il était tout simplement à couper le souffle. Ce n'était pas seulement son visage et son corps d'athlète qui attiraient le regard des femmes, mais absolument tous ses moindres faits et gestes. Cela concernait chacune de ses actions et chacun des mots qu'il prononçait avec une assurance toute masculine à laquelle aucune femme au monde ne pouvait résister. Alors qu'il conversait avec un autre homme, l'expression de son visage était celle d'un prédateur en phase d'observation. Il n'affichait pas le sourire doux et sincère dont elle le savait capable. De toute évidence, il ne connaissait pas cet homme ; il s'agissait probablement de quelqu'un venu lui demander quelque chose, comme le faisait la plupart des gens venant à sa rencontre.

Elle retint son souffle en le voyant hocher vivement la tête face à l'inconnu avant de se diriger vers son frère, Dante. En un clin d'œil, son visage se métamorphosa et il se transforma en l'homme charmant qu'il pouvait être. Il posa vigoureusement sa main dans le dos de Dante et offrit un sourire sincère à son frère. Ses yeux scintillaient tandis qu'il semblait plaisanter avec lui.

Les multiples facettes de Jason Sutherland.

Hope soupira et cessa enfin de regarder Jason. Elle se demandait bien qui connaissait réellement l'homme qui se cachait sous le milliardaire qu'il était. Elle n'avait pas souvent eu l'occasion de voir Jason au cours des dernières années, mais elle doutait qu'il ait beaucoup changé.

Hope adorait Jason. À l'âge de sept ans seulement, elle rêvait déjà de l'épouser, et elle devait bien avouer que ses sentiments pour lui n'avaient pas beaucoup changé au cours des dix-neuf dernières années – sauf peut-être son désir de se marier. Oh, et bien évidemment, l'attirance sexuelle qu'elle ressentait pour lui n'avait pas changé depuis qu'elle avait dix-huit ans. Aujourd'hui, âgée de vingt-six ans, elle le considérait toujours comme étant l'homme le plus beau et le plus séduisant qu'elle n'ait jamais vu.

Certes, Jason ne pouvait plus veiller sur elle comme avant. Il n'occupait plus le rôle du garçon qui empêchait les petits tyrans de se moquer d'elle à l'école parce que ses cheveux étaient trop roux, ses taches de rousseurs un peu trop visibles ou parce qu'elle était trop étrange pour s'intégrer parmi les enfants populaires de l'école. À cette époque, Jason avait déjà une aura charismatique à ses yeux : il était son super-héros, alors âgé de 12 ans, qui venait à son secours chaque fois qu'elle avait besoin de lui. Et l'une des choses qu'elle adorait le plus chez Jason ? Il n'avait *jamais* parlé aux frères aînés de Hope des expériences humiliantes qu'elle subissait. Cela ne faisait donc aucun doute, cet homme était capable de garder un secret. Même s'il était très proche des frères de Hope à l'époque, si elle lui demandait de ne rien dire, alors Jason ne divulguait rien à Grady, Dante, Jared ou Evan. S'il leur avait parlé de tout ce qui s'était passé à cette horrible école primaire, ses frères seraient intervenus et ils auraient fini par avoir des ennuis. Leur vie était déjà bien assez difficile avec un père violent et alcoolique. Durant toute son enfance, Hope avait toujours pris le plus grand soin de ne pas faire de vagues afin de préserver un bateau sur le point de couler. La vie chez les Sinclair était déjà bien assez misérable sans avoir besoin d'en rajouter.

Puis, lorsqu'elle eut douze ans, tout avait changé. Hope fut dévastée de voir Jason partir loin d'elle pour ses études. Mais comme n'importe quelle autre fille de douze ans, elle était finalement parvenue à oublier son idole, ne voyant alors Jason que lors de ses brefs retours à Boston. Pendant son adolescence, Jason n'était plus qu'un ami ou une connaissance qu'elle ne voyait qu'en de rares occasions. C'était du moins le cas jusqu'à ce qu'elle le revoie lors de la cérémonie de remise de diplômes à la fin de ses années lycée. Ce jour-là, sa façon de voir et de considérer son ami d'enfance changea complètement. Après ce jour, il cessa d'être un dieu vivant ou un simple copain à ses yeux. À l'âge de dix-huit ans, son admiration pour son héros se transforma en quelque chose de bien plus dangereux :

Le désir !

Mortifiée par la réaction de son propre corps chaque fois qu'elle voyait Jason, elle avait réussi à cacher son attirance pour lui pendant des années. Ce n'était pas si difficile. Elle ne le voyait que rarement et évitait généralement de se rendre à tout événement où elle était susceptible de le croiser. Cela ne fonctionnait pas toujours, et elle ne pouvait parfois pas faire autrement que de le voir, mais la présence de son petit ami mettait un frein à ses pensées charnelles à propos de Jason.

Jason résidait à New York, et bien qu'elle voyageait souvent, New York ne faisait pas partie de ses destinations. New York était très loin de son chez elle, dans le Colorado. Sa carrière l'amenait souvent à se retrouver au milieu de nulle part, des lieux où elle ne risquait certainement pas de croiser Jason.

Hope fut extirpée de ses pensées lorsque le volume sonore ambiant de la soirée augmenta subitement.

Cinq !

Quatre !

Trois !

Deux !

Un !

L'horloge sonna minuit et la grande salle explosa de joie.

Bonne année !

Hope sourit et porta son verre de champagne à ses lèvres avant de prendre la gorgée la plus longue et la plus lente de sa vie. Grady, son frère, embrassa passionnément sa fiancée, Emily.

Je suis heureuse d'être venue. Ça fait du bien de voir Grady si heureux.

Bien que propriétaire d'une vaste résidence secondaire ici même, Hope avait hésité à venir à Amesport pour la soirée de fiançailles de Grady et pour le réveillon du Nouvel An. Hope était très occupée à cette période de l'année et il avait suffi que Grady prononce le prénom de Jason pour la paralyser. Néanmoins, elle voulait voir ses frères. Grady était le premier d'entre eux à tomber amoureux et à se fiancer. Hope était donc heureuse d'avoir pris le temps de venir à Amesport. Ses frères avaient davantage d'importance que l'émoi ressenti face à Jason. D'autant plus qu'elle et Jason s'entendaient bien. À vrai dire, ils étaient aujourd'hui pratiquement des étrangers l'un pour l'autre.

Lors des moments importants comme celui-ci, la fratrie des Sinclair trouvait toujours le temps de se réunir, qu'importe leur emploi du temps. Hope avait besoin d'être avec eux. La vie qu'elle menait et la distance qui les séparait lui donnaient le sentiment d'être séparée de ses frères. Ainsi, le simple fait de pouvoir assister au bonheur de Grady valait bien la gêne ressentie en présence de Jason.

La fiancée de Grady était adorable, mais Hope ne pouvait s'empêcher de rougir d'embarras en pensant au grabuge qu'elle avait causé dans leur couple. Son Frère Jared était un véritable coureur de jupons qui envoyait régulièrement des femmes dans la direction de Grady sans même lui demander son avis. À plusieurs reprises déjà, Hope avait sauvé Grady en appelant chez lui pour se faire passer pour son épouse, faisant ainsi fuir toutes les femmes dont il ne voulait pas. Malheureusement, le jour où Emily a décroché le téléphone, Hope a joué ce même rôle en pensant à tort que, une fois de plus, Jared était derrière tout cela. Mais cette fois, Grady voulait d'Emily. *Oups !* Et bien qu'Emily lui ai pardonné, Hope était toujours aussi mortifiée.

Un par un, ses frères l'embrassèrent sur la joue et la serrèrent vigoureusement dans leurs bras. Même si leur attitude de frères aînés autoritaires la rendait folle, elle aimait Evan, Grady, Dante et Jared avec toutes les fibres de son être. Si seulement ils pouvaient cesser de lui casser les pieds. En plus d'être la plus jeune, Hope était la seule femme de la famille Sinclair. Ses frères passaient leur temps à critiquer son ex-compagnon, James, qui n'avait pas d'emploi. Pour eux, si un homme n'est pas ambitieux, riche et travailleur ardent, alors il n'est pas digne d'elle.

S'ils savaient tout ce que je fais, ils oublieraient vite James. Ils ne se contenteraient pas de me sermonner.

Elle était peinée de ne pouvoir parler plus en détail de sa vie à ses frères aînés. Ce manque de partage avait fini par creuser un fossé entre eux. Hope le déplorait. Elle mourrait d'envie de véritablement les inclure dans sa vie. Mais si elle leur disait tout, le prix à payer serait alors bien trop élevé.

Face à la solitude de son existence, Hope poussa un soupir et prit une grande gorgée de son champagne. Sa vie était aujourd'hui bien différente de ce qu'elle avait imaginé après avoir enfin quitté la maison qui était pour elle comme une prison.

Si j'avais su, j'aurais agi différemment.

Désormais, Hope n'était plus prisonnière de sa mère, mais plutôt de sa propre supercherie.

Tous ceux qui l'entouraient nageaient actuellement dans le bonheur, prêt à en découdre avec l'année qui venait de débuter. Hope avait beau afficher un sourire jovial, elle ne s'était jamais sentie aussi seule.

— Dieu merci, Hope est enfin débarrassée du moins que rien qui lui servait de petit ami, dit Dante en haussant la voix pour se faire entendre au milieu des fêtards.

Jason Sutherland releva brusquement la tête, les yeux écarquillés.
— Hope s'est séparée de son petit ami ?

— Oui, juste avant son départ du Colorado, répondit Dante avec un hochement de tête. Quel enfoiré. Quel genre de mec rompt avec une femme au beau milieu des fêtes de fin d'année ?

— Il l'a larguée ? demanda Jason en serrant les poings.

— Elle ne nous a pas donné les détails, répondit Dante avec un haussement d'épaules. Je pense qu'elle n'a pas trop envie d'en parler. Je suis juste content qu'il ne fasse enfin plus partie de sa vie.

L'attention de Dante fut soudainement accaparée par ses frères. Jason en profita pour leur tourner le dos. Son regard se posa sur Hope qui était seule près du bar, en train de siroter une coupe de champagne.

Dieu qu'elle est belle.

Son cœur battait avec vigueur et irrégularité, ce qui n'avait rien d'inhabituel lorsqu'il voyait Hope. Il en était ainsi depuis leurs années lycée, lorsqu'il l'avait vue à la cérémonie de remise des diplômes.

J'aurais dû m'emparer d'elle à cette époque.

Depuis ce jour, chaque fois qu'il croisait son chemin lors d'événements comme celui-ci, c'était pour lui une véritable torture. Jason cessa de la regarder afin de ne pas être tenté d'aller la voir, de lui ôter ses vêtements et de la prendre ici et maintenant.

Hope Sinclair était son obsession secrète. Habituellement prudent, réfléchi et rationnel, Jason pouvait devenir fou, possessif et compulsif face à cette femme. Elle ne cherchait pourtant pas à se montrer provocante. En réalité, Hope n'avait besoin de rien faire. Aux yeux de Jason, le simple fait qu'elle existe constituait une provocation.

Et pour la première fois depuis leurs retrouvailles au lycée, voilà qu'elle était célibataire.

Bon sang. Cela la rendait totalement irrésistible.

En portant à nouveau son regard dans sa direction, le cœur de Jason palpita. Hope était souriante, mais elle semblait pourtant terriblement seule, tout comme lui. Il se demanda si Hope se sentait aussi seule, agitée et nerveuse que lui en ce moment même.

Jason la dévora du regard. Il observa d'abord ses cheveux châtains relevés, puis son corps aux formes généreuses, et enfin ses talons aiguilles. Il ne put s'empêcher d'imaginer ces mêmes talons enfoncés dans la chair de ses fesses tandis que Hope gémissait son nom, les jambes enroulées autour de sa taille.

Bon sang ! Je ne peux pas continuer à m'infliger cela.

Son érection poussait vigoureusement et impatiemment contre la fermeture éclair de son pantalon de smoking. Fort heureusement, sa veste était suffisamment longue pour dissimuler l'obsession sexuelle qu'il avait pour une femme, qui devrait pourtant être taboue.

C'est la petite sœur de Grady.

Ayant grandi près d'eux dans un quartier huppé de Boston, Jason avait toujours été ami avec les Sinclair. Grady et Dante étaient de très bons amis à lui, mais cela ne l'empêchait pas de rêver de leur sœur. Jusqu'à présent, le plus grand obstacle était son petit ami. Jason n'était pas du genre à partager. Jamais il n'aurait toléré l'existence d'un autre homme dans la vie de Hope s'il était parvenu à la séduire. En outre, il connaissait suffisamment Hope pour savoir qu'elle ne serait jamais infidèle. Ainsi, chaque fois qu'ils se voyaient, Jason souffrait en silence et essayait tant bien que mal de maîtriser le désir qu'il éprouvait pour elle.

Elle est célibataire. Plus de petit ami.

Jason sentit pratiquement son désir sexuel se libérer de ses liens. Son corps bouillonnait d'impatience. Il mourrait d'envie de la prendre sauvagement, comme un homme des cavernes. Il plissa les yeux en la regardant attentivement. Il était grand temps pour lui d'agir.

Elle est à moi.

Déterminé, Jason posa vigoureusement son verre sur la table avant de se diriger vers Hope, résolu à s'emparer d'elle avant de perdre complètement la raison.

— Bonne année, Hope, retentit une voix veloutée de baryton, si près qu'elle en réalité qu'elle sentit son souffle chaud contre sa tempe.

Son corps frémit incontrôlablement, puis elle sentit deux mains puissantes se poser sur ses épaules pour la faire pivoter sur elle-même.

Oui, elle avait passé la soirée à observer Jason, son regard rivé sur son grand corps musclé, impeccablement vêtu d'un smoking noir qu'il portait avec autant d'aisance et de désinvolture qu'un simple jean. Cette proximité soudaine était déconcertante. Jason Sutherland était manifestement bien dans sa peau, qu'importe les vêtements qu'il portait. Il en fut toujours ainsi et c'est précisément ce qui attirait Hope. Toutefois, entre la proximité physique et le fait qu'elle ait largement passé l'âge d'idolâtrer son héros, Hope était actuellement plutôt nerveuse.

L'empathie dont Jason faisait toujours preuve ainsi que ses yeux bleu azur donnaient l'impression qu'il pouvait lire dans son âme, ce qui la mettait particulièrement mal à l'aise.

— Bonne année, Jason, murmura-t-elle en lui souriant poliment. *Dieu qu'il sent bon.*

Le simple fait d'inhaler son parfum musqué et boisé, chargé de phéromones mâles, inonda sa culotte. À vrai dire, cette délicieuse odeur suffirait à enivrer n'importe quelle femme. Hope dut lutter pour ne pas fermer les yeux et se noyer dans son parfum ainsi que dans sa voix masculine et séduisante.

Elle était captivée par ses yeux bleus clairs dont la couleur lui faisait penser au ciel par un beau jour d'été. Malgré son mètre soixante-cinq et ses sept centimètres de talons, Hope était totalement dominée par la taille de Jason. Instinctivement, elle fit un pas en arrière. Les mains de Jason quittèrent alors ses épaules.

La déception traversa très brièvement son visage avant d'être remplacée par un sourire malicieux, un sourire qui fit pratiquement fondre la culotte qu'elle portait.

— Je veux mon baiser du Nouvel An, dit-il d'une voix nonchalante, alors que ses yeux semblaient bouillonner.

Non. C'est hors de question, mon grand. Si je m'approche à nouveau de toi, je vais me noyer dans ton odeur et me perdre dans tes beaux yeux.

Hope savait que la façade qu'elle avait soigneusement construite au fil des ans s'effondrerait si elle le laissait s'approcher. Néanmoins, elle ne pouvait pas lui infliger un refus catégorique. Elle n'avait aucune raison de ne pas l'embrasser. Après tout, Jason était un ami d'enfance ainsi qu'un ami de sa famille. Ainsi, elle s'approcha prudemment de lui et lui offrit sa joue.

Jason fit un pas supplémentaire vers elle, lui prit son verre de champagne des mains et le posa sur une table située à côté d'eux.

— Ce n'est pas vraiment ce que j'avais en tête, ma belle, dit-il avant de la prendre par la main pour la guider en direction d'un balcon.

Perplexe, Hope se retrouva à l'extérieur tandis que Jason refermait la porte du balcon derrière eux. Ils étaient seuls sur la terrasse. Et il faisait sacrément froid ! Hope était vêtue d'une robe de cocktail noire à manches longues plutôt discrète, mais l'ourlet flirtait avec ses genoux et l'air glacial enveloppait ses jambes. Frissonnante, elle se frotta les bras pour se réchauffer.

— Qu'est-ce que tu fais ? Est-ce que tu es fou ? Il fait horriblement froid dehors, dit Hope en claquant des dents tant elle avait froid.

Sans attendre, Jason ôta sa veste de smoking pour l'enrouler autour d'elle.

— J'avais besoin d'intimité, et je serai ravi de te réchauffer, répondit-il d'une voix rauque et mystérieusement insistante.

Hope se sentit immédiatement mieux dans la veste qui renfermait encore la chaleur de son corps.

Bon sang, la veste sent comme lui.

— Pourquoi avons-nous besoin d'être ici ? demanda-t-elle avec étonnement. Tu aurais simplement pu...

Jason l'interrompit subitement en saisissant les revers de la veste qui enveloppait Hope pour l'attirer contre sa silhouette chaude et athlétique. Il en profita ensuite pour mettre un frein aux objections éventuelles qu'elle était sur le point d'exprimer en couvrant sa bouche avec la sienne. Une explosion chimique saisit les sens de Hope en sentant les lèvres de Jason contre les siennes ainsi que ses mains se déployer dans sa chevelure. Surprise, elle ne put s'empêcher d'haleter, offrant ainsi à Jason l'occasion rêvée d'approfondir son baiser et de lui couper le souffle. Hope fut alors trahie par son propre corps dont la réaction fut instantanée : elle passa ses bras à son cou et s'abandonna à son baiser. Jason commandait et elle s'exécutait, le laissant assaillir et explorer chacun de ses sens.

Ce qui était en train de se produire correspondait précisément à ce dont elle rêvait depuis le lycée. Jason n'avait jamais rien tenté avec elle et l'avait toujours traitée comme une simple amie. Mais pendant tout ce temps, Hope voulait *ceci*. Ne sachant trop si Jason ressentait la même attirance sexuelle pour elle, Hope avait jusqu'à présent pris soin d'éviter tout contact ou conversation intimes avec lui. Elle savait désormais que cette attirance était réciproque. En réalité, Hope pouvait sentir une preuve dure et ferme de cette attirance contre son bas-ventre. À cet instant précis, elle ne savait pas trop si elle voulait sauter de joie ou s'enfuir. Les sensations que ce baiser charnel lui procurait étaient inédites pour elle. Ces sensations étaient aussi excitantes qu'effrayantes.

En fin de compte, le corps de Hope prit la décision sans son aide. Ses hormones féminines l'acclamèrent lorsqu'elle glissa enfin ses doigts dans ses cheveux. Elle en profita pour appuyer sa bouche plus fort contre la sienne.

Plus près. J'ai besoin d'être plus près de lui. J'en ai besoin. J'ai besoin de lui.

Hope laissa sa langue virevolter avec celle de Jason, elle s'abandonna totalement à l'instant présent. Jason constituait pour elle un fantasme tabou qui devenait réalité. Ainsi, Hope se laissa aller à la passion de ce contact physique intense. Jason était parvenu à éveiller le corps endormi de Hope, et ce, avec beaucoup plus d'intensité qu'elle n'en avait jamais fait l'expérience. Elle se sentait délicieusement accablée par sa masculinité. La chaleur incendiaire qui régnait entre eux la consumait complètement.

Enfin, il ôta sa bouche de la sienne. Tous deux étaient désormais à bout de souffle.

— Voilà pourquoi j'avais besoin d'intimité, dit-il avec avidité tandis que son visage était enfoui dans la chevelure de Hope.

Dans ses bras, elle ne put s'empêcher de frémir en sentant la chaleur de son souffle contre la peau de son cou.

— Je n'en pouvais plus de t'observer passivement depuis l'autre côté de la salle.

Revenant peu à peu à la réalité, Hope essaya de se défaire de son étreinte.

— Jason, je...

— Non, grogna-t-il en resserrant ses bras autour d'elle. Vas-tu me dire que tu n'avais pas envie de cela et bien plus encore ?

Non, Hope ne pouvait pas lui dire cela. Ce serait un mensonge. Le mensonge avait suffisamment pollué sa vie. Elle ne s'attendait pas à ce que son corps réagisse de façon si explosive face à Jason.

— J'en avais envie. Si ce n'était pas le cas, je ne me serais pas gênée pour te donner un grand coup de genou dans les parties intimes.

Et Dieu sait que j'en ai envie. Mais je ne peux pas. Je ne peux pas faire ça.

Hope ne pourrait jamais complètement s'abandonner au désir physique qu'elle ressentait, et avec Jason, elle savait instinctivement que ce serait probablement tout ou rien. Il ne faisait jamais les choses à moitié et elle se doutait bien qu'il voudrait absolument tout d'elle.

Un petit ricanement rauque et masculin vibra contre son oreille.

— Je suis heureux de constater que tu n'as pas beaucoup changé, dit-il d'un ton amusé.

Oh que si. Tu serais surpris de voir combien j'ai changé.

— Tu ne me connais plus vraiment, dit-elle en se dégageant lentement de lui afin de mettre un terme à la sensation incroyable de son corps contre le sien.

Jason la saisit alors par les épaules et l'enveloppa plus fermement encore dans sa veste de smoking

— Peut-être que non, concéda-t-il. Mais je veux rattraper le temps perdu. Je veux passer du temps avec toi. Reste avec moi ce soir, Hope. Partons à l'aventure ensemble comme nous le faisions quand nous étions gamins.

Cette dernière phrase la toucha comme un coup de foudre en plein cœur. Ses petites aventures avec Jason furent les meilleurs moments de son enfance. Certes, la plupart de leurs prétendues aventures se terminaient dans le magasin de sucreries du coin pour satisfaire l'addiction de Jason au chocolat, ou bien chez le marchand de glaces lorsque Hope le suppliait de l'y emmener, mais Jason avait un don pour transformer ces simples escapades gourmandes en de véritables excursions. Avec le recul, Hope réalisait qu'il s'était montré sacrément patient d'avoir joué le rôle du capitaine de marine ou celui de l'explorateur alors qu'il était déjà au lycée, et cela rien que pour la divertir.

— Je n'ai plus dix ans, bougonna-t-elle.

— Crois-moi, j'en suis bien conscient, répondit Jason d'un ton sombre et énigmatique.

Hope posa ses mains sur ses biceps développés, puis elle leva les yeux vers lui pour examiner son visage. Dans la pénombre, elle ne distingua que le soupçon de désir qui animait encore son regard.

— Pourquoi ? Toutes les femmes que tu croises sont à tes pieds. Pourquoi moi ? Pourquoi maintenant ? Si tu cherches juste à t'amuser, il te suffit de retourner à l'intérieur et de jeter ton dévolu sur la femme de ton choix.

Jason Sutherland était un riche investisseur, milliardaire à vrai dire, et à l'âge de 31 ans, il était l'un des célibataires les plus populaires au monde. Bien que Hope soit une amie proche de sa famille, pourquoi diable son choix se porterait-il sur elle ? Hope avait beau posséder une maison ici même à Amesport, dans le Maine, elle ne vivait pas ici. Quant à Jason, il était arrivé en avion pour assister aux fiançailles de Grady et pour être présent au réveillon du Nouvel An. Ainsi, leurs chemins se sépareraient inévitablement au petit matin. Peut-être était-il simplement guidé par l'ennui. Si Jason ne cherchait qu'une aventure d'un soir, il avait l'embarras du choix ici même. Hope n'était pas en mesure de lui donner ce qu'il voulait, et elle en voulait plus qu'elle ne pouvait en accepter. Jason avait sur elle l'effet d'une drogue dure. Une drogue qu'elle se savait incapable d'absorber.

Jason haussa les épaules.

— J'ai déjà choisi la plus belle femme de la soirée. Et je ne cherche pas seulement à m'amuser. Ce soir, j'ai tout simplement pas envie de faire semblant, Hope.

Sa voix teintée d'une profonde solitude la prit aux tripes. Hope n'avait aucunement l'intention de prétendre ne pas avoir compris ce qu'il voulait dire par là. Elle avait très bien compris. Jason avait beau être constamment entouré de gens, il avait beau évoluer dans un cercle social très riche, Hope savait par expérience qu'il était en réalité très difficile de connaître les véritables motivations de ceux qui se prétendent être vos amis. Le monde dans lequel ils avaient grandi était superficiel. Voilà pourquoi elle évitait les médias et préférait vivre en dehors de cette sphère. Toutefois, Jason n'avait pas le choix. Il était encore trop jeune pour prendre sa retraite. Et ce mode de vie faisait partie de sa personnalité. Jason avait toujours été un homme ambitieux.

Hope posa délicatement sa main sur son visage et caressa sa mâchoire aux lignes masculines. Elle se délecta de la sensation que lui procurait sa barbe de trois jours sous ses doigts.

— Tu as bien plus à offrir que ta fortune, lui dit-elle avec sincérité. Sous ses airs froidement professionnels, Jason avait un grand cœur. Celui d'un homme qui avait tout fait pour lui remonter le moral lorsqu'elle était victime de harcèlement à l'école. Allant même jusqu'à se ridiculiser alors qu'il était censé être le garçon populaire du lycée. Et ce cœur n'avait jamais cessé de battre dans la poitrine de cet homme. Jason avait simplement appris à dissimuler sa gentillesse pour favoriser l'instinct de survie indispensable aux affaires, tout comme ses frères étaient parvenus à le faire.

— Et qu'ai-je d'autre à offrir ? demanda-t-il d'un ton bourru.

Jason enroula un de ses bras puissants autour de sa taille tandis que, de sa main libre, il glissait délicatement son index sur les contours de ses lèvres.

Qu'as-tu d'autre à offrir que la bonté et la beauté d'un Dieu vivant ? Qu'as-tu d'autre à offrir qu'un corps si sexy que n'importe quelle femme au monde en perdrait sa culotte ? Oh, et ai-je oublié de préciser que tu étais tout aussi intelligent que séduisant ?

À vrai dire, il n'était pas seulement séduisant, il était le fantasme inavoué de toute femme normalement constituée. Hope ne l'avait encore jamais vu nu, mais elle se doutait bien que son corps devait être à couper le souffle. Il n'était pas difficile de deviner sa musculature, même lorsqu'il était entièrement habillé. De surcroît, ses épaules larges ainsi que son mètre quatre-vingt-quinze le faisaient paraître redoutablement dangereux. Ses cheveux dorés arboraient plusieurs nuances de blond et ceux-ci étaient coiffés dans un style ébouriffé particulièrement sexy. C'était en réalité incroyable qu'il puisse rendre ce style si sexy, sophistiqué et compatible avec un smoking. . .

— Tu as un grand cœur, Jason, répondit-elle finalement, distraite par la sensualité de son doigt sur ses lèvres ainsi que par le désir dans son regard.

Par précaution, elle préféra ne pas parler de son physique renversant.

Jason renversa sa tête en arrière et éclata de rire.

— Quoi ? Je suis sincère, ajouta Hope avec fermeté et agacement.

Jason cessa lentement de rire et lui offrit un sourire malicieux.

— Je suis un sale enfoiré, Hope.

Elle ne pouvait pas lui donner totalement tort. Il fallait obligatoirement être un peu impitoyable pour devenir aussi riche que Jason.

— Juste sur les bords, songea-t-elle doucement.

Les mains de Hope glissèrent de son visage pour tomber sur ses épaules.

Quant à Jason, il jouait avec une mèche de ses cheveux entre ses doigts, l'air pensif.

— Crois-moi, je suis un enfoiré, et pas seulement sur les bords, répondit-il dans un soupir tout masculin.

— Ma chère Hope, sauveuse de toutes les créatures dans le besoin, veux-tu essayer de me rééduquer ? demanda-t-il avec mélancolie.

Jason n'avait pas besoin de changer. Il avait simplement besoin de quelqu'un qui puisse le comprendre. Hope grimaça face à ce qu'il venait de dire, mais il est vrai qu'elle ne pouvait s'empêcher de venir en aide aux hommes ou aux animaux qui pourraient avoir besoin d'elle. En réalité, ce trait de personnalité lui rongeait l'âme en raison de ce qu'elle avait décidé de faire de sa vie.

— J'ai toujours Daisy, avoua-t-elle.

Lorsqu'elle avait obtenu son diplôme en fin de lycée, Jason lui avait apporté un chaton tout blanc avec quelques taches marron. Daisy était alors émaciée et affamée, abandonnée sur le bord d'une route. Hope avait pris soin d'elle, puis elle l'avait adoptée. Ce fut un véritable coup de foudre entre elle et son fidèle compagnon.

— Je croyais que tu voulais la soigner et lui trouver un foyer d'adoption, dit Jason.

— Je n'ai pas réussi à lui trouver un foyer, répondit-elle.

En réalité, Hope n'avait même pas essayé de faire adopter ce chaton. Il ne lui avait fallu que cinq minutes pour tomber folle amoureuse de cet adorable bébé félin.

— Elle est sourde. Personne ne voulait d'elle, ajouta-t-elle défensivement face au scepticisme de Jason.

Daisy n'entendait rien, mais cela n'empêchait pas ce joli chat aux yeux bleu d'être heureux. Le chaton était probablement sourd de naissance et cela n'affectait absolument pas son comportement. Cependant, Hope ne pouvait pas la laisser sortir de la maison. Le fait que Daisy ne puisse pas entendre un danger imminent constituait un risque trop important, mais sa vie d'intérieur ne semblait pas la déranger.

— Je suis désolé, dit Jason avec remords. Je n'avais pas l'intention de te fourguer un chat sourd.

— Ne sois pas désolé, l'interrompit-elle vivement. Je l'adore. Elle me tient compagnie, dit-elle.

Avec son emploi du temps et ses voyages fréquents, ce n'était pas facile pour Hope d'avoir un animal de compagnie, mais avec l'aide de son voisin qui veillait sur Daisy en son absence, cela fonctionnait plutôt bien.

— Daisy est-elle de meilleure compagnie que ton ex ? demanda Jason avec un air renfrogné.

— Sans l'ombre d'un doute, répondit-elle sans hésitation.

Jason glissa sensuellement son index le long de sa joue, ce qui la fit frémir.

— Tu as froid, remarqua-t-il avant de prendre sa main glacée dans la sienne pour la conduire à l'intérieur.

— Partons d'ici. Viens avec moi, dit-il de manière persuasive une fois devant la porte.

Viens avec moi.

Je n'ai pas envie de faire semblant ce soir.

Hope leva les yeux vers Jason et fouilla son regard. Il semblait sûr de lui, mais elle ne pouvait ignorer son insistance.

Je ne peux pas. Non, non, non. Pas avec Jason. Je ne peux pas me laisser charmer par son regard sensiblement implorant.

En fin de compte, c'est son propre cœur qui décida de la trahir.

— D'accord. Je te retrouve dehors. Mais je te préviens, je ne coucherai pas avec toi. Alors si tu cherches juste à t'envoyer en l'air, ne perds pas ton temps, dit-elle.

Jason semblait préoccupé et Hope voulait savoir ce qu'il avait à l'esprit. Mais surtout, elle avait envie de passer du temps avec lui. Leurs chemins se sépareraient dès le lendemain et ils ne se reverraient probablement pas de sitôt. Ainsi, bien que le fait de se retrouver seule avec lui était un peu dangereux, cela constituait aussi une tentation à laquelle elle ne pouvait résister. Au-delà du désir que Hope ressentait pour lui, Jason lui manquait terriblement.

Je n'ai que cette soirée avec lui.

— Ce n'est pas *tout* ce que je veux, répondit-il de façon menaçante tout en lui ouvrant la porte.

Un frisson d'appréhension parcourut sa colonne vertébrale lorsqu'elle entendit le timbre profond de sa voix, mise face au fait qu'il ne nia pas vouloir coucher avec elle.

— Alors tu n'essaieras pas de me séduire ? demanda-t-elle tout en lui rendant sa veste de smoking.

— Je ne pourrais probablement pas m'en empêcher, mais il te suffira de m'envoyer paître, répondit-il gravement.

C'est précisément ce qui me fait peur. Je me sens bien incapable de t'envoyer paître.

Hope se redressa fièrement et lui lança un regard désapprobateur.

— Je n'aurai aucune difficulté à t'envoyer paître, mentit-elle en longeant les murs afin d'éviter la foule présente ce soir de réveillon.

— Hope ? fit Jason en la prenant délicatement par le bras.

— Oui ?

— Ça ne changera rien à la qualité de notre soirée, même si tu déclines mes avances. Je veux juste passer du temps avec toi, dit-il avec une intense sincérité.

Zut. Zut. Zut. Je suis fichue.

Ces quelques mots suffirent à sceller son destin. Ce qu'il venait de dire avait fait tomber ses défenses sans la moindre difficulté. Hope était très touchée de constater que Jason voulait lui aussi passer du temps en sa compagnie. Elle pouvait sentir la solitude dont il souffrait et voulait l'apaiser un peu en lui disant vouloir passer du temps avec lui.

Sans rien ajouter de plus, Hope alla dire au revoir à ses quatre frères ainsi qu'à Emily, puis elle récupéra sa veste avant de quitter la salle où se tenait la fête.

À l'extérieur, Jason l'attendait déjà. Il lui tendit sa main, Hope lui donna la sienne et, en sentant la décharge électrique entre eux, elle espéra ne pas regretter cette soirée.

Je ne vais jamais me remettre de cette soirée.

Jason Sutherland dû réprimer un grognement lorsque Hope, assise devant la cheminée de sa maison, poussa un gémissement en prenant sa première bouchée du s'more qu'il avait préparée pour elle. Il la regarda manger le petit sandwich sucré, confectionné à base de biscuit, de chocolat fondu et de guimauve : les yeux fermés, Hope se lécha les lèvres pour ne pas perdre une miette de la gourmandise. Jamais le chocolat ne lui avait paru si érotique.

Et merde. J'ai envie d'elle.

L'instinct possessif de Jason le prit aux tripes. Il parvenait à peine à contenir l'envie dévorante de s'approcher d'elle et de lécher lui-même ces délicieuses lèvres. Et il ne s'arrêterait certainement pas après la disparition du chocolat et de la guimauve.

Je n'aurais jamais dû venir dans le Maine ce soir. Je savais bien qu'elle serait là.

En effet, il savait très bien qu'elle serait présente à cette soirée. Et s'il devait être parfaitement honnête, la présence de Hope était ce qui l'avait motivé à se déplacer. Bien sûr, il voulait également voir les frères Sinclair, en particulier Grady afin de rencontrer la femme qui avait capturé le cœur de son ami solitaire. Jason se mentirait à lui-même s'il n'admettait pas que la présence de Hope à cette soirée constituait aussi bien une dissuasion qu'une tentation. Et c'est bien la tentation de la revoir qui l'avait emporté contre tout le reste.

Jason avait pourtant essayé d'ignorer le désir accablant qui l'avait frappé en voyant Hope pour la première fois. Elle était alors une jeune fille âgée de dix-huit ans. *Doux Jésus.* Il avait beau n'avoir que vingt-trois ans à l'époque, Jason s'était tout de même senti terriblement coupable. Hope était la petite sœur de Grady, et Jason était ami avec tout le clan Sinclair. Lorsqu'elle était jeune, Hope était une jeune fille triste et timide, une petite rousse adorable avec un grand cœur à qui Jason voulait toujours essayer de donner le sourire. Il l'adorait comme la sœur qu'il n'avait jamais eue et il la protégeait comme n'importe quel grand frère l'aurait fait. Malgré cela, tout a changé lorsqu'il s'est rendu à sa cérémonie de remise de diplômes. Ce jour-là, le simple fait de la voir avait bouleversé la relation qu'ils avaient jusqu'alors. Aujourd'hui, huit ans plus tard, Hope était pour lui une véritable obsession. Malheureusement, son sexe ne semblait pas avoir oublié Hope non plus. Il n'avait pas ressenti ce genre de désir charnel dévorant depuis cette cérémonie de remise de diplômes. Ce soir, sa verge s'était mise au garde à vous immédiatement après l'avoir repérée dans la salle.

Au fil des ans, il s'était contenté de souffrir en silence chaque fois que Grady lui disait que Hope fréquentait un homme. Il était rongé par la jalousie à l'idée qu'un autre homme puisse la toucher. Mais il faisait taire ce sentiment en se noyant dans son travail et en couchant avec d'autres femmes, le tout avec l'espoir qu'il finirait un jour par ne plus être terrifié à l'idée que Hope finisse avec un autre homme pour de bon.

Mais il n'en était rien. Ce qu'il ressentait pour elle n'avait cessé de croître.

Et il était désormais en enfer.

Si ce qu'il ressentait concernait n'importe quelle autre femme que Hope, alors il y a longtemps qu'il l'aurait séduite et qu'il l'aurait mise dans son lit. Mais il connaissait Hope depuis toujours. Jason était donc complètement et irrévocablement foutu. Non seulement il avait terriblement envie d'elle physiquement, mais il était aussi et surtout sensiblement amoureux d'elle. Hope était l'une des femmes les plus douces qu'il ait jamais connues. Elle était sincère et authentique.

Elle aussi a envie de moi.

Jason voyait bien qu'elle n'était pas indifférente face à lui, ce qui le rendait encore plus fou. L'alchimie sexuelle qui régnait entre eux l'implorait de la toucher.

— Merci de m'avoir emmenée au feu d'artifice, dit-elle, interrompant ainsi les pensées érotiques de Jason.

Après avoir quitté la fête de Grady, ils étaient allés à la plage pour assister au feu d'artifice depuis la voiture louée par Jason. Comme deux adolescents, ils se tinrent la main. Jason ne semblait plus vouloir la lâcher maintenant qu'elle était là. Il passa alors davantage de temps à contempler Hope qu'à regarder le ciel s'illuminer de couleurs. Son visage était si expressif qu'il ne put s'en empêcher.

— Je suis content que ça t'ait plu, répondit-il finalement d'une voix rauque.

— Et toi, ça ne t'a pas plu ? demanda-t-elle avec curiosité.

Elle avala alors le reste de son s'more, puis elle se lécha les doigts. — Tu ne veux pas t'en faire un ? C'était délicieux.

Oh mon Dieu ! Non. Ne te lèche pas les doigts. Essaie-t-elle de me tuer ?

En voyant cette langue rose caresser ses doigts, Jason ne put s'empêcher de souhaiter qu'elle fasse cela sur son corps, de préférence quelque part entre ses jambes.

Jason mobilisa toutes ses forces afin de faire taire son esprit libidineux. Il ne voulait pas gâcher une soirée qui se déroulait merveilleusement bien. Ce qu'il lui avait dit plus tôt était vrai. Avec Hope, il pouvait être lui-même. Après le feu d'artifice, ils s'étaient rendu à la maison de Hope située sur la péninsule d'Amesport, mais pas avant un bref arrêt dans une épicerie de nuit afin d'acheter le nécessaire pour préparer les s'mores. Tous deux avaient quitté leur tenue de soirée afin d'enfiler un jean et un sweat-shirt, puis ils avaient pris place devant la cheminée.

— Si, répondit-il. Mais je suis trop occupé à te regarder. En tous cas, j'ai bien l'impression que tu as apprécié ce s'more, remarqua-t-il.

De son côté, Jason avait apprécié le spectacle, mais il était désormais gêné par une énorme érection.

— Oui, acquiesça-t-elle avec un hochement de tête. Je ne m'autorise pas très souvent à manger du chocolat.

— Pourquoi ? demanda-t-il tout en positionnant un morceau de guimauve au-dessus du feu à l'extrémité d'une pique.

Jason ne pourrait pas survivre un seul jour sans chocolat. Il avait presque autant besoin de chocolat que de sexe. Cela dit, il pourrait bien volontiers se passer de chocolat s'il pouvait coucher avec Hope.

Hope roula des yeux.

— Je ne suis pas tout à fait mince, Jason, répondit-elle.

Les yeux de Jason examinèrent alors son corps avec avidité. Elle semblait en très bonne forme physique, mais de toute évidence, rien ne pourrait réduire les délicieuses courbes de ses hanches et de ses fesses. *Dieu merci !* Les mensurations de mannequin excessivement mince n'attiraient vraiment pas Jason. Il était heureux que Hope n'ait jamais cherché à perdre ses hanches et ses fesses, sans parler de sa poitrine généreuse. Elle était absolument...parfaite.

— Je te trouve très bien comme ça, répondit-il avec désir.

Ses formes étaient aux bons endroits et son corps semblait avoir été fait pour s'accommoder au sien.

— Tu es magnifique.

Hope lui lança un regard surpris, et l'espace d'un bref instant, Jason se perdit dans la douceur de ses yeux vert émeraude. Ses cheveux d'un roux incendiaire encadraient son beau visage. Jason se demanda alors à quoi elle pourrait bien ressembler lorsqu'il la ferait jouir.

— Tu es en feu, s'exclama Hope d'un ton mi-amusé, mi-alarmé.

Il fallut un instant à Jason pour comprendre qu'elle parlait de sa guimauve. Il la sortit alors vivement des flammes et souffla sur la boule de feu pour l'éteindre.

— Je l'aime un peu cramée, mentit-il en écrasant la guimauve noircie entre le chocolat et le biscuit.

La présence de chocolat fondu valait bien la peine de manger un peu de guimauve brûlée.

Hope grimaça en le regardant prendre une bouchée de ce mélange gluant à la couleur douteuse.

— Comment se fait-il que Dante ne soit pas à ta recherche ? N'es-tu pas censé dormir chez lui ?

— Nous n'en avons pas parlé. Il pense probablement que je loge chez Grady. Et Grady pense probablement que je loge chez Dante. J'espère juste qu'ils n'en parleront pas entre eux, dit-il.

Tous les Sinclair possédaient une maison sur la péninsule, mais Grady était le seul à y résider de façon permanente.

— Tu peux passer la nuit ici avec moi. Ce n'est pas comme si je manquais de place, répondit-elle d'un air des plus sérieux.

Le jet privé de Jason était à l'aéroport situé à l'extérieur de la ville, son pilote prêt à décoller dès que Jason serait prêt à s'en aller.

— Je vais probablement me contenter de décoller. Le jet m'attend à l'aéroport.

— Contrairement à vous autres, je suis venu par un vol commercial comme la plupart des gens normaux, le taquina-t-elle. Mais Evan me ramène dans le Colorado avant de partir en Californie avec Dante pour le travail. . .

Jason engloutit le reste de son s'more à la guimauve brûlée.

— Pourquoi n'as-tu jamais voulu que je m'occupe de ton patrimoine ? demanda-t-il.

Hope ne lui avait jamais rien demandé, mais il aurait été heureux d'investir sa fortune comme il a pu le faire pour Grady et Dante. Il pourrait aisément transformer son héritage, déjà considérable, en plusieurs milliards. C'était son talent : transformer de l'argent en *beaucoup* d'argent.

— L'argent n'est pas ce qui m'importe le plus. Et tu es déjà très occupé. L'argent m'offre ma liberté. Je ne cherche pas vraiment à étendre ma fortune. J'ai déjà bien plus d'argent que je ne pourrais en dépenser dans une vie, même si j'étais dépensière, ce qui n'est pas le cas.

— Je ne suis jamais trop occupé pour prendre soin de toi, Hope. Comment investis-tu ton argent ? demanda-t-il d'un ton sensiblement bourru.

Hope lui expliqua alors que son argent dormait sur des comptes bancaires depuis qu'elle en avait hérité, ce qui ne manqua pas de faire grimacer Jason. Elle n'avait pas investi le moindre centime. Doux Jésus.

— Ce genre de comptes ne te rapporte pas grand-chose, Hope. Je n'arrive pas à croire qu'Evan ne soit pas intervenu, dit-il. L'investisseur en lui était horrifié. . .

— Personne n'a besoin d'intervenir, répondit-elle avec colère. C'est mon argent et je me fiche de ce qu'il rapporte. Je l'ai clairement dit à mes frères pour qu'ils arrêtent de me harceler. Je ne dépense presque rien. Les seules choses que j'ai achetées depuis le lycée, c'est mon petit appartement et mes véhicules. J'ai fait des études, tu te souviens ? Je peux travailler pour gagner de l'argent.

Bon Dieu, Hope était si belle lorsqu'elle était en colère. Ses yeux verts lui lançaient des éclairs, ce qui la rendait encore plus sexy. Hope a toujours été indépendante. C'est d'ailleurs pourquoi sa relation avec son moins que rien d'ex petit-ami était incompréhensible. Hope avait beau être adorablement douce, elle n'était pas du genre à supporter les lubies d'un homme, même celles de ses frères paternalistes.

— Tu ne travailles pas en ce moment. Tu devrais donc trouver un moyen de générer des revenus, argumenta-t-il avec agacement. Surtout si tu sors avec des mecs qui sont pas foutus de trouver du travail. *Et voilà.* Jason était en colère. Rien ne l'agaçait plus que d'imaginer *n'importe quel* autre homme que lui poser ses mains sur Hope.

— Je suis..., dit-elle avant de s'interrompre pour inspirer profondément.

— Tout va bien pour moi, reprit-elle plus calmement avant de baisser les yeux.

— En es-tu bien sûr, Hope ? demanda-t-il avec insistance. Il s'approcha d'elle pour saisir son menton et la forcer à le regarder dans les yeux.

— Ou peut-être es-tu tout aussi perdue que moi ? ajouta-t-il.

Jason savait qu'il était en train de perdre le contrôle, mais il s'en fichait pas mal. Qui veillait sur Hope ? Elle venait de se séparer de son petit ami. Avait-elle le cœur brisé ? Était-elle heureuse dans le Colorado ? Pourquoi y était-elle restée si sa relation était enfin terminée ?

— Je vais bien, répondit-elle doucement, cette fois en le regardant dans les yeux.

— Et ton ex ? Comment pourrais-tu aller bien ?

— Je crois qu'il était temps que ça se termine. Nous n'étions pas faits pour être ensemble. Je vais m'en remettre, répondit-elle avec un faible sourire.

Elle resta muette un instant, puis reprit :

— Qu'est-ce qui t'arrive, Jason ? Quelque chose ne va pas ? Tu as l'air...préoccupé.

Étrangement, le fait que Hope semble sincèrement inquiète pour lui le rendait complètement fou.

— Tout va bien, mais j'ai clairement un problème.

— Quel est-il ? demanda-t-elle avec bienveillance.

— Toi, grogna-t-il en prenant la main de Hope pour la placer sur son érection. J'ai horriblement envie de toi. Ça fait une éternité que j'ai envie de toi. Je pourrais bien monter dans mon avion et rentrer à New York, mais j'ai bien peur que la distance ne suffise plus. Cela ne m'empêchera pas de penser à toi, de me soulager en m'imaginant enfoui si profondément en toi que tu ne pourrais penser à rien d'autre qu'à moi, avoua-t-il.

Il passa sa main derrière sa tête et couvrit sa bouche avec la sienne avant même qu'elle ne puisse répondre ou nier l'alchimie qui régnait entre eux. Jason perdit la raison pour de bon lorsqu'elle se positionna à cheval sur ses genoux et le poussa sur le sol avant de couvrir son corps avec le sien. Hope empoigna les cheveux de Jason et l'embrassa comme si sa vie en dépendait. Sa langue rencontra celle de Jason avec vigueur, comme si c'était la première fois qu'elle éprouvait un tel désir physique.

Il la saisit par les hanches afin de rapprocher son entrejambe inondé de son érection. À cet instant précis, il maudissait le denim qui les séparait. La chevelure soyeuse de Hope caressait le cou de Jason et tombait comme un rideau qui les séparait du monde extérieur. Leur baiser était si intense et sauvage qu'il ne put s'empêcher d'émettre un grognement guttural.

J'ai. Besoin. De. La. Pénétrer. Immédiatement.

Enfin, Hope arracha ses lèvres des siennes.

— Je crois que j'ai le même problème que toi, haleta-t-elle.

Elle enfouit ensuite son visage dans son cou et glissa sa langue sur chaque centimètre de peau dénudée qu'elle pouvait trouver.

— Bon sang, souffla-t-il, à la fois abasourdi et euphorique de constater que Hope était si brute et exubérante.

Jason se redressa, saisit le bas du sweat-shirt que portait Hope, puis il le tira par-dessus sa tête. Une fois l'agrafe frontale de son soutien-gorge relâchée, il contempla sa poitrine libérée. Ses seins étaient parfaitement ronds et charnus, ses mamelons couleur framboise étaient déjà raides de désir.

— Magnifique.

— Enlève ça, dit-elle en tirant sur le sweat-shirt de Jason.

Il s'exécuta bien volontiers et le vêtement quitta rapidement son buste. La peau nue de Jason entra alors en contact avec celle de Hope, sa main caressa tendrement son dos.

J'ai besoin d'elle.

Alors en position assise, Jason s'allongea et emporta Hope avec lui avant de la retourner sur le dos. Son corps alors piégé sous celui de Jason, Hope enroula ses jambes autour de sa taille. En regardant son visage, ses cheveux étalés sur le sol et ses yeux brûlants de désir, Jason sentit son érection redoubler de vigueur.

— Jason, je...

À cet instant, Jason crut apercevoir une lueur de peur dans les yeux de Hope. Il s'empressa alors de couvrir sa bouche avec son index.

— Ne dit rien, Hope. À moins de ne vraiment pas en avoir envie, ne te refuse pas cela, dit-il.

Il savait qu'elle en avait envie. Le désir de Hope brûlait avec tout autant d'intensité que celui de Jason. Lentement, Jason défit le bouton du jean que portait Hope, il abaissa la fermeture éclair et se redressa afin de glisser le vêtement le long de ses jambes galbées. Sa culotte fut emportée dans le mouvement.

— J'ai besoin de te goûter, grogna-t-il.

— Comment ? murmura Hope, ses yeux emplis de ce qui semblait être de l'appréhension ainsi que de l'incompréhension.

Jason se positionna sur elle.

— Bon Dieu. Personne ne t'a jamais fait l'amour comme il se doit ? demanda-t-il.

Son ex petit ami devait être un sacré crétin. Comment pourrait-on bien ne pas vouloir savourer Hope ?

— Non, avoua-t-elle à voix basse. Pas vraiment.

— Je vais te montrer, répondit-il d'une voix teintée par le désir et par l'impatience de lui donner du plaisir maintenant qu'il savait qu'il serait le premier homme à la faire jouir de cette manière.

Le corps entièrement nu de Hope, éclairé à la lueur du feu, était désormais allongé sur le tapis de couleur crème. Jason savait d'ores et déjà que cette vision resterait à jamais gravée dans son esprit. Ce qui se trouvait devant ses yeux semblait tout droit sorti de ses fantasmes. À vrai dire, non, c'était encore mieux que dans ses fantasmes.

Je ne l'ai même jamais imaginé comme cela.

En effet, malgré ses multiples rêves érotiques à son sujet, il n'était jamais parvenu à l'imaginer ainsi. Jason savait précisément ce qu'il voulait faire : il voulait la faire jouir jusqu'à ce qu'elle n'ait plus envie d'aucun autre homme. Il voulait qu'elle soit tout autant obsédée par lui qu'il ne l'était par elle. Il voulait ressentir le désir de Hope.

Jason se baissa sur sa poitrine et prit un de ses mamelons entre ses lèvres tandis que sa main caressait le sein opposé.

— Jason, gémit-elle tout en glissant ses doigts dans sa chevelure afin de maintenir la tête de Jason contre sa poitrine.

Lorsqu'il l'entendit gémir son prénom, Jason comprit qu'il était en train de vivre son fantasme. Son sens de la retenue avait disparu pour de bon, anéanti par le son de son propre prénom sur les lèvres de Hope. Avec ténacité, Jason alla droit au but, son esprit focalisé sur la seule femme qui avait un tel pouvoir sur lui.

Chapitre 3

Hope savait que son corps venait de remporter la guerre qui l'opposait à son esprit. Le désir qu'elle éprouvait vis-à-vis de Jason était si intense qu'elle ne pouvait plus lutter. Elle n'avait même pas la volonté de lutter. Elle voulait simplement le dévorer tout entier, ce qu'elle avait pratiquement fait en se jetant sur lui. Hope avait désespérément besoin de se sentir connectée à lui, elle voulait ressentir ses désirs sexuels en pleine éclosion. Son instinct venait de prendre le dessus et elle mourrait d'envie d'aller plus loin avec Jason.

Une nuit. Je veux juste passer une nuit avec lui.

Hope n'avait aucune envie de justifier son manque d'expérience et, fort heureusement, Jason n'avait pas insisté à ce sujet. Elle se contentait désormais de prendre ce qu'il avait à lui offrir. Jason la faisait vibrer et donnait vie à son corps. Hope n'avait qu'une envie : ressentir.

C'est peut-être possible avec Jason. C'est nouveau pour moi. Je n'ai jamais autant désiré un homme.

Les yeux de Jason ne cessèrent pas un instant de dévorer le corps dénudé de Hope. Son corps avait beau ne pas être parfait, le désir de Jason était incontestablement sincère. Hope voulait être celle qui satisfaisait ce bel homme et qui ferait l'expérience de sa passion.

Un tourbillon de chaleur envahit son ventre tandis qu'il continuait à vénérer sa poitrine.

— Jason, gémit-elle à nouveau.

Le besoin de le sentir plus près d'elle encore se faisait de plus en plus pressant. Ses doigts toujours enfouit dans sa chevelure, Hope n'hésita pas serrer les poings pour presser sa bouche contre sa poitrine. Une vague de chaleur liquide s'empara de son entrejambe. L'attention qu'il portait à sa poitrine n'était pas sans effet.

Délicatement, il mordit ses mamelons dressés, l'un après l'autre, puis il y glissa sa langue, faisant grimper son désir au plus haut point. Hope frémit en sentant la main de Jason glisser le long de son abdomen avant de sentir ses doigts entre ses plis humides. Enfin, il caressa son clitoris où il décrivit des cercles aussi frustrants que sublimes.

— Tu es tellement excitée, grogna Jason contre sa poitrine. Lentement, il glissa ses lèvres sur son ventre.

— Je dois y goûter.

Hope n'avait jamais fait l'expérience du plaisir oral. Sa vulve palpitait littéralement d'impatience. Elle n'était pas totalement innocente et savait précisément de quoi il s'agissait, mais pour la première fois, elle faisait l'expérience d'un véritable désir charnel.

C'est Jason, l'homme de mes fantasmes depuis que j'ai dix-huit ans.

La réalité se révélait être bien plus excitante que n'importe quel fantasme. Jason était sexy et il était là, avec elle. Lentement, il écarta les cuisses de Hope avec ses larges épaules et glissa paresseusement sa langue sur son bas-ventre.

— Jason, je t'en prie, supplia-t-elle.

Elle agrippa ses cheveux de plus belle pour essayer de guider la bouche de Jason là où elle avait vraiment besoin qu'elle soit.

Il s'exécuta et le premier contact de sa langue sur la chair sensible entre ses cuisses la fit pratiquement exploser. Jason ne se contenta pas seulement d'y goûter, comme il l'avait dit, il la dévora comme un fruit défendu et irrésistible. Le corps de Hope s'embrasa. Saisie par l'extase, elle ne put s'empêcher de cambrer le dos.

— Oui, gémit-elle en sentant la langue de Jason glisser sur son clitoris, encore et encore, jusqu'à ce qu'elle en devienne pratiquement folle.

— Oh mon Dieu. C'est si bon. Si bon, gémit-elle incontrôlablement. Hope souleva son bassin, comme pour le supplier de la libérer de cette chaleur qui l'envahissait, qui la submergeait.

Son corps se mit à trembler lorsque Jason saisit très délicatement son clitoris entre ses dents avant de redoubler de vigueur avec sa langue.

— Oh mon Dieu. Jason. Je ne vais pas tenir, s'exclama-t-elle tandis qu'une énorme vague ardente semblait se former dans son bas-ventre.

C'est à cet instant qu'un orgasme s'empara d'elle et de son corps.
— Jason, Jason, gémit-elle d'une voix puissante.

Après le passage de la tornade, Hope s'écroula, épuisée, haletante et couverte de sueur. Elle lâcha enfin les cheveux de Jason et laissa tomber ses bras de part-et-d 'autres de son corps.

Doux Jésus. Ce que Jason venait de faire à son corps lui donna un sentiment de vulnérabilité. L'expérience fut à couper le souffle, mais ce fut presque effrayant. Hope lui avait entièrement confié son corps et Jason lui avait donné du plaisir comme s'il s'agissait de sa seule raison d'être. Elle fut incapable de résister à son intensité obstinée.

Jason se redressa et enveloppa Hope avec sa carrure massive. Son corps sculpté la laissa bouche bée.

Lorsque Jason l'embrassa, Hope sentit le goût de son propre plaisir sur ses lèvres. Ce mélange de fluides réveilla un désir si intense qu'elle gémit dans sa bouche.

Jason ôta alors sa bouche de la sienne, puis il se redressa et s'empressa de déboutonner son jean. Hope le regarda faire. Elle contempla les contractions de la musculature parfaitement définie de son buste.

— Tu es magnifique, dit-elle avec admiration. Je veux te toucher, ajouta-t-elle en se redressant à son tour pour écarter les mains de Jason afin d'accéder à son pantalon. . .

Elle voulait poser ses doigts et ses lèvres sur sa peau hâlée.

— Je ne suis pas magnifique, grogna-t-il. Et si tu me touches, je vais perdre le contrôle.

Hope mourrait d'envie de le voir perdre le contrôle. Elle voulait voir ce bel homme exploser comme elle venait juste de le faire. Lentement, elle glissa ses mains sur ses biceps, puis sur son torse. En explorant ses abdos saillants, elle se délecta de la chaleur de sa peau sous la pulpe de ses doigts. Elle approcha son visage de son buste, puis elle inspira. Enivrée par son odeur, elle glissa alors sa langue sur sa peau tout en tâtonnant avec les boutons de son jean. C'est avec réticence qu'elle dû porter son attention sur les boutons du pantalon.

— Debout, ordonna-t-elle afin de retirer le vêtement.

Jason se leva et Hope se mit à genoux. Elle abaissa le denim qui enveloppait ses jambes en emportant ses sous-vêtements noirs. Un halètement abasourdi quitta ses poumons lorsque l'érection de Jason fut enfin libérée.

Oh. Mon. Dieu.

Jason agita ses jambes pour se débarrasser complètement de ses vêtements, les laissant ainsi empilés à côté de ses pieds.

Hope écarquilla ses yeux désormais rivés sur son pénis. Son visage était à peu près au niveau de son membre fièrement dressé.

C'est...énorme. Ça va faire mal.

En examinant la longueur et la circonférence de son sexe, Hope eut un instant de panique.

C'est Jason. Souviens-toi que c'est Jason.

Lentement, elle enroula ses doigts autour de sa verge et fut aussitôt fascinée par la douceur de la peau qui enveloppait une surface si dure. Hope ne put s'empêcher de lécher la petite goûte d'humidité qui perlait à son extrémité. Un liquide qui avait le goût du désir et de la luxure. Elle en voulait davantage.

— Hope. Non, dit-il vivement en un grognement étranglé.

Il avait beau la mettre en garde, Hope voyait bien que lui aussi en voulait davantage. Il glissa ses mains dans la chevelure de Hope tandis qu'elle caressait le bout de son sexe avec sa langue.

— Bordel, grogna-t-il. Je vais jouir, Hope.

Comment cela pourrait-il être une mauvaise chose ? Jason m'a offert le meilleur orgasme de ma vie avec sa bouche, et je veux qu'il ressente la même chose.

Encouragée par le son tourmenté de sa voix, Hope le prit dans sa bouche, aussi profondément que possible. Elle n'avait encore jamais fait cela auparavant, mais elle savait comment s'y prendre en faisant simultanément usage de sa bouche et de sa main.

Jason agrippa ses cheveux pour lui indiquer d'aller plus vite. Attentive à ses indications ainsi qu'à ses réactions, elle s'exécuta.

Hope leva les yeux vers lui afin de voir son visage. Jason avait les yeux baissés sur elle. Son regard était agité par un désir charnel, avide et possessif, rivé sur ce qu'elle lui faisait. Leurs regards se figèrent alors l'un sur l'autre. Hope ne s'arrêta pas, elle maintint la cadence pour l'inciter à se laisser aller.

C'est précisément ce que fit Jason. Il renversa sa tête en arrière et s'abandonna glorieusement à elle. Les muscles de son cou se contractèrent lorsqu'il poussa un gémissement d'extase.

Jason lâcha alors ses cheveux afin qu'elle puisse échapper à son éjaculation imminente. Mais ce n'était manifestement pas ce qu'elle voulait. Hope voulait s'en délecter. Elle voulait le sentir sur sa langue et expérimenter avec lui tout comme il l'avait fait avec elle. Sa semence chaude fut alors projetée au fond de sa gorge. Hope avala tout et nettoya goulûment sa verge avec sa langue. Elle ne voulait pas perdre une goutte de Jason.

Il tomba à genoux, son torse oscillant vivement sous l'effet de sa respiration haletante. En le regardant dans les yeux, Hope eut l'impression de se noyer dans un océan d'émotions.

— Bon sang, femme. Tu m'as pratiquement tué, gronda-t-il, sa respiration toujours laborieuse.

Hope porta sa main à sa mâchoire et caressa sa joue ornée d'une barbe naissante.

— Mais tu as survécu.

— À peine, ajouta-t-il. Je savais bien que cette jolie bouche était dangereuse.

Hope se mit à rire tandis que Jason la poussa à s'allonger sur le tapis. Il l'embrassa, son corps dominant au-dessus du sien.

Jason glissa ses lèvres de sa bouche à son cou, son visage enfoui dans ses cheveux.

— Hope, murmura-t-il.

Ses mains puissantes saisirent les poignets de Hope pour les retenir au-dessus de sa tête.

Elle essaya de bouger ses bras, mais elle était totalement immobilisée.

C'est Jason. Ne panique pas.

La sensation d'être à la merci de Jason l'excitait au plus haut point, mais son cerveau se rebella et son cœur se mit à marteler. Son esprit s'embruma et, soudain, elle était ailleurs :

Ses bras immobilisés et incapables de se défendre face à quelqu'un de bien plus fort qu'elle.

Elle se sentit envahie. Entre ses cuisses, elle ressentit une vive douleur qui brûlait, brûlait et brûlait.

Ses hurlements résonnaient dans la pièce, mais personne n'était là pour lui porter secours.

Je vous en supplie, faites que ça s'arrête. Je vous en supplie.

Dévorée par un sentiment de terreur, Hope sentit un hurlement monter dans sa gorge. Elle agita alors frénétiquement ses bras jusqu'à ce que Jason la lâche, après quoi elle le repoussa pour se libérer de lui.

Je n'y arrive pas, même si j'ai très envie de Jason. J'en suis incapable.

Jason se redressa rapidement afin de lui donner un peu d'espace, puis il la regarde avec surprise.

— Est-ce que ça va ?

Non. Ça ne va pas. Je suis cassée. J'ai terriblement envie de toi, mais je ne suis pas capable d'aller jusqu'au bout.

Hope respirait difficilement, son cœur battait vigoureusement et son corps tremblait de peur. En retrouvant peu à peu ses esprits, elle leva les yeux vers l'homme qu'elle désirait tant. *Jason.* Il venait de lui offrir le plaisir le plus intense qu'elle avait jamais connu, et elle en avait fait de même pour lui. Mais Hope ne parvenait pas à s'offrir complètement à lui. Elle ne parvenait à s'offrir à personne.

— Je ne suis pas prête, Jason, lui dit-elle nerveusement.

Accablée par la déception, elle enroula ses bras autour d'elle-même. La souffrance émotionnelle qu'elle éprouvait la dévorait.

Jason tira son corps nu et tremblant sur ses genoux.

— Trop tôt après ton ex-petit ami ? demanda-t-il.

Jason semblait à la fois inquiet et agacé.

Après l'avoir prise dans ses bras, Hope posa sa tête contre son épaule.

— Oui, répondit-elle.

C'était une bonne excuse, mais il s'agissait d'un mensonge. Son cœur plein de douleur, des larmes se mirent à couler de ses yeux.

Hope avait espéré.

Elle avait désiré.

Elle avait essayé parce qu'il s'agissait de Jason. Et elle avait véritablement envie de lui.

J'étais si près du but...

— Hey, dit-il en prenant délicatement sa tête entre ses mains afin qu'elle le regarde dans les yeux.

— Tout va bien. Nous pouvons attendre, dit-il en essuyant tendrement ses larmes. . .

Inutile d'attendre. Je ne serai plus jamais moi-même. Je pensais pouvoir y arriver, mais j'en suis incapable. Et si je n'y arrive pas avec toi, alors je n'y arriverai avec personne d'autre.

— Tu risques d'attendre longtemps, dit-elle pour essayer de le dissuader.

Tout en serrant son corps nu contre le sien, Jason se leva. Hope passa ses bras à son cou et se délecta se la sensation de sa peau chaude contre la sienne tandis qu'il montait l'escalier jusqu'à sa chambre. Jason tira les couvertures, la déposa délicatement sur le lit et se glissa à côté d'elle.

— Dans ce cas, contentons-nous de dormir ensemble, dit-il en tirant les couvertures pour les envelopper dans un cocon où eux seuls existaient.

Jason la tira plus près afin qu'elle repose pratiquement sur lui.

— Oui, dit-elle.

Lorsqu'elle inhala le parfum unique de Jason, son corps se détendit. Avec lui, elle était en sécurité.

— Juste pour ce soir, ajouta-t-elle.

Elle avait envie de ce lien intime avec Jason. Sa présence était si apaisante. Il sentait si bon. Les caresses réconfortantes sur ses cheveux, les va-et-vient de sa main sur son dos nu - Hope se sentait bercée et éprouvait le plus grand sentiment de bien-être qu'elle avait jamais connu.

— Pour l'instant, la corrigea-t-il d'une voix douce.

Hope soupira et glissa ses doigts dans les cheveux de Jason. Ils s'endormirent ensemble dans cette position réconfortante, blottis l'un contre l'autre.

Elle est partie. Pas d'au revoir, pas de mots. Elle a juste disparu, comme si elle n'avait jamais été là.

Jason s'assit dans l'un des sièges en cuir confortables à bord de son jet privé, puis il sortit son ordinateur portable. L'absence de Hope à son réveil l'avait mis de très mauvaise humeur. Il n'avait toujours pas de nouvelles de ses frères. Ils se seraient probablement déjà manifestés s'ils avaient vu sa voiture de location garée chez Hope. De toute évidence, elle avait veillé à ce qu'ils ne se doutent de rien. Peut-être avait-elle rejoint l'extrémité de l'allée à pieds lorsque ses frères étaient venus la récupérer au petit matin.

L'avion d'Evan avait décollé quelques heures avant le réveil de Jason à midi. En voyant l'heure tardive et en découvrant l'espace vide à côté de lui, il avait immédiatement compris que Hope était déjà partie. Evan avait précisé qu'il prévoyait de s'en aller avant dix heures et Jason savait que Hope avait prévu de partir avec lui.

Et merde ! Elle aurait au moins pu dire au revoir.

Jason tenait la clé qu'il avait trouvée sur la table de la cuisine entre son pouce et son index, il la regarda fixement un instant, puis il la glissa dans la poche avant de sa chemise. Lui avait-elle intentionnellement laissé la clé de sa maison ? Il n'en savait rien. Il l'avait utilisée pour verrouiller la porte avant de partir et il avait la ferme intention de la garder.

Jason allait lui laisser un peu de temps, mais il n'en avait pas fini avec elle. Elle pouvait donc fuir...pour l'instant.

Je ne suis pas prête.

Les mots de Hope résonnaient dans son esprit, encore et encore. Il n'avait pas vraiment couché avec elle, mais cela n'avait aucune importance. La seule sensation de ses lèvres contre sa peau nue ainsi que la sensation de sa jolie bouche sur son sexe avaient suffi à le rendre dingue. Le simple fait d'avoir passé une partie de la nuit avec Hope avait apaisé le sentiment de solitude et le tourment qui l'accablaient depuis des années. La nuit dernière fut une révélation pour lui. En repensant à toutes les relations insignifiantes qu'il avait eues au cours des huit dernières années, depuis qu'il avait vu Hope à sa cérémonie de remise de diplômes, Jason pouvait être sûr d'une chose :

Je ne faisais que combler mon temps libre en attendant Hope.

En repensant au regard apeuré de Hope, la colère qu'il ressentait jusqu'à présent se retira pour laisser place à l'inquiétude. Son interprétation de la situation était-elle mauvaise ? Ou bien avait-elle vraiment eu peur au moment de passer à l'acte ? Jason se trompait très certainement. Hope avait eu d'autres relations avant lui, dont la plus récente avait duré plusieurs années, bien que son ex soit un moins que rien doublé d'un égoïste.

Il se contentait de vivre à ses crochets en plus de coucher avec elle.

Le simple fait d'y penser le rendait fou. Hope avait beau être généreuse, Jason n'aimait pas l'idée que quiconque puisse profiter d'elle.

Ses doigts se posèrent sur le clavier de son ordinateur portable et il ouvrit sa boîte mail. Il fouilla un bref instant et trouva enfin l'e-mail que Grady avait envoyé à tout le monde pour ses fiançailles. Dans la liste des destinataires, il trouva l'adresse de Hope et s'empressa de lui écrire :

J'ai besoin de savoir si tu es bien arrivée et si tout va bien pour toi. Si je n'ai pas rapidement de tes nouvelles, alors je viendrai à ta rencontre.

J.

Il cliqua vigoureusement sur le bouton *Envoyer*.

Hope lui répondit le soir même, une fois Jason arrivé dans son appartement sur toit à New York :

Je suis bien arrivée à Aspen et je vais bien.

H.

Jason inclina le dossier de sa chaise de bureau et ferma les yeux. Bon sang. Il aurait bien aimé en savoir davantage. Oui, il était soulagé de savoir qu'elle était bien arrivée à sa destination, mais il aurait aimé qu'elle lui en dise plus, qu'elle lui dise précisément ce qu'elle ressentait.

Oh Bon Dieu ! Jason commençait à se comporter comme une femmelette. Habituellement, il évitait à tout prix ce genre de confrontations émotionnelles. En tant que fils unique, il n'avait pas de sœur pour jouer avec sa sensibilité. Et lorsqu'une femme commençait à manifester le moindre attachement affectif à son égard, il mettait immédiatement un terme à la relation. La plupart du temps, il n'avait pas à s'en soucier. Jason veillait toujours à fréquenter des femmes seulement désireuses de coucher avec lui sans rien attendre d'autre. Cette approche fonctionnait bien en général.

Je suis en train de perdre la tête.

Hope Sinclair avait déjà manifesté un certain attachement pour lui. Etrangement, dans le cas présent, cela ne le dérangeait pas du tout. Fini sa vie de liberté sexuelle, mais s'il fallait attendre Hope, alors il attendrait. Bon sang, il avait déjà attendu huit ans.

Elle est faite pour moi. Elle a toujours été faite pour moi.

Il finirait bien par la conquérir et il la garderait près de lui jusqu'à la mort. Sa vie ne pouvait être paisible autrement.

Peut-être pourrais-je enfin retrouver ma tranquillité d'esprit. Peut-être que l'agitation mentale et la solitude dont je souffre disparaîtront si Hope fait partie de ma vie.

Avec l'espoir de ne pas avoir à attendre trop longtemps, il supprima l'email de Hope et ouvrit ses documents de travail.

Au cours des mois qui suivirent, Jason laissa le temps à Hope de se remettre de sa rupture avec son ex petit ami. Il essaya de se montrer patient.

Malheureusement, il ne pouvait s'empêcher de lui écrire au moins une fois par semaine. Il le faisait principalement pour s'assurer qu'elle allait bien, mais une part secrète de lui-même le faisait pour une raison entièrement plus égoïste : pour lui rappeler qu'il l'attendait. Les emails qu'il lui envoyait étaient toujours les mêmes :

Je t'écris juste pour savoir si tu vas bien.

J.

Les réponses de Hope étaient toujours en trois mots :

Je vais bien.

H.

En janvier, elle allait *bien*.

Tout au long de l'hiver, elle allait *bien*.

Au printemps, elle lui répondait toujours qu'elle allait *bien*.

Puis, au début de l'été, il apprit qu'elle allait se *marier*.

C'est. Quoi. Ce. Bordel.

Jason était à Rocky Springs, dans le Colorado, pour assister à une soirée caritative lorsqu'il sut que Hope était sur le point d'épouser la même ordure que Jason attendait patiemment qu'elle oublie. C'est un des frères de Hope, Grady, qui lui avait annoncé la nouvelle. Hope ne lui en avait pas parlé. En réponse à ses emails hebdomadaires, elle s'était toujours contentée de lui répondre qu'elle allait *bien*.

Jamais elle ne lui avait dit s'être remise en couple avec son ex, et encore moins qu'elle allait l'épouser.

Malheureusement, Jason n'allait pas très *bien* en l'apprenant. En réalité, il était furieux et il en avait assez d'attendre.

Il était déterminé à la mettre dans son lit et à chasser l'intrus de sa vie. Jason n'hésiterait pas à employer des moyens peu orthodoxes pour y parvenir. Il ne savait pas trop comment s'y était pris ce gars pour que Hope accepte de l'épouser, mais son petit jeu était sur le point de se terminer.

Malheureusement pour lui, Jason voulait Hope rien que pour lui. Pour d'obscures raisons, elle semblait fuir ce qui s'était passé entre eux. Il finirait par lui faire admettre que c'est lui qu'elle voulait, et non l'homme qu'elle était sur le point d'épouser et dont elle n'était même pas amoureuse. Si Hope était amoureuse d'un autre homme, alors elle n'aurait jamais partagé cet instant intime avec lui lors du Nouvel An.

Peut-être pensait-elle que Jason n'était qu'un enfoiré. Dans ce cas, elle était sur le point de découvrir le genre d'enfoiré qu'il pouvait véritablement être. Il était capable d'être totalement impitoyable pour la conquérir et pour la tenir à l'écart de celui qui finirait par la faire souffrir. Elle pourrait donc très bien finir par le haïr. Cela serait toujours mieux que de la voir épouser cette sangsue qui la rendrait inévitablement malheureuse.

Jason et Tate Colter, un ancien gars des forces spéciales qui ne reculait devant rien, avaient échafaudé un plan à Rocky Springs, juste après que Jason ait appris qu'elle était sur le point de se marier. Il s'agissait d'un stratagème égoïste et machiavélique qui changerait irrémédiablement sa vie et celle de Hope. Avec l'aide de Tate, Jason n'hésita pas à passer à l'action. Sa capacité de discernement altérée par la colère, il se lança avec Tate. Son seul objectif étant de séparer Hope de tout autre que lui. Un autre dénouement était pour lui inacceptable et impensable.

Jason ignora la voix lancinante dans sa tête qui lui rappelait que mettre fin à ses projets de mariage n'était pas la seule raison qui le poussait à adopter une telle stratégie. Au lieu de cela, il passa à l'action, dressant par la même occasion une barrière entre lui et ses émotions, comme il le faisait toujours en affaires. Jason et Hope avaient des affaires en cours qu'il avait la ferme intention de conclure de façon définitive.

Le milliardaire démasqué

J. S. SCOTT

Rocky Springs Colorado – aujourd'hui

Est-ce qu'elle est toujours endormie ? demanda Tate Colter lorsque Jason entra dans le salon de l'une des maisons d'hôtes à Rocky Springs.

Jason avait rencontré le très riche Tate Colter lors d'une soirée caritative ici même, à Rocky Springs. Après avoir appris que Hope était sur le point de se marier, c'est Tate qui avait eu l'idée de ce plan totalement fou et qui aidait Jason à le mettre en œuvre. En tant qu'ancien membre des forces spéciales, Colter était extrêmement précis dans l'exécution de ce type de stratagème.

En constatant que Tate était confortablement installé devant l'ordinateur portable de Hope, Jason fronça les sourcils.

— Qu'est-ce que tu fais ?

— Je me renseigne sur ta femme, répondit-il éhontément. C'est incroyable tout ce qu'on peut apprendre de quelqu'un rien qu'en fouillant son ordinateur.

Jason haussa les sourcils.

— Tu as piraté son ordinateur ?

Tata haussa les épaules.

— Ce n'était vraiment pas compliqué. Elle devrait renforcer sa sécurité, bien que cela ne m'aurait pas empêché d'y accéder, répondit-il avec un sourire satisfait.

Jason ressentit un soupçon de culpabilité, mais il s'empressa d'ignorer cette émotion.

— Sors de sa vie privée, grogna-t-il.

Jason était en réalité énervé à l'idée que Tate puisse en savoir plus que lui à propos d'elle.

— Si c'est sur un ordinateur, c'est que ce n'est pas vraiment privé. Tu devrais jeter un œil à ces trucs, dit-il en portant à nouveau son attention sur l'écran d'ordinateur. Savais-tu qu'elle fait de la photographie ? Et pas n'importe quel genre de photographies. Les siennes sont plutôt radicales. Elle semble encore plus folle que moi, dit-il d'une voix sensiblement émerveillée.

Jason doutait de cela, bien que son propre équilibre mental soit remis en question après ce qui s'était passé au cours de dernières vingt-quatre heures.

Après que Grady l'ait informé que Hope allait se marier et qu'elle se trouvait actuellement à Vegas pour un enterrement de vie de jeune fille, Jason s'était précipité à Vegas pour la surveiller, comme un harceleur bon à être enfermé. Il n'eut aucune difficulté à la trouver, et après avoir obtenu son numéro de chambre dans l'hôtel où elle séjournait, Jason était allé à sa rencontre en prétendant être sur place pour son travail. Sa rencontre avec elle était loin d'être fortuite. Ainsi, après l'avoir félicitée entre ses dents serrées pour son mariage à venir, il l'avait invitée à boire quelques verres. Hope était tombée dans le piège. Après deux ou trois verres seulement, l'ivresse fit totalement tomber sa garde. De toute évidence, Hope ne tenait vraiment pas l'alcool. Elle s'était endormie lors du vol de retour, quelque part au-dessus du Colorado, après quoi Jason l'avait portée jusqu'à la chambre de la maison d'hôte de Rocky Springs où ils se trouvaient désormais. Colter avait eu l'idée de l'amener ici afin qu'elle ne puisse pas repartir si facilement. Rocky Springs se trouvait en effet à cinq heures de route d'Aspen et Hope n'avait pas de voiture. Le logement, situé sur la propriété privée de Colter, se trouvait à plusieurs kilomètres du centre-ville.

Le sifflement surpris de Tate extirpa Jason de ses pensées.

— Laisse-moi voir ça, dit-il.

Jason s'empara de l'ordinateur portable et posa ses fesses sur un fauteuil inclinable, impatient de découvrir ce qui impressionnait tant Tate Colter. Sans parler du fait qu'il voulait empêcher Colter de fouiller davantage dans la vie privée de Hope.

Jason regarda les photos ouvertes par Tate, abasourdi par ce qu'il découvrit. Les photos étaient magnifiques, crues et effrayantes. Bon nombre d'entre elles étaient des photos de grosses tornades prises de très près. Les autres étaient des clichés de phénomènes naturels violents capables de déraciner des arbres, probablement des ouragans.

— Ces photos ne peuvent pas être d'elle, nia Jason.

Il frémit à l'idée que Hope ait pu se mettre en danger.

— Ce sont bien les siennes, dit Tate avec la satisfaction de l'enquêteur. Il suffit de regarder ses emails. Ses confirmations de voyages coïncident avec la date des photos. Et la valise que nous avons récupérée à son hôtel contenait un portfolio. Les photos sont toutes signées dans le coin inférieur droit. Je suppose que c'est elle, H.L.Sinclair. Et après une petite recherche de ce nom, elle semble être idolâtrée dans le monde de la photographie de phénomènes météorologiques extrêmes. Bon sang, cette femme est davantage faite pour moi que pour toi, dit-il en souriant à Jason. Elle doit avoir une sacrée paire de couilles pour voyager aux quatre coins du monde pour photographier ce genre de trucs.

— Elle n'a pas de couilles, grogna Jason tout en parcourant les photos de Hope. Bon Dieu. Mais qu'est-ce qu'elle fait ?

— Elle prend des photos, apparemment. Elle a obtenu un diplôme d'art avec une spécialisation en photographie. Je l'ai vu dans sa biographie.

Les yeux rivés sur l'écran d'ordinateur, Jason fronça les sourcils. Il savait que Hope avait un diplôme d'art, mais il ne se serait pas douté un seul instant qu'elle était photographe. Il était maintenant officiellement en colère que Tate en sache plus sur elle que lui.

Comment avait-il pu manquer une chose pareille ? Peut-être parce qu'il avait passé des années à essayer de se maîtriser en sa présence, à mobiliser toute sa volonté pour ne pas la prendre sur son épaule et s'enfuir avec elle.

— Ses frères n'en savent rien. Il y a longtemps qu'ils l'auraient enfermée et qu'ils auraient jeté la clé s'ils savaient ça.

— Et c'est probablement pour cela qu'elle ne leur en a jamais parlé, songea Tate avec philosophie. Hope est une adulte, mon pote. Elle est libre de faire ce que bon lui semble.

— Oui, mais pas ça, répondit Jason avec colère. Elle ne peut pas parcourir le monde à la recherche du danger, ajouta-t-il.

Tous les poils de son corps se dressèrent en découvrant des photos d'ouragans, de typhons et de cyclones. Il ne parvenait pas à déterminer où ces photos avaient été prises. Tout ce qu'il savait, c'est que Hope s'approchait de toutes ces tempêtes. Une des photos avait été prise à l'instant même où le vent violent arrachait le toit d'un bâtiment, illustrant parfaitement la violence de la tempête dans laquelle elle s'était vraisemblablement jetée.

— Bien sûr que si. Encore une fois, Hope est une adulte, insista Tate avec raison.

Jason n'avait aucune envie de se montrer raisonnable.

— Elle est à moi maintenant, répliqua-t-il sèchement.

— Elle n'était pas à toi quand elle a pris ces photos. Tu es allé la chercher à Vegas sans savoir qui elle est vraiment *aujourd'hui*. Tu ne l'as vue qu'une poignée de fois depuis qu'elle est adulte, n'est-ce pas ? Tu ne peux pas t'attendre à ce qu'elle cesse de vivre juste parce qu'elle s'est saoulée et qu'elle t'a suivi jusqu'ici.

De façon tout à fait égoïste, Jason n'en attendait pas moins. Déjà en colère et meurtri par le fait qu'elle ne lui ait pas parlé de son projet de mariage, Jason n'avait plus qu'un seul objectif : la mettre dans son lit et l'empêcher d'épouser cet enfoiré. En réalité, il ne voulait plus jamais la perdre de vue un seul instant. Désormais, ses instincts protecteurs l'emportaient sur sa colère. Bon Dieu, était-elle suicidaire pour se jeter dans ce genre de tempêtes ?

Tu ne me connais plus vraiment.

Hope lui avait dit cela lorsqu'ils étaient ensemble à Amesport. Il s'avère qu'elle avait raison.

— Elle mène une vie secrète dont personne ne sait rien, supposa Jason à voix haute, énervé et dérouté.

Que diable était-il arrivé à la jeune femme calme et douce qu'il avait connue juste avant son départ pour l'université ? Elle était toujours calme et modérée. Rien ne laissait penser qu'elle avait...changé.

— Nous avons tous nos secrets, déclara Tate d'un ton solennel. Elle a accompli beaucoup de choses pour une femme de son âge. Ses photos sont publiées et elle semble être très respectée dans son domaine.

— C'est horriblement dangereux, répliqua Jason avec agacement. Que dirais-tu si tu tenais à quelqu'un qui passe son temps à se mettre dans des situations dangereuses ? Et si c'était ta sœur, Chloé ?

Tate fronça les sourcils.

— Je l'enfermerais et je jetterais la clé.

Jason haussa les sourcils et lança un regard irrité à Tate.

— Chloé est ma petite sœur, reprit Tate sur la défensive.

— Exactement. Tu tiens à elle, tu veux la protéger.

— Elle est de la famille, grommela Tate. Je ne suis pas aussi protecteur avec les femmes que je fréquente. Je ne pourrais pas me le permettre. J'ai passé ma vie à vivre dans le danger. Chaque fois que je partais en mission, il y avait toujours un risque très élevé que je ne rentre jamais à la maison.

En regardant attentivement le visage de Tate, Jason aperçut brièvement la terreur qui animait son regard. Il ne faisait plus partie des forces spéciales, mais il était manifestement toujours hanté par certaines des choses qu'il avait faites au cours de sa carrière militaire. — Tu as de l'argent, Colter. Tu viens d'une bonne famille. Pourquoi as-tu choisi cette carrière ? demanda Jason, curieux de savoir pourquoi quelqu'un d'aussi privilégié que lui s'engagerait dans les forces spéciales.

À vrai dire, il ne connaissait aucun autre milliardaire enrôlé dans l'armée.

Tate haussa les épaules.

— Parce que j'en avais la possibilité. Je suis un sacré bon pilote et je me suis longtemps nourri de l'adrénaline que ça me procurait. Nous avons fait de bonnes choses, nous avons sauvé des vies. Ça en valait la peine.

Tate pouvait être un sale enfoiré arrogant, mais Jason avait beaucoup de respect pour lui. Il ne doutait pas un seul instant qu'il ait pu sauver des vies.

— Tu ne fais plus partie des forces spéciales. Alors qu'elle est ton excuse pour ne pas avoir de femme maintenant ?

— Et quelle est la tienne ? rétorqua Tate.

— Hope m'a toujours obsédé, avoua-t-il volontiers.

Son obsession pour elle ne l'avait jamais quitté, même quand il était avec une autre femme. Avec un peu de chance, il trouverait un peu d'apaisement maintenant qu'il était avec elle, même s'il suffirait probablement d'un jour ou deux pour qu'ils ne se supportent plus.

Mal à l'aise, Tate changea de position dans son fauteuil.

— Ouais. Eh bien, je suppose que je n'ai tout simplement pas encore trouvé de femme qui m'obsède suffisamment, dit-il. Dieu merci, ajouta Tate à voix basse.

Jason passa nerveusement sa main dans ses cheveux.

— Ce n'est peut-être pas une si mauvaise chose, dit Jason.

Son esprit était embrumé par le manque de sommeil et tout ce qu'il venait d'apprendre à propos de Hope lui faisait tourner la tête. Peut-être était-il préférable qu'il découvre tout cela maintenant. Le fait d'apprendre que Hope était en réalité une menteuse et non la femme douce qu'il pensait connaître finirait peut-être par le guérir de son désir de la conquérir. C'est du moins ce qu'il espérait. Malheureusement, et malgré sa colère, son instinct protecteur était toujours bien présent et probablement même plus fort encore après avoir vu le genre de danger auquel elle faisait face. Et Jason savait que la Hope qu'il avait connue était toujours là. Il avait goûté à sa douceur lors de leur seule nuit ensemble après le réveillon du Nouvel An. Un goût qui avait suscité chez lui un désir dévorant d'en avoir plus.

Je ne la connais plus vraiment.

— Repose-toi un peu, dit Tate en se levant de son fauteuil. As-tu besoin d'autre chose ?

— Je dois trouver un moyen de récupérer le chat de Hope, répondit Jason avec une grimace. Hope n'avait pas prévu de partir plus de quelques jours. Je ne sais pas si quelqu'un s'occupe de son chat.

— Je vais aller le récupérer. Je te le déposerai plus tard. Le trajet n'est pas si long en hélicoptère, répondit Tate avec nonchalance avant de se diriger vers la porte.

— Tate ? dit Jason en haussant la voix afin qu'il l'entende à l'autre bout de la grande pièce.

— Oui ?

— Tu ne veux pas son adresse ?

— J'ai piraté son ordinateur. J'ai déjà son adresse, répondit-il avec un petit sourire malicieux.

— Et les clés de chez elle ?

— Aucune serrure ne m'a jamais résisté, surenchérit-il avec arrogance.

Tate salua Jason, ouvrit la porte et sortit.

— Quel petit prétentieux, grommela Jason tout en se dirigeant vers la porte par laquelle Tate était sorti pour la verrouiller.

En réalité, il était en colère contre lui-même et non contre Tate. Colter l'avait aidé à atteindre un objectif : empêcher Hope d'épouser un autre homme – un homme qui n'en avait rien à faire d'elle et qui vivait à ses crochets.

Jason essayait de dompter la culpabilité qu'il ressentait en se disant que Hope serait plus heureuse à long terme. Mais la petite voix dans sa tête était de retour et il ne parvenait pas complètement à faire taire ses émotions. Certes, la voix en question n'était pas assez forte pour l'empêcher d'agir, mais il ne pouvait pas ignorer le fait qu'il avait profité de l'ivresse de Hope pour l'enlever.

Jason se rassit avec l'ordinateur et ne put s'empêcher d'en fouiller tout son contenu. Tate avait laissé l'ordinateur portable ouvert. La tentation était donc trop grande. Désireux de reconstituer la vie de Hope, il essaya de lier toutes les données trouvées. Certaines choses lui paraissaient logiques, d'autres beaucoup moins.

Hope avait reçu de nombreux emails d'un homme nommé David. S'agissait-il du mystérieux fiancé ? *Je ne connais même pas son nom !* Cependant, la plupart des emails étaient simplement à propos de lieux de rencontre et de projets de voyages. Il n'y avait rien d'intime ni de romantique dans leurs échanges qui ne contenaient que très peu d'informations personnelles. David était apparemment originaire de l'Oklahoma.

Curieux, Jason fit une recherche sur Google avec la signature H.L.Sinclair. Il ne lui fallut alors que quelques instants pour en venir à la même conclusion que Tate : Hope était une photographe très respectée, spécialiste des phénomènes extrêmes. Hope avait même son propre site internet, mais il n'y avait pas une seule photo d'elle. Toutes les photos sur son site montraient des tempêtes violentes ou leurs conséquences.

Bon Dieu. Comment fait-elle pour assister à tant de souffrance et de douleur ?

Hope était du genre à adopter un chat sourd parce qu'elle ne supportait pas de le voir souffrir. Comment réagissait-elle face à des tragédies humaines de cette échelle ?

Un homme se trouvait sur plusieurs photos – un jeune homme mystérieux de grande taille, probablement du même âge que Hope. Il se tenait au cœur de ces catastrophes naturelles, tout comme la femme qui prenait ces clichés.

— Son fiancé ? se demanda-t-il avec dégoût.

Bon sang, il ne connaissait même pas le nom de l'heureux élu et cela l'agaçait au plus haut point. Il devrait au moins connaître son identité, n'est-ce pas ?

Irrité, Jason sortit son téléphone portable et appela Grady.

— Comment s'appelle le fiancé de Hope ? demanda-t-il immédiatement après que son interlocuteur ait décroché, sans prendre le temps de parler de la pluie et du beau temps.

— Elle l'appelle James. Je lui ai demandé son nom de famille une fois, il s'appelle Smith, grommela Grady. Si tu as l'intention de faire des recherches à son sujet, laisse tomber. J'ai déjà essayé. Sais-tu combien il y a de James Smith dans le Colorado ? Sans sa profession ou toute autre information permettant de l'identifier, je n'ai aucun moyen de savoir quel James Smith profite de ma petite sœur, expliqua-t-il d'un ton bourru.

— Et merde, commenta spontanément Jason. Est-ce qu'ils vivent ensemble ? Est-il à Aspen ?

— Je ne sais pas. Hope dit toujours que ça ne me regarde pas. Elle ne veut jamais parler de lui. La seule chose qu'elle m'a dite, c'est qu'ils réglaient leurs problèmes et s'apprêtaient à se marier. Puis elle m'a dit qu'elle partait à Vegas pour quelques jours avec des amies pour un enterrement de vie de jeune fille. À moins de l'espionner, je n'aurai pas plus d'informations de sa part. Et crois-moi, j'ai déjà envisagé de la placer sous surveillance. Mais elle serait sacrément blessée si elle s'en rendait compte. Hope vit une vie tranquille à Aspen. Elle a toujours veillé à ne pas attirer l'attention sur elle, soupira-t-il. Nous l'avons tous menacée d'y aller afin de rencontrer son fiancé, et elle nous a promis de nous le présenter avant le mariage. La date n'est pas encore fixée, alors je n'ai pas insisté. Elle semblait épuisée le jour où je lui ai parlé.

Jason était sur le point de tout avouer à Grady, de lui dire ce qu'il venait de faire, mais il décida de s'abstenir. Si Grady apprenait qu'il était allé trouver sa sœur à Vegas et qu'il l'avait enivrée pour pouvoir l'enlever, il n'hésiterait pas à se déplacer pour lui botter les fesses. Jason n'avait pas peur de payer pour ce qu'il avait fait. À vrai dire, il s'y attendait. Il ne voulait tout simplement pas mettre son plan en péril. Il avait d'abord besoin de passer du temps avec Hope.

— Quand tu m'as dit qu'elle allait l'épouser, j'avais prévu de faire quelques recherches à son sujet. Le fait qu'elle épouse un homme que personne ne connaît m'inquiète, avoua un Jason plus inquiet que jamais.

Hope ne vivait pas une vie paisible à Aspen comme Grady l'imaginait - loin de là.

— Je ne savais pas que vous étiez encore en contact tous les deux, songea Grady.

— Nous ne nous parlons pas aussi souvent que je le voudrais, lui confia Jason. Depuis ta fête de fiançailles, le jour de l'an, nous communiquons par emails, mais je l'ai toujours considérée comme une amie, ajouta-t-il.

Jason faillit s'étouffer en prononçant le mot « amie ». Et « communiquer » était une exagération. Il lui envoyait une courte phrase chaque semaine, ce à quoi Hope répondait toujours en trois mots.

Je vais bien.

— C'est vraiment gentil de ta part de te soucier d'elle, dit Grady avec sincérité.

La culpabilité commençait vraiment à tirailler Jason. S'il se souciait d'elle, c'était par pur égoïsme, et non par bonté de cœur.

— Je tiens à elle, répondit-il calmement.

Au moins, cette affirmation était vraie.

— Comment va Emily ? demanda-t-il avec curiosité.

La voix de Grady s'égaya instantanément lorsqu'il commença à avoir des mots poétiques à propos de son épouse. Jason ne put s'empêcher de sourire en écoutant son ami lui dire en longueur combien Emily avait changé sa vie. De toute évidence, son mariage se portait bien. Grady aimait profondément Emily et passait son temps à s'inquiéter pour elle. Même si Jason n'avait jamais voulu d'un tel attachement à une femme, il enviait presque Grady. En plus d'être heureux, il avait changé pour le meilleur depuis qu'Emily faisait partie de sa vie. Autrefois reclus et solitaire, Grady était désormais vénéré par toute la ville d'Amesport, dans le Maine. Jason ne doutait pas un seul instant que leur amour fou était réciproque. Il avait pu s'en rendre compte en les voyant ensemble lors du Nouvel An.

Malheureusement, il n'avait pas pu se rendre à leur mariage. Celui-ci s'était déroulé alors qu'il devait impérativement être à Londres pour son travail. D'autant plus que Grady avait agi très vite, comme s'il craignait qu'Emily ne change d'avis. À ce moment-là, Jason ne savait trop si son absence à ce mariage était un bien ou un mal. Il mourrait d'envie de revoir Hope, mais il savait également qu'il aurait eu beaucoup de mal à cacher ses intentions à son égard. Jason l'aurait probablement prise sur son épaule pour l'emmener à bord de son jet privé, s'envolant ensuite vers n'importe quelle destination où ils auraient pu être seuls.

Il parla à Grady pendant encore trente minutes, principalement à propos de ses frères et d'Emily. Une fois la conversation terminée, Jason voyait double et son corps l'implorait d'aller dormir.

Il tituba jusqu'à la chambre et vit Hope dans le lit, ses beaux cheveux roux étalés sur un oreiller blanc comme neige. Son sexe était manifestement la seule partie de son corps à ne pas vouloir de repos. Et cette partie de son corps n'était pas du tout en colère contre Hope. Même endormie, Hope était d'une beauté à couper le souffle. Il lui avait ôté ses sandales, mais elle portait encore son short ainsi que son débardeur.

Je ne vais pas tenir !

Jason n'avait aucunement l'intention de caresser Hope alors qu'elle était saoule et endormie. Il voulait qu'elle soit éveillée et en pleine possession de ses moyens, consciente de ce qui se passerait lorsqu'il s'enfouirait en elle pour la première fois. Et il avait la ferme intention de le faire incessamment sous peu.

Elle est à moi.

Jason dû lutter avec son sens de l'honneur et de la morale, se demandant si tout homme, au moins une fois dans sa vie, est prêt à tout pour obtenir quelque chose ou quelqu'un qu'il désire. Pour lui, c'était bien la première fois. Certes, il avait déjà pris de nombreux risques en affaires, mais seulement après avoir longuement pesé le pour et le contre de chaque décision, n'agissant que lorsqu'il était certain de parvenir au résultat escompté. Ces dernières vingt-quatre heures, Jason n'était guidé que par ses émotions et son désir, sans même penser aux conséquences.

C'est à ce point que je veux la mettre dans mon lit, je suis pathétique et désespéré.

Que diable lui arrivait-il ? Il pourrait passer des heures à débattre avec lui-même, à rationaliser ce qu'il venait de faire. En réalité, tout cela ne se résumait qu'à son égoïsme. Il voulait Hope.

Est-ce bien grave ? Ce n'est pas comme si j'avais l'intention de la garder prisonnière pour toujours. Nous allons faire l'amour, tous les jours, toutes les heures, jusqu'à ce que nous soyons tous deux à la fois satisfaits et fatigués l'un de l'autre. Quand je saurai qu'elle ne va pas épouser l'autre moins que rien, et que j'aurai satisfait mes désirs, nous pourrons mettre un terme à ces petites vacances imprévues.

Jason fronça les sourcils. Son corps et son esprit se rebellaient contre cette pensée. En la regardant allongée sur le lit, endormie et vulnérable, son instinct possessif s'empara de lui.

Elle est à moi.

Maintenant qu'il savait certains de ses secrets, il se sentait encore plus protecteur vis-à-vis d'elle, même s'il était si en colère et qu'il avait envie de la réveiller pour qu'elle lui avoue tout. Pourquoi avait-elle menti ?

Jason cessa difficilement de la regarder, il ôta son pantalon et sa chemise, puis il ferma les volets pour atténuer la lumière qui entrait dans la chambre. La pièce était toujours très lumineuse en cette fin d'après-midi.

Il se glissa dans le lit, à côté d'elle, se demandant si son petit ronflement délicat n'était qu'un résultat de son ivresse. Ce ronflement était plutôt...sexy.

Hope poussa un petit gémissement et se tourna sur le côté. Inconsciemment, elle enroula son corps autour du sien à la recherche d'une source de chaleur.

— Jason, murmura-t-elle d'une voix faible teintée par le désir.

Hope étant clairement endormie, Jason se demanda comment elle pouvait savoir qu'il s'agissait de lui et non de son fiancé.

Elle me cherche dans son lit.

Le fait qu'elle le cherche inconsciemment lui fit l'effet d'un coup de poing à l'estomac. Jason enroula ses bras autour d'elle.

— Tu me dois beaucoup de réponses, femme, murmura-t-il.

Il ferma les yeux avec le sentiment que Hope était enfin à sa place. Son sexe était en érection, mais il s'en fichait. Pour l'instant, il était satisfait de l'avoir à ses côtés.

Ne souhaitant pas penser à ce qui se passerait le lendemain, il ferma les yeux et s'endormit à son tour blotti contre elle.

Chapitre 2

Hope se réveilla lentement. Sa tête la faisait souffrir comme si quelqu'un lui avait frappé le crâne à coup de marteau. Son estomac était agité par la nausée. La lumière lui faisant mal aux yeux, elle s'empressa de les refermer, une main posée sur sa tête endolorie et l'autre sur son ventre mécontent.

Que diable m'est-il arrivé ?

Hope ayant néanmoins un besoin urgent d'aller aux toilettes avant que sa vessie n'explose, elle ouvrit les yeux avec précaution pour s'habituer progressivement à la lumière.

Oh bon sang.

Enfin, sa vision s'éclaircit et elle prit conscience de la présence d'un très grand corps allongé à côté du sien. Elle tourna vivement la tête en direction de l'inconnu et haleta en découvrant son identité.

Jason ?

Mais où suis-je ?

Hope sortit lentement du lit, déterminée à trouver les toilettes en priorité. Elle n'eut pas à chercher bien loin. La chambre avait sa propre salle de bain attenante, si proche qu'elle pouvait la voir depuis le lit. Assise sur le bord du lit avec un tambour à la place du cerveau, la courte distance qui séparait le lit de la salle de bain lui semblait faire plusieurs kilomètres.

Lève-toi. Lève-toi avant de te faire pipi dessus.

— Tu as besoin d'aide ?

Hope tressaillit en entendant la douce voix de baryton qui lui fit l'effet d'un hurlement dans sa tête douloureuse.

— Non, répondit-elle, ses yeux rivés sur les abdos spectaculaires de Jason.

Ce dernier s'était levé sans même qu'elle s'en rende compte et se tenait désormais devant elle. Il n'était vêtu qu'un d'un boxer bleu marine, et rien d'autre. Mortifiée, elle ne parvenait même pas à le regarder dans les yeux.

Sans prévenir, Jason la souleva dans ses bras et la porta jusqu'à la salle de bain. Il la déposa délicatement, sortit de la pièce et ferma la porte.

Dieu merci !

Hope s'occupa des besoins urgents de son corps, puis elle tituba jusqu'au lavabo où elle se lava les mains. Sa tête tournait toujours. L'ensemble de la salle de bain semblait tanguer autour d'elle.

Un grand bras masculin se glissa par la porte entrouverte et lâcha une chemise de nuit dans la salle de bain. Hope regarda le vêtement étalé au sol, puis elle fléchit ses jambes tremblantes pour le ramasser. Elle se déshabilla sans quitter ses sous-vêtements, puis elle enfila la chemise de nuit.

Sa bouche étant aussi sèche qu'un désert aride, elle tendit la main en direction du lavabo et attrapa l'un de gobelets posés à l'envers pour le remplir d'eau, ne se souciant pas vraiment de savoir s'il était propre ou non. Le gobelet était posé à l'envers, elle supposa donc que celui-ci n'avait pas été utilisé. Elle but lentement l'eau tout en regardant le panier posé à côté du lavabo. Celui-ci contenait des brosses à dents neuves ainsi qu'un tube de dentifrice. Hope s'empara d'une brosse à dents, se brossa rapidement les dents, se rinça la bouche et bu encore un peu d'eau. Était-elle malade ? Rien ne semblait avoir de sens dans son esprit embrumé, si ce n'est le fait qu'elle se sentait particulièrement mal.

Jason ouvrit silencieusement la porte, la prit délicatement dans ses bras et la ramena au lit. Après lui avoir donné un comprimé d'Ibuprofène, il lui tendit une bouteille de Gatorade.

— Prends ça et mange un morceau. Tu te sentiras bien mieux, dit-il doucement.

Hope avala le comprimé avec une gorgée de la boisson énergisante, puis son regard se posa sur le plateau posé devant elle. Sur celui-ci, il n'y avait que quelques tranches de pain grillé, mais son estomac se révolta à la seule idée de manger.

— Je crois que je ne vais pas pouvoir manger, dit-elle d'une voix cassée. Où sommes-nous ?

Jason prit une tranche de pain, en coupa un petit morceau et le plaça devant sa bouche.

— Il faut que tu manges un petit quelque chose. Tu ne te souviens pas de Vegas ?

Vegas.

J'ai croisé Jason par hasard.

J'ai paniqué.

J'ai bu.

J'étais toujours paniquée.

J'ai continué à boire.

Hope ouvrit docilement la bouche, prit distraitement le morceau de toast que lui présentait Jason et essaya de trier ses pensées confuses tout en mastiquant. Ses souvenirs de la veille n'étaient pas clairs, mais elle se souvenait avoir été particulièrement nerveuse à l'idée que Jason découvre la vérité. Elle avait bu un peu d'alcool pour se donner du courage, ce qu'elle n'avait encore jamais fait de toute sa vie. Hope ne buvait que très rarement par peur de reproduire le comportement de son père qui était un alcoolique notoire. Jason continua de la nourrir et elle prit un autre morceau en bouche sans même s'en rendre compte.

Après avoir avalé sa bouchée, elle demanda avec hésitation :

— Est-ce que je suis malade ?

— Tu as juste une sacrée gueule de bois, répondit Jason. Tu étais saoule.

Hope n'avait encore jamais suffisamment bu pour faire l'expérience d'une gueule de bois. À cet instant précis, elle se jura de ne plus jamais réitérer l'expérience. Elle avait l'impression d'avoir été mâchée puis recrachée par un hachoir à viande géant.

— Je ne bois généralement pas beaucoup, murmura-t-elle.

— Bienvenue dans le monde de la fête et de l'excès, répondit doucement Jason. Je te suggère de te rendormir un peu. C'est ce que tu peux faire de mieux pour l'instant, ajouta-t-il en plaçant un autre morceau de pain dans la bouche de Hope.

Elle leva une main pour lui indiquer qu'elle avait suffisamment mangé, Jason récupéra le plateau.

— Fini le Gatorade. Tu es probablement déshydratée, dit-il avant de s'en aller pour aller reposer le plateau dans la cuisine.

Hope sirota lentement la boisson. Son mal de tête commençait à passer. En regardant autour d'elle dans la chambre aussi luxueuse que gigantesque, elle se demanda dans quel hôtel Jason logeait à Vegas. Tout ce qui l'entourait était beau et qualitatif. La disposition de la chambre ne ressemblait même pas à celle d'un hôtel de luxe.

Le réveil posé à côté du lit indiquait sept heures du matin.

— Mon vol, murmura-t-elle vivement.

Hope avait réservé un vol au départ de Vegas tôt le matin.

— Annulé, dit Jason avec fermeté en entrant dans la chambre d'un pas nonchalant.

Il semblait très à l'aise avec le fait d'être presque nu.

Un mec comme lui n'a probablement aucun complexe.

Jason était bâti comme un Adonis.

— Tu as annulé ma réservation ? demanda-t-elle avec stupeur.

— Ce n'est pas comme si tu étais en état de prendre cet avion, répondit-il avec ironie. Je crois que les gens ivres ne sont pas autorisés à bord des vols commerciaux. Dors, Hope.

Hope vida la bouteille de Gatorade, puis elle la posa sur la table de chevet. Elle aurait aimé pouvoir se rendre à la cuisine pour la mettre à la poubelle, mais elle n'était vraiment pas sûre de pouvoir marcher aussi loin. Ses paupières étaient lourdes et sa tête la faisait toujours souffrir.

— Je suis dans un état lamentable. Je suis désolée que tu sois coincé ici pour t'occuper de moi, dit-elle.

Hope s'en voulait de s'être autant laissée aller devant Jason. Apparemment, il était resté avec elle et il avait dormi dans le même lit pour veiller sur elle. De toute évidence, Jason n'était pas du genre à porter un pyjama. Peut-être avait-il pour habitude de dormir entièrement nu et qu'il faisait preuve de délicatesse en gardant ses sous-vêtements. Hope déglutit nerveusement en imaginant le corps délicieusement nu de Jason emmêlé dans les draps pendant son sommeil.

Jason se glissa à nouveau dans le lit à côté d'elle et tira le corps fatigué de Hope contre le sien, sa tête posée sur son épaule.

— Tu te sentiras bien mieux à ton réveil, dit-il.

Il s'interrompit un instant avant d'ajouter d'un ton badin :

— Peut-être que cette fois tu ne ronfleras pas.

— Est-ce que j'ai ronflé ? demanda-t-elle avec effroi.

— Oui. Mais c'est plutôt érotique, répondit-il. Ça se rapproche plus d'un ronronnement que d'un ronflement.

— J'étais saoule, répondit-elle avec dégoût.

Lentement, ses yeux se fermèrent.

Le petit rire de Jason fut la dernière chose qu'elle entendit avant de se rendormir.

À son réveil, Hope y voyait déjà plus clair, son mal de tête n'était plus qu'une vague sensation. Sa nausée avait disparu, mais elle avait toujours aussi soif.

Jason n'était plus à côté d'elle, l'oreiller froissé étant la seule preuve qu'elle n'avait pas rêvé sa présence ici.

Quinze heures.

Le réveil posé sur la table de chevet indiquait qu'elle avait dormi toute la journée.

— Oh merde, murmura-t-elle.

Hope devait être complètement saoule, même si elle ne se souvenait pas vraiment du nombre de verres ingurgités – manifestement trop ! Elle se glissa hors du lit et posa ses pieds sur le tapis moelleux, ce qui la fit soupirer doucement et nerveusement. Comment diable avait-elle pu se laisser aller ainsi ? Hope alla dans la salle de bain et but encore un peu d'eau. En retournant dans la chambre, elle remarqua la présence de ses bagages empilés dans un coin.

Comment sont-ils arrivés ici ? Jason avait-il réglé sa chambre d'hôtel pour la ramener, elle et ses affaires, là où il séjournait ?

Elle grimaça en voyant son grand portfolio à côté de sa valise. Des preuves accablantes. Était-il possible que Jason ne l'ait pas ouvert ?

Hope sursauta en ressentant une sensation familière : son félin, Daisy, se frottait contre ses jambes nues pour lui dire bonjour.

— Daisy ? fit-elle avant de prendre machinalement son chat dans ses bras.

Mais bon sang, que se passe-t-il ?

Elle s'empressa d'ouvrir la porte de la chambre, puis elle regarda autour d'elle. Hope ne tarda pas à comprendre qu'elle ne se trouvait certainement pas dans un hôtel. Tout en caressant nerveusement Daisy, elle déambula dans le couloir jusqu'à un salon spacieux avec une belle cheminée ainsi qu'un plafond cathédrale aux poutres apparentes. À sa droite, elle découvrit une grande cuisine aux murs ornés de casseroles en cuivre et équipée de surfaces de travail en granit brillant.

— Incroyable, murmura-t-elle.

Jason avait beau être milliardaire, comment s'y était-il pris pour trouver un endroit pareil à Las Vegas ? Un tel logement devait probablement se trouver à l'extérieur de la ville.

— Ça va ? dit soudain Jason depuis un fauteuil inclinable du salon.

Hope ne l'avait pas vu. Elle était trop occupée à contempler le plafond.

— Oui. Je crois, répondit-elle avec hésitation.

Vêtu d'un jean ainsi que d'une chemise assortie à ses beaux yeux, Jason était à croquer.

— Qu'est-ce que tu fais ? Où sommes-nous ?

Jason se débarrassa de l'ordinateur portable qui était posé sur ses genoux, puis il se leva.

— J'attendais que tu te réveilles, dit-il.

— Je suis tellement désolée pour tout ça. Je ne bois jamais. Je suis désolée que tu aies dû t'occuper de moi la nuit dernière. Je vais juste prendre une douche et je m'en vais. Je prendrai le prochain vol pour Aspen.

— Pas seulement la nuit dernière l'informa Jason. Hope, ça fait deux jours que nous nous sommes croisés à Las Vegas.

— Deux...deux jours ? balbutia-t-elle.

C'est impossible.

— Oh mon Dieu. Je dois rentrer dans le Colorado, dit-elle tout en posant Daisy au sol.

— Tu es déjà dans le Colorado, dit Jason en s'approchant d'elle.

— À Aspen ?

— À Rocky Springs, répondit-il brusquement.

Rocky Springs ? Hope avait souvent entendu parler de cette riche ville touristique, mais elle ne s'y était jamais rendue.

— Qu'est-ce que je fais ici ? Pourquoi Daisy est ici ?

Jason haussa les épaules.

— Je n'avais plus rien à faire à Las Vegas. Je ne savais pas si quelqu'un était présent chez toi pour veiller sur le chat pendant ton absence, alors je l'ai ramené ici. La famille Colter, propriétaire de ces lieux, sont des amis. J'avais des affaires à régler avec Tate Colter, alors je t'ai emmenée avec moi.

Hope avait également entendu parler des Colter. À vrai dire, tout le monde connaissait cette famille outrageusement riche qui possédait à peu près tout dans cette région.

— D'accord, dit-elle pensivement. J'imagine que ça facilite les choses. Au moins, je suis déjà dans le Colorado. Je suppose que je dois donc te remercier de m'avoir ramenée ici.

Jason l'avait manifestement véhiculée à bord de son jet privé. Elle lui avait déjà causé suffisamment de problèmes. À partir d'ici, elle n'aura aucune difficulté à regagner Aspen.

— Si ça ne te dérange pas, je vais prendre une douche et te laisser tranquille. Je devrais pouvoir louer une voiture en ville, si ça ne t'ennuie pas de m'y déposer, dit-elle.

Hope se retourna, mortifiée à l'idée de s'être laissée aller au point d'en oublier deux jours entiers de sa vie.

Avant même d'avoir pu faire deux mètres, Jason lui saisit le bras et la fit pivoter sur elle-même.

— Tu vas rester encore un peu, l'informa-t-il, son visage impassible.

— Je ne peux pas rester. J'ai des obligations, répliqua-t-elle avec agacement face à l'attitude autoritaire de Jason.

— Tu restes, répéta Jason. Et nous allons avoir une petite discussion. Ensuite, je te mettrai au lit et je te ferai l'amour jusqu'à ce que tu ne penses plus qu'à moi. Je pense que nous avons passé beaucoup trop de temps à ignorer l'attirance qui régnait entre nous.

Abasourdie, Hope resta bouche bée.

— Je m'en vais et je ne coucherai pas avec toi, fulmina-t-elle. Je... je suis fiancée.

— Voilà autre chose dont nous devons parler, dit Jason d'un air menaçant.

— Il n'y a rien à dire, répliqua-t-elle défensivement.

Il faut que je m'éloigne de lui. Tout de suite.

Jason posa ses mains sur ses épaules.

— De quoi te souviens-tu de notre temps passé à Las Vegas ? demanda-t-il

En quoi cela pouvait-il bien avoir de l'importance ? Hope avait suffisamment bu pour ne pas se souvenir de son retour dans le Colorado, ni même de la suite.

— Je me souviens de notre rencontre. Je me souviens être allé boire quelques verres avec toi. Je ne me souviens pas de grand-chose après ça, avoua-t-elle avec exaspération.

— Dans ce cas, tu as oublié la majeure partie de ces dernières quarante-huit heures, souligna Jason. Il n'y aura aucun autre homme, Hope. Tu n'es fiancée avec personne, tu es déjà mariée. Avec moi, conclut-il d'une voix inflexible.

Jason prit la main gauche de Hope dans la sienne, glissa ses doigts entre les siens et plaça leurs mains jointes contre son torse.

Hope haleta lorsque son regard se posa sur sa propre main. Celle-ci était désormais ornée d'un diamant qui lui renvoyait un scintillement aveuglant. Hope était en si mauvais état qu'elle ne l'avait pas remarqué jusqu'à présent. Quant à Jason, il portait un anneau d'or à l'annulaire gauche.

— Non, dit-elle avec horreur en secouant la tête.

— Si, répliqua Jason. Nous sommes mariés, Hope.

— Je ne peux pas être marié avec toi. Comment pourrais-je bien ne pas me souvenir de mon propre mariage ? *C'est impossible !*

Jason lui lâcha la main et son bras retomba le long de son corps. Sans rien dire de plus, il glissa sa main dans sa poche pour en sortir un papier qu'il lui tendit.

Hope s'empressa de le déplier et regarda l'acte de mariage comme s'il s'agissait d'un acte de décès. Elle parcourut rapidement le document du regard et s'arrêta aux signatures en bas de celui-ci. La signature n'était pas très droite, mais il s'agissait bien de la sienne.

— Oh mon Dieu. Je dois être dans un cauchemar, grogna-t-elle.

— C'est pourtant bien réel. Quand j'ai trouvé le document, je l'ai fait vérifier. C'est bien arrivé, Hope. Le mariage a été enregistré à Las Vegas, répondit-il froidement.

— Nous avons prononcé nos vœux de mariage ?

— Apparemment, oui, confirma-t-il.

La tête de Hope virevoltait, son regard figé sur le visage stoïque de Jason. Ses yeux sondaient les siens en profondeur.

— Toi aussi tu étais ivre ? demanda-t-elle.

Hope ne voyait aucune autre explication à une telle folie.

— C'est juste une grosse erreur. Nous pouvons le faire annuler. Nous pouvons leur dire qu'aucun de nous deux n'était en état de prendre une telle décision, s'empressa-t-elle de lui suggérer.

— Je nierais une telle explication, répondit-il impitoyablement. Maintenant que tu es ici, nous avons des choses à terminer.

Hope détacha son regard de Jason et se dirigea vers la cuisine. Elle posa l'acte de mariage sur le plan de travail et prit appui sur la surface en pierre pour ne pas s'écrouler. Hope ressentait un besoin urgent de se retrouver seule pour faire le point et pour mettre un peu de distance entre elle et Jason.

Même si j'étais saoule, comment ai-je bien pu devenir madame Hope Sutherland en moins de quarante-huit heures ?

— Pourquoi nier cette explication ? demanda-t-elle en levant à nouveau les yeux vers lui. C'est pourtant simple, il n'y a même pas besoin d'en parler. Nous avons commis une erreur et nous devons y remédier.

Jason s'approcha d'elle avec la grâce sauvage d'un lion. Il plaça ses mains sur le plan de travail, piégeant efficacement Hope entre ses bras forts et musclés.

— Tu sais, j'ai vraiment très envie de toi, Hope. Je crois l'avoir clairement manifesté la dernière fois que nous étions ensemble. Et surtout, je ne veux pas que tu épouses un homme qui va te rendre malheureuse. Nous pouvons nous envoyer en l'air jusqu'à ce que nous soyons tous deux pleinement satisfaits. Ensuite, et seulement ensuite, ce mariage pourra être annulé.

— Tout ça rien que pour une partie de jambes en l'air ? dit-elle, abasourdie et quelque peu blessée par son comportement.

Dans les yeux de Jason, elle ne vit rien qu'une détermination préméditée. Paradoxalement, cela la rendait furieuse et l'excitait profondément. Il ne s'agissait pas du Jason qu'elle connaissait. Elle se trouvait confrontée à une facette de sa personnalité dont elle ignorait jusqu'alors l'existence. *Enchantée, enfoiré. Maintenant, rends-moi le vrai Jason Sutherland.*

— Tu ne peux pas me contraindre à rester avec toi.

— Tu crois ? fit-il sans manifester la moindre émotion. Et si je disais à tes frères que tu nous mens depuis très longtemps ? Comment crois-tu qu'ils réagiraient ?

Jason est donc au courant.

— Tu n'oserais pas faire une chose pareille. Tu sais qu'ils seraient blessés, s'exclama Hope.

Elle se demandait bien ce que Jason savait précisément. De toute évidence, il avait appris l'existence de sa carrière secrète, son portfolio étant on ne peut plus révélateur. *Bon sang !*

— Alors, pourquoi avoir menti, Hope ? Pourquoi ? Comment penses-tu que ta famille aurait réagi si quelque chose t'était arrivé alors qu'ils ne savent rien de ta carrière ? Et si tu avais disparu dans une catastrophe naturelle ? Ils n'auraient jamais su ce qui t'est arrivé. Tout le monde serait anéanti, répondit Jason. La colère était palpable dans le son de sa voix.

— En ce qui me concerne, ta disparition m'aurait hanté pour le restant de mes jours.

— Je ne vois pas en quoi cela t'aurait affecté. En quoi cela te concerne-t-il ? Ce n'est pas ton affaire. Nous ne sommes même plus amis. Nous avons eu une petite aventure le jour du Nouvel An, rien de plus. J'ai grandi, il y a longtemps que je suis passé à l'âge adulte, Jason. Je n'ai pas besoin de ta protection, feula-t-elle en poussant contre son buste solide comme un roc.

Jason avait beau être en colère, Hope n'appréciait pas son petit chantage.

Néanmoins, elle ne pouvait pas prendre le risque de le laisser en parler à ses frères. Ils seraient dévastés d'apprendre qu'elle ne leur parlait pas de sa vraie vie. Mais elle ne pouvait tout simplement pas leur en parler. S'ils la savaient en danger, ils la suivraient partout, faisant de sa sécurité une priorité. Jamais elle ne pourrait faire son travail correctement de cette façon. Malheureusement, ils découvriraient également qu'elle leur avait menti. Hope aimait ses frères plus que tout au monde. Le fait de leur mentir avait évidemment mis de la distance entre elle et ses frères, ce qui lui brisait le cœur. Malheureusement, elle ne voyait pas d'autre solution. Après son enfance étouffante, elle avait ressenti le besoin de se sentir libre et de se créer sa propre carrière, tout comme Dante l'avait fait en devenant enquêteur. Étant la cadette et la seule femme de la famille, ses frères étaient inévitablement surprotecteurs avec elle. D'autant plus que leur fortune leur permettait sans difficulté de la placer sous surveillance continue. Cela lui était tout bonnement insupportable.

— Je prends la liberté d'en faire mon affaire, ma petite pêche, dit-il d'une voix gutturale.

Jason enveloppa le visage de Hope avec ses mains et approcha sa bouche de la sienne.

Ma petite pêche ? Il ne l'avait pas appelée ainsi depuis sa jeunesse, lorsqu'il lui avait dit que les reflets orange de sa chevelure lui rappelaient la couleur d'une pêche bien mûre. À l'époque, alors que son ego était au plus bas, ce fut plutôt agréable à entendre. Aujourd'hui, ce petit surnom lui donnait l'impression d'une moquerie plutôt que d'un qualificatif réconfortant.

— Ne m'appelle pas..., commença-t-elle à dire, ses mots furent étouffés par la bouche de Jason qui s'empara de la sienne en un baiser exigeant et intense qui la fit pratiquement capituler.

Hope était désormais accablée par son parfum si familier et masculin. Il avait un goût de menthe, d'arabica et de désir charnel à l'état pur. Sa langue lui caressait les lèvres et la soumettait à sa volonté.

Ne cède pas. Il te manipule. Ne cède pas.

Ses mamelons la trahirent en se dressant sous l'effet des frottements du buste de Jason contre sa poitrine. Son désir sexuel devint soudain plus fort que sa volonté de résister. Hope glissa ses doigts dans les cheveux de Jason, les agrippa et tira sa bouche contre la sienne. Leurs lèvres fusionnèrent et ils se dévorèrent l'un l'autre. Plus Jason se montrait entreprenant, plus elle lui répondait.

Le désir de Hope ne cessa de croître, la poussant à gémir contre sa bouche. Elle avait envie de lui. Cela faisait si longtemps qu'elle avait envie de lui. Mais elle était incapable de donner à Jason ce qu'il voulait. Son corps en avait envie, mais l'impossibilité de passer à l'acte était frustrante.

Ils rompirent leur baiser, tous deux à bout de souffle.

— Lâche-moi, Jason, dit-elle sèchement en poussant fermement contre ses épaules. Lâche-moi.

Elle s'agita et se dégagea de son étreinte. L'espace d'un bref instant, elle crut même l'entendre murmurer « jamais ».

— Je vais prendre une douche et je m'en vais.

— Va prendre une douche, grogna-t-il. Après tu mangeras un morceau et tu m'expliqueras précisément pourquoi tu as jugé nécessaire de mentir à tous ceux qui t'aiment. Ma menace n'était pas dans le vide, Hope, l'avertit-il d'un air inquiétant.

— Je ne cesserai jamais de t'en vouloir pour ça, lui dit-elle avec colère, furieuse contre elle-même de ne toujours pas parvenir à maîtriser l'attirance qu'elle ressentait pour lui en dépit de son comportement d'enfoiré.

— Qu'est-ce qui ne tourne pas rond chez toi ? Qu'est-il arrivé au Jason qui venait me sauver plutôt que m'intimider ?

— Ce Jason-là a grandi et il est devenu un sacré enfoiré, répondit-il d'un air morose, ses yeux bleus azur froids et sombres. Si ça peut t'aider à te sentir mieux, alors déteste-moi, mais je ne te laisserai pas partir d'ici tant que je n'aurais pas obtenu ce que je veux.

Salaud !

Hope le détestait un peu plus chaque fois qu'il ouvrait la bouche. Soudainement désireuse d'effacer ce regard suffisant de son visage, elle se dirigea vivement vers lui et lui envoya sa main en direction de son visage.

Clac !

La satisfaction de cette gifle suffit à lui faire oublier la douleur qui irradia sa main. Comment osait-il lui faire du chantage rien que pour la mettre dans son lit ?

Choqué, Jason saisit le poignet de Hope pour se prémunir d'une autre gifle, ce qui ne fit qu'attiser la colère qu'elle ressentait déjà.

Non seulement elle était énervée, mais elle était aussi et surtout attristée face à ce nouveau Jason. Cet homme lui donnait l'impression d'être un parfait inconnu et son cœur pleurait la perte de celui qui gardait toujours ses secrets sans rien exiger en retour.

— Je suppose que cette gifle signifie que tu as décidé de me mépriser? demanda-t-il en posant sa main sur sa joue rougie. Mais ça n'a pas d'importance, ajouta-t-il.

L'espace d'un bref instant, Hope crut apercevoir de la tristesse dans son regard froid, mais l'instant d'après, cette émotion semblait avoir disparu.

— Je ne vois pas à quoi tu t'attendais, dit-elle en agitant son bras pour se défaire de sa prise. Je l'avoue, j'étais saoule, ce qui ne me ressemble pas du tout. Je l'avoue, je n'ai pas été très claire au sujet de ma carrière. Mais ça ne te concerne pas. Je suis une adulte. Ce que je fais et ce que je décide de dire ou de ne pas dire aux autres ne te concernent pas. Je ne suis rien pour toi, Jason. Et pour moi, tu n'es rien d'autre qu'un vieil ami d'enfance, dit-elle.

Menteuse ! Le cœur de Hope était empli de chagrin. L'homme qu'elle aimait tant était bien différent du Jason qui se tenait aujourd'hui devant elle.

— Tu es loin de n'être rien pour moi. Et tu peux le nier autant que tu le souhaites, mais l'attirance physique que tu as pour moi est indéniable même si tu me détestes, lui dit-il calmement. Tu es mariée avec moi. Moi aussi j'ai une alliance à mon doigt et personne ne me contraint à faire quoi que ce soit. Tout ce que je te demande, c'est de m'accorder un peu de temps.

— Tu me demandes d'être ton esclave sexuelle en échange de ne rien dire à mes frères. Tu ne me demandes absolument pas de t'accorder du temps, Jason. Ce que tu fais, c'est du chantage, dit-elle avec véhémence.

— Non, je demande bel et bien du temps. Le sexe va de soi. Bon Dieu, ne ressens-tu pas la tension sexuelle entre nous ? demanda-t-il en glissant nerveusement sa main dans ses cheveux. Et tu n'es pas mon esclave sexuelle, ajouta-t-il avec insistance. . . Tu es ma femme.

— Pas pour longtemps, assura-t-elle, bien qu'incertaine.

Jason semblait offensé par le tableau qu'elle venait de dresser. Pour elle, sa réaction n'avait aucun sens. N'était-ce pas précisément ce qu'il lui demandait ?

— Et le sexe n'est pas un acquis. C'est hors de question.

Incapable de l'entendre dire un autre mot sans que son cœur ne soit arraché de sa poitrine, elle partit hâtivement en direction de la chambre. Elle verrouilla la porte derrière elle et ouvrit sa valise. À côté de celle-ci, elle trouva un sac contenant toutes ses affaires. Hope comprit alors que quelqu'un s'était rendu chez elle, ce qui lui donna la chair de poule. Celui qui avait ramené Daisy s'était également occupé de lui apporter d'autres vêtements. Hope frissonna d'indignation. Elle s'empara d'un jean ainsi que d'un débardeur propre, entra dans la salle de bain et s'empressa de fermer la porte à clé avant de se mettre à pleurer.

Le cœur lourd, Jason prit les clés de son véhicule de location. Hope lui en voulait et il s'en voulait peut-être plus encore.

Certes, il n'avait pas *vraiment* menti. Il lui avait juste laissé penser qu'il était tout aussi ivre qu'elle lors du mariage. Hope était déjà bien assez énervée qu'il l'ait forcée à rester. Il n'osait même pas imaginer sa fureur si elle venait à découvrir qu'il était non seulement parfaitement sobre lors de la cérémonie, mais qu'il avait aussi orchestré le tout du début à la fin.

Jason avait passé son temps à se dire qu'elle avait menti, qu'elle n'était pas la femme qu'il avait connue. Mais aussi le fait que s'il n'agissait pas immédiatement, elle vivrait une vie malheureuse, mariée à un moins que rien. Voilà ce qui l'avait poussé à se comporter comme un salaud au cœur de pierre.

Pourtant, à travers la colère, Jason avait bien vu la déception de Hope, et cela lui brisait le cœur.

Il posa sa main sur sa joue toujours endolorie et ne put s'empêcher de sourire. La douleur lui rappelait que Hope savait se défendre lorsqu'elle était en colère. Jason pouvait faire face à sa colère. C'était bien mieux que le regard désenchanté qu'elle avait posé sur lui, un regard qui lui signifiait qu'elle n'avait plus du tout confiance en lui.

Jason sortit de la maison et verrouilla la porte derrière lui en essayant tant bien que mal de ne pas laisser ce regard hanter ses pensées.

Chapitre 3

Je ne vais pas pouvoir me cacher dans la salle de bain pour toujours. Se sentant bien mieux après sa douche, Hope ne se donna même pas la peine de se maquiller ou de se sécher les cheveux. Sa gueule de bois était néanmoins encore bien présente et elle n'était pas pressée d'aller faire face à Jason.

Je dois trouver un moyen de l'empêcher de parler à mes frères. Il fut un temps où je pouvais lui confier mes secrets. Serait-ce possible aujourd'hui ?

Hope se refusait à céder et à coucher avec lui. Pourrait-elle tout de même lui faire confiance si elle lui accordait le temps dont il avait besoin ? Lui faisait-elle encore suffisamment confiance pour croire qu'il ne dévoilerait rien à ses frères ni à qui que ce soit d'autre ? Le Jason qu'elle avait vu aujourd'hui était différent du jeune garçon qu'elle avait connu dans sa jeunesse. Il ne ressemblait même plus à l'homme qui lui avait donné du plaisir quelques mois auparavant. Un plaisir dont elle était désormais avide.

Qui est donc le vrai Jason Sutherland ? Et comment ai-je bien pu finir mariée à cet homme ?

Comment avait-elle laissé une chose pareille arriver ? *Idiote, idiote. Où avais-je la tête ?* Sa tête n'était probablement pas très active à ce moment-là, voilà le problème. Son état normal avait été sévèrement altéré par l'alcool. Le fait de tomber sur Jason à Las Vegas l'avait déstabilisée. Elle ne se souvenait pas de grand-chose après leur arrivée au bar de l'hôtel, mais elle se souvenait néanmoins de son anxiété à l'idée que Jason découvre ses secrets. C'est pour cela qu'elle avait enchaîné les verres – pour se détendre.

Elle avait du mal à imaginer Jason ivre au point de l'épouser, mais ce fut manifestement le cas. Jason aimait avoir une maîtrise totale de lui-même et des situations. Hope avait donc beaucoup de difficultés à l'imaginer se laisser aller à ce point-là.

Elle regarda le diamant étincelant sur sa main gauche. La grosse pierre précieuse semblait lui faire un clin d'œil moqueur. L'alliance était magnifique par sa simplicité : un seul diamant serti sur un anneau gravé de délicats nœuds celtiques. Elle se doutait bien que cette création avait dû coûter une fortune.

— Je dois mettre fin à tout ça, murmura-t-elle avec détermination. Hope abaissa sa main. La façon dont ce mariage avait eu lieu n'avait pas vraiment d'importance. Ce qui importait, c'était la vitesse à laquelle elle pouvait obtenir une dissolution de celui-ci et empêcher Jason de révéler ses mensonges à ses frères. Hope devait reprendre les rênes de sa vie au plus vite, même si Jason n'approuvait pas son choix de carrière.

Qu'est-ce que cela pouvait bien lui faire ? Sans l'ombre d'un doute, il voulait coucher avec elle. Mais quel genre d'homme – quel genre de milliardaires en mesure d'épouser la femme de son choix – pouvait bien s'intéresser à une femme comme elle ? Hope ne comprenait sincèrement pas ce qui le motivait à aller si loin rien que pour passer du bon temps avec elle. Toutes les femmes qu'il rencontrait étaient à ses pieds. Pourquoi perdait-il son temps et sa raison rien que pour avoir des relations sexuelles avec elle ? De toute façon, cela n'était pas près de se produire.

Quelle espèce de salaud insistant, arrogant et prétentieux !

Peut-être était-il véritablement blessé et en colère d'avoir découvert ses petits secrets, mais elle ne comprenait vraiment pas pourquoi. Jason avait beau être ami avec ses frères, les mensonges de Hope n'avaient aucun impact sur sa vie. Peut-être justifiait-il tout cela par le fait de défendre ses amis. Hope se doutait bien que ses mensonges finiraient un jour par se retourner contre elle. Elle ne se doutait tout simplement pas que cela se produirait ainsi.

Jason ne comprendra jamais.

Il était peu probable que le mâle inflexible auquel elle était confrontée comprenne pourquoi elle n'avait eu d'autre choix que de mentir. Parfois, Hope n'était elle-même pas sûre de comprendre pourquoi elle avait menti.

— Arrête ça, Hope, se dit-elle avec fermeté.

Elle ouvrit la porte et se força à retourner au salon.

Au même instant, Jason franchissait la porte d'entrée avec les bras chargés de sacs.

— J'ai à dîner, dit-il d'un ton désinvolte. Je ne suis pas un grand cuisinier.

Hope le débarrassa de quelques sacs et les posa sur la table de la cuisine.

—Est-ce que tu as faim ? demanda-t-elle en regardant l'énorme quantité de nourriture, lui faisant même oublier sa colère un instant.

— Je suis affamé, avoua-t-il avec un sourire penaud. Mais je crois que j'ai eu les yeux plus gros que le ventre.

Son sourire la déstabilisa. Il ressemblait soudain davantage au Jason qu'elle connaissait et son cœur manqua un battement. Hope mordilla sa lèvre inférieure avec concentration tandis qu'elle essayait de lire son visage, essayant de déterminer s'ils pouvaient discuter sans se mettre en colère.

Face à tout ce qu'il avait commandé à manger, elle devait bien admettre qu'il s'était quelque peu emporté. Hope sortit des assiettes du placard et déballa d'énormes hamburgers, des frites, des champignons frits et même des huîtres des Rocheuses.

Une fois tous deux assis, ils mangèrent en silence, concentrés sur leur nourriture. Hope était affamée maintenant que son estomac allait mieux. Elle n'osait rien dire qui pourrait ramener le Jason glacial contre lequel elle s'était battue quelques heures plus tôt. Il semblait plus détendu, plus accessible. Hope s'empara d'une huître des Rocheuses, la mit dans sa bouche et réprima un gémissement de délectation. Après une gorgée de soda, elle dit à Jason :

— C'est délicieux.

Après avoir englouti la dernière bouchée de son second hamburger, Jason tendit le bras pour prendre une huître des Rocheuses.

— Le propriétaire du restaurant m'a dit qu'il s'agissait d'une spécialité de la maison, dit-il avant de la manger et d'en attraper une autre.

— C'est effectivement délicieux. Je crois que ce ne sont pas vraiment des huîtres. Ça ressemble presque à du poulet frit. Qu'est-ce que c'est? demanda-t-il en mettant la deuxième en bouche.

Maléfique, Hope attendit qu'il avale le tout avant de répondre.

— Ce sont des testicules de taureau. C'est vraiment très bon quand c'est bien cuisiné. Rien de tel que déguster des testicules bien frais, dit-elle d'un ton taquin tout en prenant une autre huître des Rocheuses en bouche.

Boum !

Hope réprima un sourire face à un Jason vraisemblablement sous le choc. Il prit son soda, but plusieurs gorgées et plissa les yeux de dégoût.

— C'est dégoûtant, grogna-t-il. Pourquoi tu ne m'as rien dit ?

Imperturbable, Hope haussa les épaules. Elle s'attendait à une telle réaction. Ses frères auraient réagi exactement de la même manière.

— Tu as beaucoup voyagé. Tu n'essaies jamais la cuisine locale ? Ou peut-être as-tu quelque chose contre les taureaux ?

L'air renfrogné de Jason valait le coup d'œil. À cet instant précis, Hope regrettait de ne pas avoir son appareil photo dans les mains. Même s'il était prêt à manger à peu près n'importe quoi, sa limite se situait manifestement ici. En ce qui la concernait, Hope avait vécu assez longtemps dans le Colorado pour apprécier ce mets si particulier. Elle ne lui avait pas menti en lui disant que ce plat devait être cuisiné à la perfection. Celles qu'il avait achetées étaient absolument parfaites.

— J'ai goûté à toutes sortes de spécialités locales, mais c'est vraiment étrange de manger...ça, dit-il en regardant les huîtres des rocheuses du coin de l'œil.

Hope éclata de rire face au petit côté amusant de Jason qu'elle n'avait encore jamais vu auparavant. Il ressemblait à un petit garçon qui refuserait de manger ses petits pois. Elle regrettait vraiment de ne pas avoir son appareil photo. Hope n'était pas sûre de revoir cela un jour et voulait immortaliser l'instant. Jason Sutherland, le beau milliardaire plein d'assurance, se comportant comme un enfant capricieux.

Jason poussa le reste des huîtres des Rocheuses vers elle.

— Ce n'est pas drôle. Certaines choses sont trop personnelles pour être mangées.

Hope gloussa de rire.

— Je suis certaine qu'elles étaient très personnelles pour le taureau. Quelle preuve d'empathie de ta part. J'en déduis que tu ne viens pas très souvent dans le Colorado.

— Rarement. Et personne ne m'a encore jamais proposé de manger ces…trucs.

Jason ne parvenait même plus à dire ce dont il s'agissait réellement. Hope jubilait.

— J'ai le sentiment que mes frères seraient de ton avis, sourit-elle. Vraisemblablement, les hommes surchargés de testostérone avaient du mal à manger des testicules.

— Sans aucun doute, acquiesça Jason avec une grimace. J'aimerais pouvoir en envoyer à Grady sans lui dire ce dont il s'agit.

— Avoue que si je ne t'avais rien dit, tu les aurais dévorées. C'est délicieux, dit-elle pour le pousser à admettre que cette spécialité de la région était très bonne.

— C'est encore meilleur accompagné d'une sauce cocktail acidulée, mais ils ne t'en ont pas donné.

— Peut-être, mais je sais désormais ce que c'est. Et je n'arrive pas à croire que tu les trempes dans une sauce. Je pense d'ailleurs que tu as fait exprès de ne pas me prévenir, l'accusa-t-il.

En effet, Hope avait intentionnellement attendu qu'il y goûte afin de voir sa réaction qui fut plus amusante qu'elle s'y attendait.

— Peut-être que j'essayais de me venger de tes menaces et de ton comportement d'enfoiré. Chaque minute passée dans ce mariage ne fait qu'aggraver notre erreur stupide.

Le visage de Jason s'assombrit soudainement.

— Tu devais bien avoir envie de ce mariage, Hope. Je suis sûr que je ne t'y ai pas contraint.

Malheureusement, il avait probablement raison. Sur le moment, Hope en avait envie, certainement parce qu'elle avait toujours voulu être avec Jason. Désinhibée par l'alcool, elle ne s'y était apparemment pas opposée.

— Je me demande si l'idée venait de moi, songea-t-elle.

Si seulement elle pouvait se souvenir de cette soirée.

— C'était peut-être une décision mutuelle, dit Jason avant de se lever pour jeter les emballages vides.

Il sortit ensuite une barre de chocolat d'un des placards, déchira le papier qui l'enveloppait et engloutit la moitié de la friandise en une bouchée.

Cela n'avait rien de romantique, mais il était tout à fait possible que Hope soit à l'origine de cette idée. Sans ses défenses habituelles, peut-être l'avait-elle même supplié. Le simple fait d'y penser la fit rougir, son visage était désormais aussi coloré que sa chevelure rousse.

Pour ne plus penser à leur séjour à Las Vegas, Hope se leva et aida Jason à débarrasser la table.

— Comment nous sommes-nous procurés les alliances selon toi ?

— J'imagine que nous les avons achetées, comme n'importe quel autre couple sur le point de se marier, répondit-il avec nonchalance. Après avoir avalé le reste de sa barre de chocolat au lait, il jeta l'emballage vide à la poubelle.

— Est-ce que nos alliances te plaisent ? demanda-t-il.

Sa voix était neutre et calme, mais elle décela néanmoins un soupçon d'incertitude dans son intonation.

— Elles sont magnifiques. Mais ce n'est pas comme si nous allions vraiment les porter, soupira-t-elle.

Hope fit tourner la bague à son doigt, puis elle commença à la retirer.

— Garde-la, exigea-t-il en se tournant vers elle. Pour l'instant, ajouta-t-il d'une voix plus paisible.

Hope la garda à son doigt. Qu'à cela ne tienne. Elle savait qu'elle finirait bien par la retirer, mais elle trouvait cela étrange que Jason porte encore la sienne en plus d'insister pour que Hope la garde à son doigt.

— Où avions-nous la tête ? se demanda-t-elle tout en continuant nerveusement de faire tourner l'alliance autour de son annulaire.

Elle n'était pas du genre à s'abandonner à ses pulsions, et elle était certaine que Jason ne l'était pas non plus. Il était plutôt du genre à longuement peser le pour et le contre avant de prendre une quelconque décision. Il n'était pas devenu milliardaire sans utiliser sa tête.

Jason coinça Hope contre la table de la cuisine. Son regard bleu tumultueux la fit frémir.

— Je te confirme que la tête qui est posée sur mon cou ne fonctionnait pas. Mon sexe, en revanche, envisageait probablement avec joie les conséquences de cette décision, dit-il.

Jason se pencha en avant jusqu'à ce qu'elle puisse sentir son souffle chaud contre ses lèvres.

— Peut-être que je n'étais pas disposé à te voir épouser quelqu'un d'autre que moi, ajouta-t-il avant de capturer sa bouche avec la sienne, enflammant instantanément le désir sexuel de Hope.

Son baiser était possessif. Sauvage. Dévorant. Le genre de baiser auquel elle n'avait pas la force de résister. Les bras enroulés autour du cou de Jason, elle gémit lorsqu'il agrippa audacieusement ses fesses pour la soulever et la poser sur la table, le tout sans jamais ôter ses lèvres des siennes. Son baiser était un mélange de désir charnel associé à la saveur du chocolat qu'il venait juste de consommer, le tout formant un ensemble addictif. Les mains fermement ancrées sur ses hanches, il tira sans ménagement son entrejambe embrasé contre son sexe érigé, permettant ainsi à Hope de constater l'effet qu'elle avait sur lui.

La satisfaction de cet acte fit subitement monter la fréquence cardiaque de Hope, la poussant aussitôt à enrouler ses jambes autour de sa taille, prête à tout pour qu'il soit plus près d'elle encore.

Jason.

Des vagues de chaleur traversèrent son corps tandis que Jason l'embrassait comme s'il avait un besoin vital de cette connexion, comme si la bouche de Hope était ce qui comptait le plus au monde.

Jason.

Elle resserra ses jambes autour de sa taille. Le désir qu'elle ressentait pour lui était tel que son entrejambe fut inondé de chaleur liquide. Ses mamelons se durcirent en deux pics sensibles.

Jason.

Hope ôta sa bouche de la sienne, renversa sa tête en arrière et gémit. Des larmes de frustration coulèrent sur ses joues.

Je ne peux pas faire ça.

— Hope ? fit-il en plaçant une main derrière sa tête pour la forcer à le regarder.

— Qu'est-ce qui ne va pas ? Pourquoi est-ce que tu pleures ?

Hope regarda ses yeux chargés de passion et se sentit incapable de lui expliquer. Le Jason manipulateur venait de céder sa place à l'homme empathique qu'elle connaissait si bien. Malheureusement, cette multitude de personnalités ne faisait que la déstabiliser. Elle voulait tout avouer à son vieil ami, l'homme qui était capable de lui offrir un plaisir exquis. Mais elle ne voulait même pas adresser la parole à l'homme qui voulait la contraindre à rester avec lui par le biais d'un chantage malsain. Au fond d'elle-même, Hope savait qu'il ne s'agissait pas du vrai Jason. Sa froideur glaciale et impitoyable faisait peut-être partie de sa personnalité, mais ce n'était pas tout ce qu'il était.

— Rien ne va, murmura-t-elle.

Hope avait le sentiment que le monde entier s'écroulait soudainement autour d'elle. Elle repoussa Jason.

— C'est mal. Nous n'aurions jamais dû nous marier, Jason. J'ai encore du mal à croire que ça soit arrivé, mais c'est malheureusement le cas, dit-elle.

Jason n'était pas le seul responsable.

Certes, il profitait maintenant de la situation, mais Hope s'était saoulée avant de sauter sur l'occasion d'épouser l'homme de ses rêves. Puis ses mensonges l'avaient rattrapée.

— Je ne pense pas que tu l'aies fait pour des raisons complètement égoïstes. Surtout si tu craignais que j'épouse la mauvaise personne. Peut-être qu'une part rationnelle de toi-même essayait de me sauver.

Jason haussa un sourcil.

— N'essaie pas de faire de moi un héros, Hope. J'étais complètement égoïste. Et le fait que je te demande de rester avec moi est parfaitement hédoniste.

— Dans ce cas, tu as perdu ton temps, répliqua-t-elle.

Hope lui tourna le dos et traversa le salon, suivie de près par Jason.

— Je crois que tu ne mesures pas à quel point j'ai envie d'être avec toi, dit Jason avec fermeté.

Il enroula un bras autour de sa taille et l'attira vers le canapé.

— Explique pourquoi tu as menti. Parle-moi.

Hope atterrit directement sur les genoux de Jason, mais elle s'empressa de s'éloigner de lui pour aller s'asseoir à l'autre bout du canapé. Elle devait éviter cette proximité physique avec lui. Elle avait besoin de révéler une partie de sa vie et tenter sa chance avec Jason, même si elle était toujours scandalisée par ses tactiques totalitaires pour essayer de la faire rester. Hope essuya les larmes de son visage.

— Tu es au courant à propos de ma carrière de photographe ?

— En effet, répondit-il d'un ton acerbe. Il m'aurait été difficile de ne pas voir ton portfolio rempli de photos. Il est également clair que tu ne voulais surtout pas être associée à la famille Sinclair, c'est pourquoi tu n'utilises que tes initiales. Ce que je ne comprends pas, c'est pourquoi tu n'as jamais rien dit à personne.

Hope aperçue un éclair de douleur dans les yeux de Jason.

— Crois-tu vraiment que mes frères m'auraient soutenue ? demanda-t-elle. Je les aime de tout mon cœur, mais ils auraient tout fait pour m'empêcher de faire quelque chose qui me plaît. Tu le sais aussi bien que moi. Bon sang, ils voulaient que je sois suivie par un service de garde rapprochée quand j'étais à l'université. La seule façon que j'ai trouvé de les en dissuader fut de leur dire que personne ne m'associait à la famille Sinclair et que je n'en parlerais jamais à personne. Après mes études, j'ai dû leur faire croire que je menais une vie calme et anonyme, sinon ils m'auraient placée sous surveillance, que cela me plaise ou non. . .

— Pourquoi faut-il que ton travail de photographe se fasse dans des conditions météorologiques extrêmes ? grommela-t-il.

Jason ne pouvait pas être en désaccord avec l'argument qu'elle avançait à propos de ses frères.

— J'ai commencé un peu par hasard, répondit-elle en haussant les épaules. J'ai toujours aimé les tempêtes : la foudre, le tonnerre, les éclairs et plus généralement la force imparable de Dame nature. Les orages que je photographie sont d'une beauté fascinante, car il y a encore tant de choses que nous ne comprenons pas de ces phénomènes. C'est peut-être ce mystère-là qui m'a attiré au départ. J'ai commencé juste après mes études, à mon compte. Principalement avec des photos de la foudre et des éclairs. Certains journaux et d'autres entreprises ont commencé à me les acheter, puis ils en ont redemandé. Petit à petit, j'ai compris que ce que je photographiais était très demandé. Et enfin, j'ai cessé d'attendre que les orages viennent à moi. C'est moi qui me déplaçais pour aller les trouver.

— Donc quand la plupart des gens sensés prenaient la fuite, tu fonçais droit vers les tempêtes ? demanda-t-il avec un air toujours aussi contrarié.

— Oui, dit-elle avec un hochement de tête. Je suis toujours aussi prudente que possible. Les tornades sont imprévisibles, mais David et moi prenons toujours autant de précautions que nous le pouvons. Au début, je n'étais pas aussi prudente. J'étais si naïve et avide de liberté que je ne me souciais pas de ma sécurité. Quand tu grandis sous l'autorité impitoyable d'un père alcoolique, puis que tu te retrouves seule avec une mère qui te met tous les maux du monde sur le dos, la liberté à une saveur unique.

— Ta mère était dure avec toi ? demanda Jason avec colère.

— Oui. Elle me reprochait tous les jours d'être ce qui l'empêchait de partir pour oublier le passé. Elle ne manquait jamais une occasion de me rappeler qu'elle serait libre si je n'existais pas. Le plus beau jour de ma vie fut le dernier jour de lycée. Je pouvais enfin cesser de me sentir coupable d'exister, expliqua-t-elle.

Daisy sauta sur le canapé et Hope s'empressa de la prendre sur ses genoux pour la câliner.

Jason hocha la tête en direction du chat.

— C'est également le jour où tu as récupéré un chat complètement sourd en guise de cadeau.

— Et je ne l'ai jamais regretté, répondit-elle avec honnêteté. Daisy me donne un amour inconditionnel. Elle est d'excellente compagnie, Jason. Je la prends avec moi quand je peux et elle s'adapte à n'importe quel environnement, ce qui est très étrange pour un chat, expliqua-t-elle.

Hope n'avait aucune intention de préciser qu'elle chérissait d'autant plus Daisy que Jason la lui avait apportée.

— Comment diable aucun de nous ne s'est jamais aperçu de rien ? Comment n'avons-nous pas compris que tu étais photographe ? Comment tes frères ne l'ont-ils jamais découvert ? s'interrogea amèrement Jason.

— Parce que je ne voulais pas que quiconque l'apprenne. Je tenais à ma liberté. Ils croyaient que je vivais une petite vie paisible à Aspen, ne voyageant qu'occasionnellement avec des amies. Voilà ce que je voulais qu'ils croient.

— Tu es consciente que ce que tu fais est totalement fou, n'est-ce pas ? Tu risques ta vie pour prendre des photos.

— C'est ma vie, j'en fais ce que bon me semble, lui rétorqua-t-elle. Et je ne pense pas que ce soit fou. C'est mon métier.

— J'ai vu tes photos, Hope. Tous ces paysages de destructions ainsi que les vies perdues doivent bien te peser d'une manière ou d'une autre, dit-il en lui lançant un regard acéré.

Il s'agissait effectivement de l'aspect le plus difficile de son travail. Une facette du métier qui pouvait ronger son âme.

— C'est horrible, avoua-t-elle. J'apporte mon aide quand je le peux. J'ai une formation de secouriste. Mais oui, c'est...difficile, confirma-t-elle en avalant la boule qui obstruait désormais sa gorge. Ce genre de phénomène se produit de toute manière et les victimes souffrent quoi qu'il arrive, que je sois là ou non. Donc je fais face et j'essaie de les aider du mieux que je peux.

— Que faisais-tu à Las Vegas ? Il est clair que tu n'étais pas là-bas pour un enterrement de vie de jeune fille comme tu l'as prétendu quand je suis tombé sur toi. Si c'était le cas, tu aurais déjà cherché à contacter ceux ou celles que tu devais retrouver sur place. Et tu étais bien seule dans ta chambre, dit-il en la regardant intensément, comme pour l'inciter à lui dire la vérité.

— J'y étais pour participer à un séminaire. J'ai été invitée à donner une conférence sur la photographie en conditions difficiles. Voilà pourquoi j'avais mon portfolio avec moi, répondit-elle.

Sa gorge se serra en prenant conscience de tout ce qu'elle révélait à Jason.

— Quand j'ai dit à Grady que je partais pour Las Vegas, le prétexte d'un enterrement de vie de jeune fille me semblait être crédible. J'étais fatiguée ce jour-là. Je venais juste de rentrer de l'Oklahoma. Je n'avais pas l'esprit clair.

— Ah, oui, dit Jason en haussant les sourcils. Le mec qui apparaît sur certaines de tes photos. Qui est-il ?

— David, dit-elle d'une voix étranglée. David était un météorologue spécialiste des phénomènes climatiques extrêmes. Nous nous sommes connus pendant mes études. Il vivait dans l'Oklahoma. Nous nous sommes associés dans notre chasse aux tornades. Il m'a beaucoup appris, avoua-t-elle.

Hope était à bout de souffle et sidérée d'en dire autant à Jason. À en juger par son air obstiné, elle savait que Jason ne s'arrêterait pas tant qu'il n'aurait pas toute la vérité.

— Est-ce un bon ami ? demanda Jason d'une voix rauque.

— David était mon meilleur ami, répondit-elle en le regardant dans les yeux.

— Un ami avec des bénéfices ? demanda-t-il d'un ton bourru.

Hope restée bouche bée. Était-il jaloux ?

— Non. David n'était pas vraiment attiré par les femmes.

— Est-ce qu'il est gay ? demanda-t-il sans parvenir à dissimuler son soulagement.

Hope hocha la tête.

— Il était gay. David est décédé, répondit-elle avec des yeux emplis de larmes.

Elle détestait prononcer ces mots et parler de David au passé. Hope n'arrivait toujours pas accepter le fait que son meilleur ami, son seul ami, soit parti.

— Quand ? Comment ? demanda-t-il avec bienveillance.

— Il y a presque deux semaines. Je revenais juste de ses obsèques quand Grady m'a appelée. J'étais proche de ses parents. J'étais épuisée, Jason, aussi bien physiquement qu'émotionnellement. Je ne savais même pas quoi répondre à Grady.

— Je suis désolé que tu aies perdu ton ami, ma petite pêche, dit-il avec tendresse et sincérité. Que s'est-il passé ?

Malgré la douleur, Hope répondit d'une voix tremblante :

— Nous ne connaissons pas tous les détails. Il suivait une grosse tornade près de sa ville natale. Les témoins disent que la tornade a soudainement changé de direction, se positionnant sur le chemin de David. J'étais ici, dans le Colorado, pour préparer ma conférence. Il était donc seul. Il n'avait aucune échappatoire. Son véhicule a été emporté par le vent. Il n'en restait pas grand-chose. Je n'arrive toujours pas à croire qu'il soit parti, dit-elle avant de fondre en larmes.

— Bon Dieu, Hope. Tu aurais tout aussi bien pu être avec lui, dit-il avec effroi. J'ai entendu parler de cet incident. Je n'aurais jamais imaginé qu'il s'agissait de quelqu'un que tu connais voilà pourquoi je suis paniqué à l'idée que tu chasses les tornades. Même les plus expérimentés peuvent y perdre la vie.

Hope se contenta de hocher la tête. Elle ne pouvait pas le contredire. Une tornade est ce qu'il y a de plus imprévisible. Même en prenant toutes les précautions possibles, rien de permet de prédire sa vitesse et son sens de déplacement.

— Je sais. David était très doué et très prudent, mais ça ne l'a pas empêché de mourir. Il était passionné par l'étude des tornades. Il ne le faisait pas pour l'adrénaline, mais pour essayer de sauver des vies, pour permettre aux gens de mieux les anticiper, expliqua-t-elle.

David était l'un des hommes les plus dévoués qu'elle avait jamais connus.

Jason s'approcha d'elle et la souleva pour la prendre sur ses genoux. Il lui caressa tendrement le dos et les cheveux pour apaiser ses sanglots.

— Je sais, ma douce. Je suis désolé. S'il te plaît promets-moi que tu ne chasseras plus de tornades, dit-il en enfouissant son visage dans sa chevelure.

La vulnérabilité dans sa voix la fit fondre. Sans cesser de sangloter, elle enroula fermement ses bras autour du cou de Jason.

— Je ne peux pas continuer. Je ne peux pas continuer sans David. Nous formions une équipe. C'est lui qui possédait toutes les connaissances. Si je parvenais à prendre une photo qui pouvait être étudiée, alors j'en faisais don à la recherche.

— Tu ne reprendras pas, avec personne. Promets-le-moi avant que je perde la raison, Hope…

— Je te le promets, répondit-elle d'une voix tremblante.

Non seulement elle n'avait plus du tout l'intention de chasser d'autres tornades, mais l'inquiétude de Jason lui brisait le cœur. Elle était anéantie par la disparition de David. Plus jamais elle ne recommencerait sans son ami.

— Dieu merci, répondit Jason en la serrant contre lui.

— Il me manque. Il me connaissait bien. David était la seule personne qui me comprenait vraiment, lui confia-t-elle.

Son ami connaissait tous ses secrets, mais il n'est plus de ce monde. Le vide qu'il laissait dans son âme était si profond qu'elle n'était plus vraiment elle-même depuis sa mort.

— Permets-moi de réapprendre à te connaître, Hope. S'il te plaît, supplia Jason.

Sa voix tremblait d'émotion.

— Et si tu n'aimais pas celle que je suis devenue ? demanda-t-elle avec hésitation, profondément tentée de s'appuyer sur Jason, de le laisser apaiser une partie de sa souffrance.

— C'est impossible. Et je te promets de ne jamais révéler aucun de tes secrets. Parle-moi, dit-il avant de déposer un doux baiser sur son front.

— Nous devons régler cette histoire de mariage si nous voulons redevenir de vrais amis, Jason, lui dit-elle doucement.

— Nous allons nous en occuper, répondit-il vaguement. Je ne suis pas sûr que nous puissions un jour redevenir de simples amis. En ce qui me concerne, j'en suis incapable. Je veux être ton homme, Hope. Je veux être avec toi, et je sais que toi aussi tu veux être avec moi.

— L'attirance physique est indéniable, soupira-t-elle. Pourquoi le nier ?

Pourquoi l'ignorer alors qu'elle réagissait instantanément chaque fois qu'il la touchait ? Son corps la trahissait.

— Mais je ne peux pas le faire.

— À cause de ton fiancé ? C'est n'importe quoi. Tu n'es même pas amoureuse de lui et tu le sais très bien. Si c'était le cas, tu n'aurais pas cette réaction charnelle lorsque je te touche. Je te connais assez bien pour le savoir, Hope.

— Ce n'est pas à cause de James. C'est à cause de moi. Tu sais maintenant pourquoi je n'étais pas très cohérente lorsque j'ai parlé à Grady. Je voulais juste qu'il arrête d'insister pour que j'assiste à une soirée caritative pour milliardaires. Il voulait que je rencontre un mec bien. Comme si tous les milliardaires étaient parfaits, dit-elle en levant les yeux aux ciel avec dédain. J'étais frustrée. Je lui ai donc dit que j'allais épouser James. Je n'aurais jamais dû lui dire ça, mais j'étais prête à tout pour qu'il me laisse tranquille. Je voulais qu'il arrête de me sermonner et qu'il me laisse raccrocher le téléphone.

— Alors ton petit ami ne t'a jamais demandée en mariage ? demanda Jason avec impatience.

— Non, il ne m'a rien demandé du tout. James n'existe pas. Je l'ai inventé. J'utilisais la carte du petit ami fictif chaque fois que je voulais me débarrasser de mes frères ou que je devais m'absenter.

Face à la stupéfaction de Jason, Hope comprit qu'elle était condamnée. Il avait inutilement dépensé une énergie considérable pour la pousser à rester ici avec lui. Hope n'avait aucune intention d'épouser qui que ce soit. Jason n'avait rien d'un être malveillant, ce qui poussait Hope à croire que ses intentions n'étaient pas totalement égoïstes. S'il voulait absolument qu'elle reste avec lui, ce n'était probablement pas rien que pour la mettre dans son lit. Son soi-disant mariage avec un James inexistant devait avoir quelque chose à voir avec sa décision de l'épouser et son refus de la laisser partir, le tout saupoudrer d'un peu d'alcool. Elle avait du mal à croire qu'il avait fait tout cela rien que pour coucher avec elle.

— Alors tu as menti à propos de James aussi ? grogna-t-il.

Jason la regarda droit dans les yeux. Des yeux qui semblaient incandescents.

— Oui.

— Incroyable ! Pourquoi ? demanda-t-il en la soulevant pour la plaquer contre le canapé avec son corps.

— Pourquoi avoir inventé une chose pareille ? Bon Dieu ! Je veux apprendre à te connaître, Hope, mais je ne te comprends pas.

Lui permettre de la connaître était bien trop dangereux. Hope devait s'efforcer de le repousser, même si son cœur n'en avait pas envie.

— Pour la même raison. Mes frères essayaient toujours de me présenter quelqu'un qu'ils connaissaient. Je n'ai besoin qu'on me présente personne. Alors j'ai fini par m'inventer un petit ami. Malgré le fait que je mens beaucoup, je suis une piètre menteuse. Je ne savais même pas quoi dire quand ils m'ont demandé son prénom, alors j'ai manqué d'originalité. J'ai littéralement paniqué quand ils ont voulu savoir ce qu'il faisait dans la vie. Je savais qu'ils feraient leurs propres recherches, alors j'ai dû leur dire qu'il était sans emploi.

— Et la rupture avant le Nouvel An ?

— J'ai dû inventer cette rupture parce que Grady voulait qu'il m'accompagne au Nouvel An. À ton avis, qu'aurait-il pensé si je lui avais dit que mon fiancé au chômage ne pouvait pas se libérer pour une soirée ?

La proximité physique avec Jason embrasa son corps d'un désir insatisfait, mais la colère de Jason poussait son cerveau à bloquer ce désir.

— Lâche-moi s'il te plaît, Jason, demanda-t-elle.

Hope avait besoin de distance.

— Bon Dieu, grogna-t-il. Tu as menti à propos de tout.

— Oui, souffla-t-elle lourdement.

Elle se sentait piégée sous le corps de cet homme en colère, même si elle savait qu'il ne lui ferait jamais de mal.

— À propos de tout.

Je dois le repousser. Je préfère encore qu'il me déteste.

Hope gesticula pour se défaire de lui. Elle avait besoin d'air ; elle avait besoin d'espace.

— Voilà, maintenant tu es au courant. Il n'y avait donc aucune raison de m'épouser et certainement pas de me faire rester, ajouta-t-elle en poussant contre son torse.

Le corps massif de Jason resta aussi immobile qu'un mur de pierre.

— Oh si, il y a bien une raison de t'avoir ici avec moi. J'ai envie de toi, Hope. Pour une raison que j'ignore, je n'arrive pas à me débarrasser de cette envie de coucher avec toi. J'ai beau ne pas te comprendre pour l'instant, j'ai toujours autant envie de ton corps, dit Jason avec frustration.

— Lâche. Moi. Insista-t-elle.

La voix chargée de colère ainsi que la silhouette imposante de Jason l'étouffaient.

— J'ai l'intention de te lâcher, lui dit-il amèrement. Mais seulement une fois que je serai en toi.

— Non ! Je ne peux pas, Jason. S'il te plaît, haleta-t-elle en essayant tant bien que mal de s'extirper de là...

— Bon sang, fit Jason en se redressant sauvagement. Mais qu'est-ce qui t'arrive ? Je vois bien que tu as envie de moi, mais l'instant d'après tu sembles prête à tout pour te débarrasser de moi.

Hope s'assit et écarta les cheveux de son visage d'une main tremblante.

— Je n'ai pas envie de toi. J'ai juste envie de sortir d'ici, de dissoudre ce mariage désastreux et de reprendre ma vie. Je ne veux pas que tu parles de mes secrets à mes frères, mais je ne peux pas t'en empêcher.

Les yeux furieux de Jason sondèrent ceux de Hope. Les muscles de sa mâchoire étaient fortement contractés.

Hope ne l'avait encore jamais vu si furieux.

— Tu vas rester ici deux semaines. Quand tu partiras, je ne dirai pas un mot à tes frères, exigea-t-il d'un air glacial et calculateur.

— Je ne peux pas. Je suis occupée en ce moment, essaya-t-elle d'expliquer.

Maintenant que Jason savait que le fiancé de Hope était totalement fictif, pourquoi voulait-il encore qu'elle reste ?

— Je m'en fous. Tu n'as vraiment pas besoin d'aller chasser ces foutues tempêtes maintenant, même si ce ne sont pas des tornades. Tu restes ici. Tu ferais mieux d'accepter, sinon je dirai tout à tes frères et tu seras plus surveillée que le président.

D'accord. Maintenant il essaie de m'empêcher de faire mon travail sous prétexte que c'est dangereux. Il ne veut plus que je m'approche d'une tempête, quelle qu'elle soit.

Indignée et furieuse, Hope se leva. Jason avait beau ne pas aimer sa façon de vivre, il n'avait aucun droit d'intervenir.

— Je ne peux pas faire mon travail sans mon anonymat, lui dit-elle vivement. Même si je n'ai plus l'intention de photographier des tornades, je dois tout de même faire mon travail. Il existe plein d'autres phénomènes climatiques.

Jason se leva à son tour et la regarda de toute sa hauteur. Sa supériorité physique était destinée à l'intimider.

— Alors nous avons un problème. Tu vas devenir célèbre. H.L. Sinclair, la grande photographe, va devenir encore plus célèbre en raison de son lien de parenté avec sa famille richissime. Les médias vont adorer ça.

Bon sang ! Cela marquerait la fin de sa carrière. Elle ne pourrait jamais faire son travail si elle était suivie par la presse. Sa colère contre Jason éclata pour de bon, en commençant par une gifle en plein visage.

Jason parvint à saisir le poignet de Hope avant que sa main n'entre en contact avec sa joue.

— Ne joue pas à ça. Tu y es parvenu une fois, mais cela ne se reproduira pas une seconde fois, dit-il en immobilisant fermement le bras de Hope.

— Salaud, cracha-t-elle.

Hope le détestait de faire une chose pareille.

— C'est bien moi, confirma-t-il en la regardant impassiblement. Avons-nous un accord ou pas ?

Hope prit un instant pour examiner ses options, mais elle ne trouva rien.

— Pas de sexe, dit-elle en arrachant son poignet de la main de Jason. Je t'accorde deux semaines. Sache que je vais faire de ta vie un véritable enfer, précisa-t-elle.

Jason allait souffrir pendant deux semaines sans que Hope n'ait à faire quoi que ce soit de spécial. Elle se contenterait d'être elle-même. Il était sur le point de comprendre qu'il ne pouvait tout simplement pas obtenir ce qu'il voulait d'elle. Jason serait bien content de se débarrasser d'elle après ces deux foutues semaines.

— Oh il y aura du sexe, beaucoup de sexe, insista Jason. Je ne sais pas trop à quoi tu joues, mais tu en as tout autant envie que moi, ajouta-t-il.

Sa voix était basse et sensuelle, mais son visage froid et fermé. Jason prit une mèche des cheveux de Hope entre ses doigts et joua avec.

— Es-tu toujours vierge, Hope ? demanda-t-il d'un ton plus doux.

Elle ricana et repoussa sa main.

— Tu plaisantes ? Il y a des années qu'on m'a pris ma virginité.

— De toute évidence, le travail fut assez médiocre, observa-t-il. Arrête de lutter, Hope. Arrête de lutter contre nous. Ça va arriver. Et certainement pas contre notre gré. Je ne suis pas du genre à forcer les femmes.

— Avec moi, tu seras bien obligé, rétorqua-t-elle sèchement.

— Nous verrons, ma petite pêche. Deux semaines, c'est long. Je m'attends à ce que tu fasses tout ce que je désire, mis à part coucher avec moi. Cela se produira quand tu seras prête à admettre que tu as envie de moi.

Malgré sa colère, Hope était déjà prête à l'admettre, mais cela n'avait pas d'importance.

— Je veux ta promesse que tu me laisseras partir après ces deux semaines, que tu ne révéleras jamais mes secrets et que tu ne me dérangeras plus jamais, lui dit-elle vivement.

Le corps de Jason fut alors animé d'un léger tressaillement et un air blessé traversa brièvement son visage avant de disparaître aussitôt. Cela n'avait duré qu'un instant, mais elle l'avait blessé et cela lui brisait le cœur. Jason avait beau se comporter comme un parfait salaud actuellement, ce n'était pas le Jason avec lequel elle avait grandi. Elle refusait de croire qu'il avait pu changer à ce point-là. Quelque part dans son cerveau complexe, il pensait probablement la protéger.

— D'accord, dit-il difficilement.

— J'aimerais passer un peu de temps seule. Je vais prendre un bain, dit-il.

Hope avait besoin de se détendre un peu, de donner à son corps ainsi qu'à son esprit une occasion de décompresser sans la présence de Jason. Son corps était encore tremblant. Elle ressentait donc le besoin d'avoir un peu de temps seule pour respirer.

— J'ai une meilleure idée, dit-il avant de la prendre par la main pour l'entraîner dans le couloir en direction de la chambre.

Hope le suivit. Son corps était tendu comme un arc, mais elle faisait suffisamment confiance à Jason pour ne pas craindre qu'il était sur le point de la prendre de force. Ils passèrent devant la porte de la chambre principale où ils avaient dormi et continuèrent à marcher jusqu'à la chambre d'amis. Jason se dirigea ensuite vers une porte coulissante en verre menant à l'extérieur. Dehors, ils empruntèrent un petit sentier pavé sur une courte distance, puis Jason s'arrêta.

Hope reconnut immédiatement le bassin d'eau chaude naturel.

— La source thermale, soupira-t-elle.

L'odeur des minéraux ainsi que les vapeurs d'eau chaude la détendirent instantanément. Il s'agissait d'un bassin assez grand situé dans un cadre naturel. Celui-ci était entouré de gros rochers pouvant servir de sièges et il y avait une petite cascade sous laquelle il était possible de s'asseoir sur plusieurs niveaux.

— Tu as déjà essayé ce genre de source, devina Jason d'une voix désormais dénuée de colère.

— Nous avons de grandes sources thermales près d'Aspen. Je savais que Rocky Springs en était doté, mais je n'y étais jamais allé, dit-elle en regardant le bassin avec envie. Et je ne savais pas qu'il y avait des bassins privés ici.

— Je n'ai pas eu l'occasion de l'essayer la dernière fois que j'ai séjourné ici, avoua Jason.

— Tu devrais. C'est incroyable, répondit-elle.

La nuit commençait à tomber et la chaleur de la journée s'étiolait peu à peu. C'était donc le moment rêvé pour plonger dans l'eau chaude.

Jason déboutonna sa chemise.

— Viens avec moi, dit-il doucement.

La bouche de Hope s'assécha face au buste sculpté de Jason.

— Je n'ai pas de maillot de bain, bafouilla-t-elle, hypnotisée par ses abdos ainsi que ses pectoraux parfaitement formés.

Dans la pénombre, ses yeux bleus étaient plus sombres. Des yeux sacrément persuasifs.

— C'est un bassin privé. Tu peux te baigner nue. Ce n'est pas comme si je ne t'avais jamais vue à poil, lui rappela-t-il.

Hope hésita. Ses yeux étaient rivés sur les doigts masculins de Jason qui déboutonnaient lentement son jean. Elle retint son souffle et attendit un instant. Elle attendit. Puis elle attendit encore. Enfin, Jason baissa son pantalon en emportant ses sous-vêtements dans le mouvement. Hope lécha nerveusement ses lèvres soudainement sèches tandis que Jason se tenait devant elle, glorieusement nu. Il n'avait cependant aucune raison d'être timide. Jason était absolument parfait : ses cheveux en désordre, ses yeux bleus insondables ainsi que son anatomie athlétique enveloppée d'une peau hâlée.

Oh mon Dieu, j'ai envie de le toucher.

Jason se dirigea vers le bassin et offrit à Hope un aperçu de son dos musculeux. Elle eut envie d'y poser ses mains juste pour voir si celui-ci était aussi dur qu'il en avait l'air.

— Tu viens ? demanda-t-il.

Jason était parfaitement conscient de l'effet qu'il avait sur elle – espèce de salaud ! Sans attendre comme il aurait dû le faire, il plongea. Lorsqu'il se redressa, sa peau était luisante et ses cheveux plaqués sur sa tête.

Oh. Mon. Dieu...

Jason s'approcha de la bordure du bassin la plus proche d'elle et posa ses avant-bras sur la surface rocheuse.

— Je ne vais pas te forcer à faire quoi que ce soit, Hope. Viens te détendre avec moi.

Il ne souriait pas, mais son visage était visiblement adouci. Hope était partagée. Elle mourrait d'envie d'aller dans l'eau et de laisser la chaleur envelopper son corps. Elle était dévastée par la mort de David et voulait de la compagnie. Elle était toujours sous le choc du comportement froid et désagréable que Jason lui avait imposé. Oui, elle avait menti à propos de sa vie. Mais ses mensonges ne s'adressaient pas directement à lui. Et leur connexion en tant qu'amis était rompue. Il est vrai que leur petite aventure le soir du Nouvel An fut merveilleuse. Toutefois, sa réaction lui semblait disproportionnée compte tenu qu'ils ne s'étaient plus revus après cette nuit-là.

Ils ne se connaissaient plus vraiment. Jason découvrait peu à peu toutes ses émotions, tout ce que Hope avait enfoui si profondément qu'elle espérait ne jamais les revoir faire surface. Il était capable de la mettre en colère plus vite que n'importe quel autre homme sur terre, y compris ses frères. Il était également parvenu à éveiller sa sexualité avec une intensité qu'elle n'avait jamais connue auparavant. Jason pouvait se montrer tendre quand elle avait besoin de réconfort. Pour la première fois de sa vie d'adulte, Jason lui donnait envie de s'appuyer sur quelqu'un. Il pouvait la faire rire et lui donner envie de pleurer l'instant d'après. Cet éventail d'émotions était épuisant et elle ne savait pas trop où elle souhaitait que cette relation les emmène. Lui ouvrir son cœur serait un désastre. Jason avait peut-être envie d'elle pour l'instant, mais elle finirait plus tard par être détruite.

Tu réfléchis trop, Hope. Contente toi de faire ce que tu as envie de faire.

Hope voulait rester, plonger dans l'eau et profiter de sa présence. Jason avait raison à propos d'une chose : il l'avait effectivement déjà vue entièrement nue. Elle n'avait aucune raison d'être timide devant lui. Ainsi, elle se déshabilla rapidement afin de s'exhiber le moins de temps possible. En sentant le regard de Jason sur elle, Hope eut l'impression que l'ensemble de son corps se mettait à rougir.

— Saute ! dit-il en ouvrant ses bras pour l'accueillir.

Jason ne se rend pas compte de ce qu'il demande là. Il est peu probable que je fasse un jour confiance à quelqu'un pour m'attraper ainsi.

— Est-ce que tu as le goût de l'aventure, ma petite pêche ? demanda-t-il.

Elle avait bien conscience que Jason la mettait au défi. Malheureusement, elle avait beaucoup de mal à ignorer ce genre de provocation.

Alors, elle sauta.

Jason l'attrapa avec aisance et assurance.

Tout en la tenant fermement par la taille, il laissa son corps glisser lentement contre le sien jusqu'à ce que ses pieds touchent le fond du bassin. L'eau agréablement chaude était alors à hauteur de poitrine pour elle. Hope s'éloigna de lui et s'immergea entièrement dans l'eau. Le stress de la journée quitta lentement son corps.

— C'est incroyable, dit-elle en sortant la tête de l'eau.

— Peut-être que je devrais faire installer un bassin comme celui-ci dans mon appartement à New York, plaisanta Jason.

— Dans un appartement, je pense que tu ne pourras pas faire mieux qu'un jacuzzi, rit-elle.

Son cœur se mit à marteler face au petit sourire diabolique de Jason. Des gouttes d'eau ruisselaient sur ses épaules et sur son torse, lui donnant envie de toutes les lécher lentement.

— Je doute que tu trouves des sources thermales naturelles là où tu habites, à moins que tu ne quittes la ville.

— J'ai déjà un simple jacuzzi, répondit Jason.

— Oh, pauvre petit milliardaire. Nous venons donc de trouver quelque chose que l'argent n'achète pas ? dit-elle en l'éclaboussant.

Le soleil s'était couché pour de bon. En levant les yeux au ciel, Hope vit les premières étoiles apparaître. Distraite, elle ne vit pas Jason arriver. Il enroula un bras d'acier autour de sa taille, la tira sous l'eau et la garda prisonnière une fois sa tête émergée. Tout en reprenant son souffle, Hope essaya de riposter en enroulant ses jambes autour de sa taille pour tenter de le faire tomber. Malheureusement, Jason s'y attendait et resta donc parfaitement immobile. Tout en éclatant de rire, il la souleva et alla s'asseoir sur l'un des rebords rocheux. Désormais assise entre ses jambes, Hope était adossée contre son buste, les bras de Jason enroulés autour de sa taille.

— Quand vas-tu comprendre qu'il ne faut jamais commencer quelque chose que tu n'es pas prête à finir, ma petite pêche ? demanda-t-il d'une voix profonde de baryton.

Léthargique à cause de l'eau et épuisée par ce petit combat, elle appuya sa tête contre l'épaule de Jason. Hope pouvait sentit la chaleur de son érection contre le bas de son dos, mais cela ne la perturba pas. Le corps de Jason était détendu, sa tête appuyée contre la roche.

— Dis-moi où tu es allée, Hope. Dis-moi ce que tu faisais, dit-il d'un ton à la fois résigné et curieux.

L'eau clapotait contre la poitrine de Hope.

— J'ai été à peu près partout. En Inde, au Japon, aux Philippines, au Mexique, à Hawaï...partout où j'étais susceptible de trouver des conditions météorologiques extrêmes. Pendant le printemps et l'été, David et moi suivions les orages supercellulaires, principalement aux alentours de Tornado Alley. À cette période de l'année, je me prépare surtout à suivre les ouragans ici, aux États-Unis avec David, dit-elle avec désespoir.

Jason resserra ses bras autour d'elle.

— Quand es-tu chez toi ?

— Presque jamais, avoua-t-elle. Principalement l'hiver.

— Pour les avalanches et le blizzard ? demanda-t-il d'un ton badin.

— Surtout pour le ski, répondit-elle. Mais aussi pour les matchs des Broncos.

— Ah oui ? fit Jason d'un ton faussement indigné. Ta loyauté est donc du côté des Broncos ? Qu'est-il arrivé aux Patriots ? Tu es pourtant une fille de Boston.

— Je suis capricieuse, répondit-elle d'un ton taquin. Les Broncos ont conquis mon cœur.

— Ça va faire quinze ans qu'ils n'ont pas gagné un Super Bowl, grommela Jason près de son oreille.

— Les fans des Broncos sont fidèles. Ils finiront bien par gagner. Peut-être cette année.

— Je n'arrive pas à croire que je suis marié à une femme qui n'est pas une supportrice des Patriots, répondit-il en faisant tourner l'alliance autour de l'annulaire gauche de Hope.

Marié.

Complètement détendue dans les bras de Jason, elle avait presque oublié ce petit détail.

— Heureusement que ce n'est pas irréversible, répliqua-t-elle avec légèreté. En ce qui me concerne, je crois que je ne pourrais pas être mariée à un fan des Patriots.

Jason resta muet un instant.

— Est-ce que tu veux me dire à quel point tu étais près de ces tornades ? Est-ce que tu veux me parler de toutes les fois où tu as risqué ta vie ? J'ai vu tes photos, Hope, je sais déjà que tu as flirté avec la mort. Je remercie le ciel que tes engagements à Las Vegas t'aient empêchée de partir, dit-il d'une voix presque tremblante. Tu es incroyablement talentueuse, mais j'aimerais que tu réfléchisses un peu à ta carrière.

— J'utilise des objectifs de longue focale. Je peux donner l'impression d'être bien plus près que je le suis réellement, dit-elle avec un faible sourire.

Bien que ce ne soit pas tout à fait un compliment, c'était plutôt agréable d'entendre Jason lui dire qu'elle avait du talent. Hope n'avait jamais vraiment eu besoin que son travail soit approuvé par qui que ce soit, mais elle se sentait libérée que quelqu'un de proche d'elle et de ses frères soit au courant à propos de sa carrière. Jusqu'à présent, David était son seul soutien.

— Tu es au courant des dangers de ce que tu fais, grogna-t-il.

— La mort de David m'a dévastée. Je suis donc bien au courant et je ne chasse plus les tornades, Jason.

— Et qu'en est-il des ouragans, des cyclones et des typhons ?

— Je suis aussi prudente que possible. J'essaie toujours d'être en hauteur pour me protéger des ondes de tempête, de préférence dans un bâtiment conçu pour résister à la plupart des forces de vent, expliqua-t-elle.

— La plupart ? dit-il.

Hope haussa les épaules.

— Rien n'est garanti dans la vie, Jason. Tout ce que nous faisons comporte des risques. Le simple fait de prendre sa voiture tous les jours est risqué. Mais nous le faisons quand même.

— Généralement, un véhicule s'éloigne du danger, et non l'inverse, dit-il d'une voix rauque.

— Est-ce qu'on peut arrêter ? Au moins pour ce soir ? Dis-moi ce que tu as fait depuis la fin de tes études...mis à part gagner des fortunes et devenir l'un des célibataires les plus populaires du monde, dit-elle.

Hope voulait en savoir davantage sur la vie de Jason. Elle voulait également savoir s'il y avait eu des femmes importantes dans sa vie, même si cela ne la regardait pas vraiment. Ils se sépareraient d'ici peu, cela ne l'empêchait pas d'être curieuse.

— Comment va ta mère ? demanda-t-elle.

Hope avait toujours aimé la maman de Jason.

— Elle va bien. Il lui a fallu beaucoup de temps pour se remettre de la mort de mon père, mais elle va bien maintenant, répondit-il. L'amour que Jason avait pour sa mère était évident.

— Je n'ai jamais eu l'occasion de te dire combien je suis désolée pour ton père. C'était un homme bien, dit Hope.

Jason ayant perdu son père à la fin de ses études, au moment où elle commençait les siennes, Hope ne l'avait pas vu cette année-là. Malheureusement, elle avait été informée tardivement du décès de son père. Grady lui avait annoncé la mauvaise nouvelle lors d'une de leurs conversations téléphoniques de routine.

— C'était un homme incroyable, acquiesça Jason. Mais il était un piètre homme d'affaires. Quand j'ai repris son entreprise, elle était presque en faillite.

— Comment est-ce possible ? Il était pourtant fortuné, dit-elle avec surprise.

La famille de Jason habitait dans la même rue que la sienne, dans un grand manoir. Le père de Jason était aussi riche que le sien.

— Il ne l'était pas, avoua Jason. Il essayait juste de sauver les apparences, il avait investi beaucoup d'argent dans des entreprises qui ne fonctionnaient pas.

— Mon Dieu. Je suis désolée. Je n'en savais rien. Mes frères étaient-ils au courant ? demanda-t-elle.

Hope savait que n'importe lequel de ses frères serait intervenu pour les aider à s'en sortir.

— Personne n'était au courant. En réalité, tu es désormais la seule personne à le savoir en dehors du comité exécutif de son entreprise à l'époque. Même ma mère ne l'a jamais su. Je n'avais pas le courage de lui dire que mon père ne lui avait finalement pas laissé grand-chose, avoua-t-il avec hésitation. Après sa mort, j'ai fait de mon mieux pour ramasser les morceaux. J'ai pris quelques risques qui ont fini par payer. Puis j'ai recommencé, encore et encore.

Hope était prête à parier que ce qu'il avait fait n'était en réalité pas vraiment risqué. Jason était un homme brillant. Son esprit était vif et il savait précisément où placer son argent. S'il jugeait qu'une entreprise pouvait prospérer, c'est qu'il avait toutes les raisons de le croire.

— Alors tu as reconstruit l'entreprise et tu es redevenu riche. Tout seul.

— J'ai eu de la chance dans quelques domaines, mais oui. Ensuite, j'ai commencé à investir ma propre fortune. J'ai vite compris que j'avais un certain talent pour faire *beaucoup* d'argent avec *peu* d'argent.

— As-tu déjà fait un mauvais investissement ? demanda-t-elle, admirative de ce que Jason avait accompli.

Elle pensait que Jason était un garçon né riche étant parvenu à devenir encore plus riche.

Il haussa les épaules.

— Rarement, répondit-il sans fausse modestie. Si je me rends compte que mon investissement ne paie pas, je me dépêche de réduire mes pertes et je passe à autre chose. C'est précisément ce que mon père ne faisait pas.

— Comment sais-tu si un investissement est bon ?

— C'est principalement de l'analyse, répondit-il nonchalamment.

Hope savait bien que c'était un peu plus complexe que cela. S'il suffisait d'une simple analyse pour identifier les bons investissements, alors tout le monde serait riche. Jason avait un don pour flairer les bonnes affaires.

— Tu as un talent, Jason. Je te trouve incroyable. Ce que tu as accompli est proche de l'impossible et pourtant tu y es arrivé.

Jason resta muet un instant, comme s'il ne savait que répondre. Après quelques minutes, il se leva tout en la soulevant dans ses bras.

— Je crois que nous sommes tous les deux gorgés d'eau, dit-il.

Il déposa délicatement Hope sur le bord du bassin afin de pouvoir en sortir à son tour.

— J'ai besoin d'une douche sinon les minéraux vont irriter ma peau, dit-elle.

Hope se leva et ouvrit rapidement les portes d'un petit placard situé à côté du bassin. Elle en sortit une serviette qu'elle lança à Jason, puis il en utilisa une autre pour se sécher les cheveux. Elle enroula ensuite le tissu moelleux autour de son corps, puis elle s'empara d'une bouteille d'eau posée sur l'une des étagères. Après en avoir englouti la moitié, elle la tendit à Jason.

— Elle n'est pas fraîche, mais c'est mieux que rien.

Jason avala rapidement le reste de l'eau et la jeta dans la poubelle la plus proche. Il se sécha sommairement et enroula la serviette autour de sa taille.

— Une douche me semble être une bonne idée, allons-y, dit-il.

Il la prit par la main et la tira en direction de la porte.

Hope perdit presque sa serviette en essayant de suivre Jason.

Chapitre 5

Jason s'était toujours considéré comme un homme réfléchi, un homme qui examine calmement les possibilités qui s'offrent à lui avant de prendre une décision. Il était rarement colérique et son esprit était toujours parfaitement clair. Cependant, Hope Sinclair – ou plutôt Hope Sutherland – lui faisait lentement mais sûrement perdre la tête.

Peu à peu, la façon dont il la percevait se transformait dans son esprit. Pourtant son sexe n'avait pas changé d'avis à son sujet. L'impatience d'être en elle le poussait au bord de la folie.

Jason avait toutefois mille et une raisons d'être en colère contre elle:

Elle avait menti à tout le monde.

Elle était en réalité quelqu'un de totalement différent de la personne qu'il pensait connaître.

Elle était indépendante et obstinée.

Néanmoins, Hope était toujours Hope : la femme drôle, douce et empathique qu'elle avait toujours été. Sans oublier de mentionner qu'elle était talentueuse et sacrément courageuse, ce qu'il admirait profondément. À vrai dire, s'il examinait objectivement la situation, il pourrait probablement comprendre pourquoi Hope voulait poursuivre sa carrière de manière anonyme sans en parler à ses frères. Elle avait raison. Ils auraient cherché à la protéger, ce qui aurait inévitablement rendu la poursuite de sa carrière très difficile. Jason n'examinait pas la situation de façon objective. Il mourrait d'envie de l'empêcher physiquement de refaire un jour quoi que ce soit qui puisse la mettre en danger.

En outre, le comportement de Hope vis-à-vis du sexe le rendait complètement fou.

Elle avait envie de lui.

Elle était réceptive chaque fois qu'il la touchait.

Elle le regardait avec des yeux emplis de désir.

Jason pouvait la faire jouir rien qu'avec sa bouche.

Pourtant, il ne pouvait pas coucher avec elle. *Pourquoi ?!* . . Quelque chose n'allait clairement pas. Jason ne parvenait pas à comprendre ce qui empêchait Hope de mettre ses inhibitions sur pause. Elle n'était pas vierge, son hésitation ne venait donc pas d'un manque d'expérience.

Cela ne tenait donc plus qu'à lui de parvenir à lui montrer combien leur relation pourrait être incroyable. Et le plus vite possible, espérait-il, avant que sa verge n'éclate à force d'être constamment en érection.

Pire encore, Jason pouvait sentir la tension et le désir sexuel de Hope, ce qui le rendait encore plus impatient de la faire jouir et de l'entendre gémir son nom.

Sous la douche, Jason voulut ouvrir le robinet d'eau froide à fond, mais la présence de Hope avec lui l'en empêchait. Il laissa glisser la serviette le long de ses jambes et dépouilla Hope de la sienne avant de se placer sous l'eau chaude avec elle.

Doux Jésus. S'il ne la touchait pas rapidement, il allait littéralement devenir fou. Il la regarda prendre la bouteille de gel douche en main avant de faire mousser son corps. Jason lui prit ensuite la bouteille des mains, versa une quantité généreuse de gel douche dans la paume de sa main et l'aida à se savonner.

— Jason, dit-elle d'une voix tremblante.

Hope écarquilla les yeux pour lui lancer un regard surpris lorsqu'il glissa ses mains sur ses seins.

— Je ne suis pas en train de te pénétrer, Hope. Je ne fais que prendre soin de toi, dit-il. Permets-moi de continuer.

Hope laissa échapper un petit gémissement lorsqu'il plaça ses mains sur ses hanches pour la faire pivoter, son dos alors contre le buste de Jason. Il avait désormais un accès privilégié à sa belle poitrine. Jason prit ses seins en main, glissa ses pouces sur ses mamelons et fut satisfait de les sentir durcir sous ses doigts. Ses caresses délicates les érigèrent en pics sensibles avant qu'il ne les pince légèrement entre ses doigts.

— Jason, gémit-elle en appuyant sa tête contre lui.

Existait-il quelque chose de plus sexy que de l'entendre gémir son nom ? Peut-être, l'entendre jouir en criant son nom, mais pour l'instant, il se contenterait volontiers de cela.

Le corps de Hope désormais recouvert de savon, Jason glissa lentement une main le long de son ventre avant d'explorer les plis entre ses cuisses, à la recherche de son clitoris. Hope poussa un gémissement à l'instant même où il glissa son doigt sur le petit bourgeon de nerfs. Son corps frémit lorsque Jason utilisa sa propre chaleur humide pour lubrifier ses doigts, lui permettant ainsi de les glisser avec aisance sur son clitoris.

— Tu es tellement mouillée et chaude, murmura-t-il contre son oreille.

La respiration de Jason devint lourde en comprenant qu'elle était on ne peut plus prête à l'accueillir.

— J'ai besoin de..., dit-elle avant de s'interrompre en un gémissement puissant.

À cet instant précis, Jason n'avait besoin de rien d'autre que de la satisfaire. Quels que soient ses désirs. Quelles que soient ses envies. Jason était son homme.

D'une main, il jouait avec ses mamelons, de l'autre, il caressait son clitoris avec une intensité croissante. Le corps de Hope se mit à trembler.

— Jouis pour moi, Hope.

— Je crois que je ne vais pas pouvoir me retenir, haleta-t-elle.

— Ne te retiens pas. Laisse-toi aller, dit-il sans cesser d'envoûter son corps. Il était prêt à sentir son explosion de plaisir.

— Oui. Oh, Jason, gémit-elle.

Son corps trembla de plus belle, se raidit subitement et elle éclata dans ses bras.

Elle est à moi. Elle est à moi.

Face à son orgasme, l'instinct possessif de Jason prit le dessus. Il ôta sa main de sa poitrine et glissa deux doigts en elle pour sentir les parois de son vagin se contracter.

Les cris terrifiés qui s'ensuivirent le ramenèrent rapidement à la réalité.

— Non ! Arrête ! Non ! cria Hope tout en s'agitant pour s'échapper.

Jason la fit pivoter afin de la serrer contre lui.

— Hope. Tout va bien, ma douce… Qu'est-ce qui se passe ?

Le cœur de Jason battait violemment contre sa paroi thoracique tout en serrant Hope contre lui, incapable de la laisser partir.

Que diable se passait-il ? Hope semblait presque possédée : ses ongles étaient enfoncés dans sa chair et ses hurlements résonnaient dans la salle de bain, des cris de douleur et de terreur qu'il n'oublierait jamais.

— Hope, cria-t-il pour essayer de se faire entendre. Parle-moi.

Lentement, elle se calma, comme si elle sortait d'un état second.

— Jason ? sanglota-t-elle.

— C'est moi, bébé. C'est moi.

— Oh mon Dieu. Je suis tellement désolée, dit-elle avant d'enfouir son visage contre son torse en pleurant.

Jason la tint dans ses bras. Il caressa tendrement ses cheveux mouillés ainsi que son dos jusqu'à ce qu'elle cesse de sangloter. Il referma ensuite le robinet d'eau et sortit de la cabine de douche. Sans dire un mot, Hope resta dans la douche tandis que Jason la séchait avec une serviette. Il essuya ensuite très rapidement sa propre peau humide, puis il se débarrassa de la serviette avant de soulever Hope dans ses bras pour la porter jusqu'au lit.

En voyant qu'elle frissonnait, Jason s'empressa de plaquer son corps contre le sien.

— Est-ce que tu veux que j'allume la lumière ? demanda-t-il, ne sachant trop ce qu'il pouvait faire pour l'aider.

Le volet étant fermé, la chambre était plongée dans l'obscurité. Seule la lumière du couloir procurait un éclairage très faible.

— Non, dit-elle en plaçant sa jambe sur lui. Ne me laisse pas, Jason.

Tendu, il expira lentement et resserra ses bras autour d'elle.

— Je ne vais nulle part. Je te le promets.

Jason prit alors une décision ferme et définitive : il ne la laisserait plus jamais seule si elle lui disait avoir besoin de lui.

Son instinct protecteur avait été éveillé par ses cris, le poussant au bord de la crise cardiaque. Il ne savait pas ce qui lui était arrivé, mais il avait l'intention de le découvrir. Pour l'instant, seule la femme dans ses bras comptait pour lui. Jason voulait qu'elle se sente en sécurité.

Il resta éveillé longtemps après qu'elle se soit endormie, désireux de voir les démons qui la tourmentaient retourner en enfer. Enfin, une fois assuré qu'elle dormait paisiblement dans ses bras, Jason s'endormit à son tour.

Hope se réveilla tôt le lendemain matin. Ses jambes étaient toujours emmêlées avec celles de Jason. Il la tenait dans ses bras comme pour la protéger.

Elle se glissa délicatement hors du lit, puis elle enfila un short en denim ainsi qu'une chemise vert sapin à manches courtes. Après avoir brossé ses cheveux en désordre, elle fouilla sa trousse à maquillage à la recherche d'une pince afin de discipliner les mèches capricieuses. Elle s'empara ensuite de ses baskets, de son fidèle Nikon, puis elle sortit silencieusement de la chambre alors que le soleil commençait à se lever.

Jason resta paisiblement endormi

– Dieu merci !

Ce qui s'était passé la veille fut très humiliant pour Hope et elle ne savait que trop comment s'expliquer. Elle pensait en avoir fini avec ce genre de réaction extrême, elle pensait en avoir fini avec l'angoisse qui la dévorait depuis l'incident survenu il y a plus de trois ans.

Jason est le premier homme avec qui j'essaie d'avoir des relations sexuelles.

Peut-être était-il encore trop tôt pour ce genre d'expérimentation. Jason pouvait lui donner un plaisir sans précédent...mais seulement jusqu'à un certain point. Après avoir enfin retrouvé un peu de paix, peut-être ne devrait-elle pas faire quoi que ce soit qui puisse réactiver le souvenir d'une expérience qui avait brisé sa vie.

Hope enfila ses chaussures – sans chaussettes afin de ne pas avoir à retourner dans la chambre – puis elle se rendit dans la cuisine.

Café ou non ?

Elle n'était pas capable de faire grand-chose sans caféine, mais elle ne voulait pas s'attarder dans la maison. Ainsi, elle sortit une canette de soda riche en sucre et caféine du frigo et, sourire aux lèvres, elle prit l'une des barres chocolatées posées sur le plan de travail.

Jason est toujours aussi accro au chocolat.

Hope avait rarement vu Jason sans chocolat dans les mains quand il était plus jeune. Ses habitudes n'avaient manifestement pas trop changé. Étrangement, elle trouvait cela rassurant. Elle ne put s'empêcher de sourire en se demandant si Jason remarquerait qu'elle lui avait chipé une barre de chocolat. Il était assez égoïste à propos de son précieux chocolat, mais cela ne l'empêchait pas de le partager avec elle lorsqu'ils étaient à l'école.

Hope ouvrit doucement la porte d'entrée, puis elle se glissa à l'extérieur avant de la refermer délicatement derrière elle. Elle sortit ensuite son appareil photo de son étui, passa la sangle autour de son cou et ajusta l'objectif afin d'être prête au cas où elle croiserait des animaux sauvages. Après avoir examinait les alentours, elle décida de suivre un sentier à travers les bois tout en sirotant son soda et en grignotant la barre chocolatée. Elle portait son appareil photo en bandoulière afin d'avoir les mains libres. Hope ne cessa jamais de marcher afin que ses jambes restent chaudes. La température était tombée de façon considérable pendant la nuit, comme toujours en altitude. L'atmosphère se réchauffera rapidement une fois le soleil bien haut.

Elle engloutit rapidement la barre de chocolat qu'elle fit descendre avec quelques gorgées de soda. Hope se sentait de plus en plus éveillée à mesure que le sucre et la caféine entraient dans son organisme.

De temps en temps, Hope s'arrêtait pour photographier les montagnes. Le sentier s'ouvrit sur un champ verdoyant traversé par un ruisseau. Hope se figea. Le plus gros élan qu'elle avait jamais vu broutait tranquillement au bord de l'eau ruisselante. Tout en s'approchant lentement, elle prit des photos de l'animal majestueux à la fourrure marron et aux bois massifs. Elle savait que la bête avait déjà remarqué sa présence, mais le grand mammifère l'ignora complètement. Son seul prédateur naturel était le loup. Cet élan ne semblait pas trop préoccupé par Hope. Elle garda néanmoins ses distances et continua de mitrailler l'animal avec son appareil photo tout en ajustant l'objectif pour obtenir différents angles.

Hope avait beau être connue pour ses photos extrêmes de phénomènes climatiques, ses clichés de la faune et de la flore étaient de plus en plus demandés. Parfaitement détendue, elle apprécia chaque instant passé en compagnie de la belle créature avant que celle-ci ne s'éloigne pour retourner tranquillement dans les bois.

— On voit parfois des ours ici, retentit une voix grave derrière elle. C'est un point d'eau connu de tous les animaux de la forêt.

Hope se retourna vivement. Son cœur semblait sur le point d'exploser face à l'homme qui se tenait à quelques mètres d'elle seulement. Elle posa une main sur son cœur et souffla :

— Vous m'avez fait peur.

— Excusez-moi. Je ne voulais pas faire fuir cet élan, répondit-il, les mains dans les poches de son jean.

Hope le regarda d'un air hébété. L'homme en question devait avoir l'âge de Jason. Il avait de beaux cheveux blonds coupés court et impeccablement coiffés. Il était habillé de façon décontractée avec un jean, un pull à manches longues ainsi qu'une très belle paire de bottes de randonnée. Sa tête était légèrement baissée, mais lorsqu'il la releva, Hope se figea sous le choc. Elle reconnut immédiatement son visage ainsi que ses yeux gris ornés de cils aussi épais que magnifiques.

— C...Colt ?

— Bonjour, H.L. Sinclair. Comme nous nous retrouvons, répondit-il avec un faible sourire.

Hope resta sa voix, stupéfaite de voir l'homme qu'elle n'avait rencontré que très brièvement, mais qui avait pourtant joué un rôle majeur dans sa vie. Elle avait du mal à croire qu'il se tenait réellement devant elle. Hope ferma les yeux un bref instant, puis elle les rouvrit, mais Colt était toujours bien là, bien réel.

— Comment vas-tu ? demanda-t-il d'un air sombre.

— Je vais bien. Je n'arrive pas à croire que tu sois là, répondit-elle d'une voix traînante.

— Mon vrai nom est Tate Colter. Je suis en quelque sorte ici chez moi, répondit-il d'un ton taquin.

— Tu es Tate Colter ?

— Il me semble bien que oui, plaisanta-t-il.

Il lui tendit ses bras tout en l'amadouant avec un petit sourire qui fit apparaître une fossette délicate sur l'une de ses joues.

— Viens me faire un câlin. Je sais que tu en meurs d'envie.

— Oh. Bon sang, fit-elle en se jetant dans les bras ouverts de l'homme qui lui avait sauvé la vie. Je n'ai jamais eu l'occasion de te remercier. Je ne t'ai jamais revu, dit-elle tandis que des larmes se mettaient à couler sur ses joues.

— Merci, Colt. Merci pour tout ce que tu as fait pour moi.

Tate la serra contre lui et la berça délicatement.

— Je ne faisais que mon travail, Hope. Je ne savais même pas si tu allais me reconnaître. En tous cas, tu m'as bien reconnu l'autre jour.

Comment pourrait-elle bien ne pas le reconnaître ? Colt était son sauveur, et ces beaux yeux gris étaient inoubliables.

— J'étais sacrément ivre quand nous sommes arrivés, avoua-t-elle. Étais-tu là ? demanda-t-elle, quelque peu perdue.

— C'est moi qui vous ai ramené à Rocky Springs, Jason et toi. J'étais avec lui à Las Vegas. Tu t'es endormie avant l'atterrissage.

— Je devais faire peur à voir, répondit-elle avec dégoût.

Hope releva la tête pour le regarder.

— Je suis si heureuse de te voir.

— La plupart des femmes le sont, lui dit-il malicieusement.

Hope lui répondit avec un sourire. Elle ne pouvait pas s'en empêcher. Colt – ou plutôt Tate – était sacrément prétentieux. C'est précisément à cette assurance naturelle qu'elle s'était accrochée pour survivre, trois ans en arrière.

— Dis-moi comment un riche Colter se retrouve dans les forces spéciales, demanda-t-elle avec curiosité.

— Je suis un rebelle, répondit-il nonchalamment. Cela s'est probablement produit de la même manière qu'une riche Sinclair devient photographe de phénomènes météorologiques, la taquina-t-il. Ma cabane est juste au sommet de cette colline. Tu veux un café ?

— Oh que oui, acquiesça-t-elle avant de le suivre.

Un silence agréable s'installa entre eux pendant un moment, puis Tate dit :

— Je crois que je suis aussi curieux que toi. Je me demande bien comment une Sinclair se retrouve à parcourir le monde sans protection rapprochée. Je n'avais encore jamais fait le lien entre toi et la famille Sinclair. C'est un nom de famille relativement courant. Et je ne connaissais même pas ton prénom.

— Je voulais que personne le sache, dit-elle en le suivant sur un sentier menant au sommet de la colline.

— Jason est-il au courant de ce qui s'est passé ? demanda-t-il gravement. Quand je t'ai reconnue à Las Vegas, je n'ai rien dit.

Derrière lui, Hope avait les yeux rivés sur son dos massif.

— Merci de n'avoir rien dit.

Au sommet de la colline, Tate se retourna et lui tendit sa main pour l'aider à gravir une pente rocheuse.

— J'ai piraté ton ordinateur quand nous sommes arrivés à Rocky Springs, avoua-t-il sans aucun remords.

— Pourquoi ? demanda-t-elle en le regarda dans les yeux.

— Parce que j'avais la possibilité de le faire, dit-il d'un air diabolique. Il faut vraiment que tu renforces la sécurité de ton ordinateur. Je voulais savoir ce que tu faisais au cas où tu ne me reconnaîtrais pas. Je sais donc que tu es retournée à la poursuite des tempêtes.

Hope devrait être en colère qu'il ait piraté son ordinateur, mais elle ne ressentit pas le moindre agacement à son égard. Elle hocha la tête.

— Je me devais d'y retourner.

— Je comprends, acquiesça-t-il. Je pense que tu devrais en parler à Jason. Il n'était au courant de rien, Hope. Ce pauvre fou t'a épousée. Il tient suffisamment à toi pour avoir le droit de savoir. Je ne lui ai d'ailleurs parlé de rien d'autre que de ta carrière. De toute façon, Jason était sur le point de l'apprendre de lui-même. Mais ce n'est pas à moi de lui en dire davantage, ni même de lui dire que nous nous sommes déjà rencontrés. C'est à toi de voir.

Hope le suivit alors qu'il se dirigeait vers un grand chalet au sommet de la colline.

— Il était ivre quand il m'a épousée. Il veut juste me mettre dans son lit, lui dit-elle, horrifiée rien que de s'entendre le dire.

Malgré l'événement qui les liait, Hope connaissait à peine Colt. Tate ricana.

— J'ai un scoop pour toi, Hope : c'est ce que veulent la plupart des hommes. Et ils n'ont pas besoin d'épouser qui que ce soit pour y parvenir. Ce n'est donc pas le seul objectif de Sutherland.

— Colt, il a dit que...

— Il dit n'importe quoi, l'interrompit Tate. Et tu peux m'appeler Tate. Colt n'était que mon nom de code.

Hope s'arrêta net lorsqu'elle découvrit l'intégralité de la maison vers laquelle Tate se dirigeait.

— C'est ça, ta cabane ?

— C'est une construction en bois, comme tu peux le voir, dit-il avec un haussement d'épaules.

Hope resta bouche bée face à la taille et à l'architecture de sa demeure. Celle-ci était construire à partir de rondins de cèdre ainsi que de roches, le tout soutenu par de grands piliers en bois massif. De grandes baies vitrées constituaient la façade de la maison, offrant probablement une vue imprenable sur les couchers du soleil. Le chalet était sur au moins deux étages, voire peut être trois puisque Hope soupçonnait la présence d'un sous-sol. Un garage était mitoyen à la maison, celui-ci pouvant certainement contenir une demi-douzaine de véhicules. Étrangement, la maison semblait avoir été conçue pour s'intégrer au milieu naturel. Ainsi, malgré sa taille, celle-ci n'avait rien d'ostentatoire.

— Elle est magnifique, souffla-t-elle. Puis-je prendre quelques photos ?

Tate fit un signe de la main en direction de la maison et, prenant cela comme une permission, Hope prit plusieurs clichés avant de le suivre jusqu'à la porte d'entrée.

L'intérieur était tout aussi accueillant que l'extérieur : le rez-de-chaussée était ouvert et spacieux avec un plafond cathédrale aux poutres apparentes, semblable à celui de la maison d'hôtes. En passant à côté du salon, Hope remarqua de nombreux équipements anciens de pompiers ainsi que des photos bien en évidence.

— Est-ce que tu collectionnes les antiquités ?

— Juste des trucs de pompiers. Un de mes ancêtres a fondé Colter Equipment, une grande usine de matériel destinée à la lutte contre les incendies. C'est aujourd'hui encore l'un des principaux fabricants. J'aime collectionner le matériel ancien de l'entreprise ainsi que leur publicité. C'est juste un passe-temps. Je suis pompier volontaire.

Hope sourit tout en le suivant jusqu'à la cuisine. Elle n'était absolument pas surprise d'apprendre que Tate était actif pour sa communauté.

— La maison est somptueuse.

— La cuisine est un véritable gâchis, grommela-t-il tout en versant deux tasses de café. Je ne me sers que du micro-ondes et de la cafetière.

Hope s'assit à la table de la cuisine et examina son contenu. En plus d'être bien décorée avec des plans de travail en granit et des placards en cèdre, la pièce était spacieuse et équipée de toutes les commodités modernes. Elle prit la tasse de café que Tate lui tendit.

— C'est dommage. Cet endroit est le rêve de n'importe quel cuisinier amateur ou professionnel.

Tate posa un peu de lait et de sucre sur la table avant de prendre sa propre tasse en main. Il fit pivoter la chaise en bois et s'assit dessus à cheval, ses avant-bras posés sur la table.

— Est-ce que tu vas vraiment bien, Hope ?

Elle haussa les épaules.

— Ça ne va pas trop mal. Je suppose que certaines choses ne disparaîtront jamais.

— Tu ne peux pas subir une chose pareille sans quelques conséquences, observa Tate d'une voix basse et apaisante. Que vas-tu faire à propos de Jason ? Tu devrais lui en parler, Hope. Il est déjà au courant à propos de ta carrière.

Hope plissa les yeux.

— Oui, et je t'en remercie, dit-elle d'un ton faussement accusateur.

— Il l'aurait découvert de toute façon. Tu avais pris ton portfolio avec toi. Il n'est pas idiot. Même sans mon aide, il ne lui aurait pas fallu bien longtemps pour comprendre. Tu es mariée avec lui, Hope. Tu dois tout lui dire. Il est complètement fou de toi.

— Pas vraiment, nia-t-elle. Il voulait simplement m'empêcher d'épouser un homme qui n'existe même pas.

— Le faux petit ami ? sourit-il.

— Comment peux-tu être au courant ? demanda-t-elle tout en ajoutant un nuage de lait ainsi qu'un peu de sucre.

Elle prit ensuite une longue gorgée et se délecta de la riche saveur du café.

— Parce que je ne suis pas Jason. Ce pauvre homme n'a pas les yeux en face des trous en ce moment. Ça m'a pris du temps, mais j'ai fini par comprendre. Mes soupçons ont été confirmés en ne trouvant aucun email ni aucune information le concernant sur ton ordinateur.

— Et tu n'as pas jugé nécessaire de lui en parler ? demanda-t-elle d'un air agacé.

— Non. Je me suis dit que tu finirais bien par le lui avouer.

— Je lui ai presque tout dit. Il y a juste certaines choses dont je ne veux pas parler. J'ai encore quelques...problèmes, soupira-t-elle. Je ne peux pas rester mariée avec lui.

— Nous avons tous des problèmes, dit-il. La seule façon de résoudre ce qui se passe avec Jason est de lui parler. Crois-moi, il ne veut pas simplement te mettre dans son lit, dit-il franchement. S'il ne voulait que cela, il aurait pu coucher avec n'importe quelle autre femme sans faire tous ces efforts.

Hope en était bien consciente, mais elle ne comprenait pas complètement les motivations de Jason. Selon elle, il campait désormais sur ses positions pour l'empêcher de faire quoi que ce soit de dangereux.

— Alors pourquoi ne l'a-t-il pas fait ? Pourquoi ne s'est-il pas trouvé une autre femme avec qui s'amuser ?

Tate croisa les bras sur le dossier de la chaise et regarda Hope dans les yeux.

— Je pense que tu vas devoir le découvrir par toi-même.

Hope poussa un soupir d'exaspération.

— Je sais que je devrais lui en parler. Il ne comprend pas certaines de mes peurs. Il est au courant pour tout le reste. J'ai simplement beaucoup de mal à...le revivre.

— Je sais que c'est incroyablement difficile de se remémorer une chose pareille, mais je voudrais que tu puisses tourner la page pour de bon, et cela passe par dire la vérité à Jason, dit-il gravement avant de prendre une gorgée de son café.

— Moi aussi. Je veux passer à autre chose, dit-elle.

Hope aimerait tant avoir autant d'assurance que Tate pour redevenir elle-même. Elle pensait aller bien...jusqu'à ce qu'elle voie Jason. Il lui avait donné envie de choses qui ne lui avaient encore jamais manqué. Ce qui s'était passé la nuit dernière ainsi que lors du Nouvel An fut révélateur. Elle luttait contre des démons qu'elle n'était manifestement pas encore parvenue à exorciser.

— Combien de temps restes-tu ici ?

— Deux semaines. Jason me fait du chantage, déclara Hope d'un air mécontent.

— Ce n'est pas bête, dit-il avec un sourire narquois. Il menace de révéler tes secrets à ta famille si tu pars ?

— Oui.

Tate ricana.

— Tate ? fit-elle doucement.

— Oui ?

— Tu es un peu un enfoiré, lui dit-elle.

— Je n'ai jamais prétendu le contraire, ma chère, sourit-il fièrement.

Hope leva les yeux au ciel en signe d'exaspération. Elle avait beau devoir sa vie à Tate, il pouvait être agaçant.

— As-tu quitté l'armée ? demanda-t-elle avec curiosité.

— Oui. Il y a plus d'un an, dit-il avec un hochement de tête.

Fort heureusement, Tate laissa tomber le sujet de Jason. Ils parlèrent ensuite de la pluie et du beau temps tout en terminant leur café, puis il la raccompagna jusqu'à la maison d'hôtes.

Hope et Tate s'enlacèrent sur le pas de la porte avant de se quitter et, au même instant, Jason ouvrit vigoureusement la porte.

Chapitre 6

—Je te donne deux secondes pour ôter tes mains de ma femme avant que je te tue, gronda Jason.

Hope sursauta et rompit immédiatement son étreinte amicale avec Tate, surprise par l'expression meurtrière sur le visage de Jason.

— Elle se baladait dans les bois. Peut-être que tu devrais apprendre à veiller sur ta femme, répondit Tate avec provocation.

— Salaud, grogna Jason en essayant de contourner Hope pour atteindre Tate.

— Arrêtez, cria-t-elle. Jason, j'ai besoin de te parler, ajouta-t-elle en restant entre eux, sa main appuyée contre le torse de Jason.

— Tate, merci de m'avoir raccompagnée.

— J'ai l'impression que ça devient une habitude de te ramener à la maison en toute sécurité, H.L. Sinclair, répondit Tate de façon énigmatique. Je t'avais bien dit que le sexe n'est pas la seule chose qui l'intéresse chez toi, ajouta-t-il avant de se retourner pour s'en aller.

— Et qu'est-ce qu'il voulait dire par là ? grogna Jason.

Ses yeux de saphir semblaient cracher des flammes dans le dos de Tate.

— Rien, nia-t-elle en essayant de pousser Jason à franchir la porte d'entrée.

Sur le chemin, Hope avait pris la décision de parler à Jason. Si elle essayait de lui expliquer ce qui se passait dans sa tête, peut-être accepterait-il de l'aider à redevenir elle-même si Hope n'essayait rien, elle aurait à vivre avec le regret de ne pas savoir ce qui serait arrivé si elle avait osé lui demander de l'aide.

Et elle avait vécu bien assez de choses qu'elle regrettait aujourd'hui.

Jason lui tourna brusquement le dos et retourna à l'intérieur.

Avec un soupir de soulagement, elle entra derrière lui. Une part d'elle craignait qu'il se lance à la poursuite de Tate. Hope referma la porte derrière elle et suivit Jason jusqu'au salon.

— Parle, ordonna-t-il en se laissant tomber dans un fauteuil en cuir. Explique-moi comment tu t'es débrouillée pour embrasser un mec que tu viens juste de rencontrer. Bon Dieu, Hope. Qu'est-ce qui se passe ?

— Je n'étais pas en train de l'embrasser, répondit-elle avec indignation. Je ne faisais que le serrer dans mes bras. Et non, je ne viens pas juste de le rencontrer. Nous nous...connaissons, dit-elle. Hope posa doucement son appareil photo ainsi que son étui sur la table basse, puis elle s'assit en tailleur sur le canapé situé face à lui.

Tu peux le faire. Contente-toi de lui dire. Jason est le seul homme capable de t'aider.

— Comment diable peux-tu connaître Colter ? Il ne m'a jamais dit t'avoir déjà rencontrée. Est-ce que tu couchais avec lui entre deux ruptures amoureuses ? tonna-t-il. Je ne te comprends plus, Hope. Hier soir tu paniques en plein milieu de nos préliminaires et le lendemain je te retrouve dans les bras d'un autre homme.

— Je sais, dit-elle. Elle était bien consciente que son comportement étrange devait être très difficile à comprendre pour lui. À sa place, elle se trouverait totalement psychotique.

— Je voudrais essayer de m'expliquer. S'il te plaît.

— J'aimerais bien que quelqu'un m'explique tout ça, oui, grogna-t-il.

Hope prit une grande inspiration.

— Je connaissais Tate sous le nom de Colt. C'était son nom de code quand il était dans les forces spéciales. Je ne savais pas du tout qu'il était ici, et encore moins qu'il avait un lien de parenté avec la famille Colter du Colorado. Il y a trois ans, lui et son équipe des forces spéciales m'ont sauvé la vie, expliqua-t-elle.

Jason ouvrit la bouche pour poser une question, mais Hope s'empressa de lever sa main en l'air pour le faire taire, impatiente d'arriver au bout de son histoire avant de craquer. — Laisse-moi d'abord te raconter mon histoire.

Jason hocha la tête sans dire un mot.

Alors, Hope poursuivit :

— À cette époque, cela ne faisait qu'un an que j'avais débuté ma carrière et que j'essayais de me faire un nom dans le milieu. Je commençais à peine à gagner un peu d'argent avec mes photos de phénomènes météorologiques. Je savais qu'un cyclone s'apprêtait à frapper la côte Indienne. J'ai donc pris un avion et, une fois sur place, je me suis postée en lieu sûr. La tempête était plus sévère que prévu et le littoral a été dévasté. J'étais en sécurité, mais les dégâts étaient considérables. C'était un véritable chaos. Alors personne n'a remarqué mon enlèvement. On m'a poussée dans le coffre d'une voiture puis on m'a emmenée, dit-elle.

La respiration de Hope commença à devenir lourde et difficile, mais elle continua de parler afin que tout sorte.

— J'étais terrifiée et tout était sombre. Ce qui m'a semblé durer des jours n'a en réalité duré que quelques heures. Lorsqu'on m'a enfin fait sortir du coffre de la voiture, j'étais loin de la côte. J'avais été emmenée dans une maison en ruine située à l'extérieur d'un village, sous la menace d'une arme, détailla-t-elle.

Hope ne put s'empêcher de frémir en se remémorant le regard froid et impassible de l'inconnu, mais elle s'empressa de reprendre son histoire.

— Il y avait un...homme. Je ne savais pas trop ce qui se passait au début. Je l'ai supplié de me laisser partir avant que les autorités découvrent ma disparition. Il ne parlait pas bien ma langue, mais suffisamment pour comprendre ce que je lui disais. Il se contentait

de rire, et il continuait de rire pendant qu'il...qu'il...me violait, Jason.
. . Il m'a violée plusieurs fois. J'ai essayé de lutter, de me débattre
et de m'enfuir, mais je n'y suis pas arrivé...Au bout d'un moment,
tout est devenu flou. Il me frappait pour me faire taire. Personne ne
semblait être dans les environs pour me porter secours, révéla-t-elle
en pleurant.

Les larmes coulaient sur son visage pendant qu'elle continuait.

— Je pense qu'il prévoyait de me tuer, mais je lui ai dit que s'il
contactait l'ambassade américaine, il pourrait peut-être obtenir de
l'argent. Entre deux...agressions, il les a contactés. L'ambassade a
tout fait pour gagner du temps. L'unité de Tate était en Inde à ce
moment-là. J'ai appris plus tard qu'ils étaient même très proches
de mon lieu de captivité. Ils traquaient l'homme en question qui
était un terroriste bien connu qui se cachait en Inde. Je pense qu'ils
savaient que leur seule chance de me sauver était de tenter un assaut.
Cet homme allait me tuer, qu'il obtienne de l'argent ou non. Alors
l'équipe de Tate a pris la maison d'assaut et ils ont réussi à tuer
le terroriste. Ils m'ont sauvé la vie, sanglota-t-elle en mobilisant
vainement toute son énergie pour essayer de ne pas se souvenir de
la peur paralysante qu'elle avait ressentie ce jour-là.

— Tate est resté avec moi jusqu'à mon retour aux États-Unis. Il
essayait de me parler et de m'aider. Après cela, je ne l'ai plus jamais
revu. Je n'ai même jamais eu l'occasion de le remercier. J'étais
heureuse de le revoir aujourd'hui, heureuse d'avoir enfin la possibilité
de le remercier pour ce que lui et son équipe ont fait pour moi, dit-elle
sans regarder Jason.

Elle en était incapable.

— J'ai été suivi deux ans de psychothérapie. J'ai été soignée de
mes blessures dans un hôpital militaire. J'ai dû subir un test de
dépistage du VIH trois mois après, puis une seconde fois six mois
plus tard. Les deux tests étaient négatifs, Dieu merci. Tate ayant
tué l'homme qui m'a agressée, l'histoire s'arrête là. Je pensais avoir
tourné la page...jusqu'à ce que je te revois. J'avais très envie de toi,
Jason. Mon corps était animé d'une sensation que je n'avais jamais
connue auparavant. Ce n'est pas un problème d'envie ou de désir.

J'aimerais faire l'amour avec toi. Mais j'en suis émotionnellement incapable, dit-elle en fermant les yeux.

Hope sentit soudain son corps se soulever. Jason venait de s'asseoir à côté d'elle afin de la prendre sur ses genoux. Il glissa sa main sur ses cheveux et déposa un baiser sur son front. Son autre main caressait tendrement son dos de haut en bas.

— Bon Dieu ! Je suis tellement désolé, ma petite pêche. Je n'étais pas au courant. Je n'aurais jamais imaginé une chose pareille..., dit-il d'une voix brisée par la douleur et la colère.

Hope enfouit son visage contre son épaule.

— Je n'ai jamais eu de rapports consentis avec un homme. Je n'ai jamais eu suffisamment envie de quelqu'un pour m'y risquer.

— Tu étais toujours vierge quand c'est arrivé, dit Jason avec angoisse. Bon sang. J'aimerais pouvoir déterrer cette ordure pour le tuer une seconde fois, dit-il avec véhémence avant d'enfouir son visage dans la chevelure de Hope.

— Je suis désolé, Hope...tellement désolé. J'aurais dû me douter que quelque chose n'allait pas. J'étais trop attaché à mes propres émotions pour m'en rendre compte. Je m'en veux tellement, dit-il avec la gorge serrée tout en la serrant dans ses bras. L'idée que tu aies traversé une chose pareille toute seule me détruit. Bon sang ! Pourquoi n'étais-je pas là ?

— Tu n'y étais pour rien, dit-elle en laissant Jason la réconforter et lui donner un sentiment de sécurité dans ses bras.

À l'époque, elle n'était pas vraiment en contact avec David. C'était si libérateur de s'ouvrir enfin à quelqu'un, en particulier Jason. Même si cela la forçait à revivre cette horrible expérience, elle se sentait en sécurité près de lui.

— Personne n'était au courant. L'intervention était secrète, il n'y avait aucun témoin et la police indienne ne l'a jamais su. Seule l'ambassade américaine était impliquée. J'étais dans une région isolée située à l'extérieur d'un village. L'histoire n'a jamais fuité dans les médias, et j'en suis bien contente. Ce fut assez traumatisant sans avoir à faire face au cirque médiatique.

— Tu avais besoin de quelqu'un, ma douce. Tu étais toute seule, bon sang, dit-il. Je me suis comporté comme un sale enfoiré avec toi, Hope. Je n'en savais rien. Je n'en savais rien, ajouta-t-il en la serrant plus fort encore dans ses bras.

La douleur dans le timbre de sa voix fit trembler Hope.

— Tu ne pouvais pas savoir. Et je suis heureuse d'être avec toi maintenant. J'étais effectivement seule. C'était difficile. C'est plus facile désormais.

— Je ne veux pas te forcer à rester, Hope. Et je ne te menacerai plus jamais. Je ferai n'importe quoi pour me racheter de mes erreurs.

Le cœur de Hope se serra. Elle glissa alors ses mains dans les cheveux de Jason et lui rendit le réconfort qu'il lui offrait si volontiers.

— Je veux rester.

— Dieu merci, gronda-t-il. J'ai besoin d'être avec toi. Je veux te montrer que je ne suis pas juste un salaud.

— Je sais, sourit-elle à travers les larmes.

— Tu ne seras plus seule. Je serai toujours là pour toi à partir de maintenant. Bon Dieu, tu t'es suffisamment battue seule, dit-il en la berçant tendrement dans ses bras. Tu as besoin de quelqu'un, Hope. Laisse-moi être cet homme pour toi. S'il te plaît.

Hope n'avait pas besoin de *quelqu'un*, elle avait besoin de *lui*. Instinctivement, elle savait que Jason était exactement celui dont elle avait besoin.

— J'ai peur, avoua-t-elle avec hésitation.

— Bon Dieu. Je suis tellement désolé. Je ne veux pas que tu aies peur de moi. Je voulais simplement que tu me désires, dit-il.

— Et c'est le cas. Je n'ai jamais autant désiré un homme de cette façon. Mais mes peurs prennent le dessus. Ce n'est pas toi que je rejetais. C'est l'acte même. Mon cerveau est assailli de souvenirs horribles quand il s'agit d'être...pénétrée. Ou enfermée, dit-elle sans détour.

Elle devait être aussi franche que possible pour être comprise.

— Je ne te toucherai plus sexuellement. Je te le promets.

C'était l'inverse de qu'elle voulait réellement, et d'une manière ou d'une autre, elle devait le lui expliquer. Ainsi, Hope ouvrit la bouche pour essayer de lui dire, mais elle fut interrompue par Jason.

— Tu pourrais être morte. Le simple fait que tu sois ici, dans mes bras, c'est un miracle.

— J'ai survécu, Jason. Et j'en suis heureuse.

— Tu as eu le courage de retourner sur le terrain. Pourquoi ? demanda-t-il en relevant la tête pour la regarder.

Hope regarda droit dans ses yeux tumultueux.

— Je devais le faire, avoua-t-elle. J'ai traversé une dépression pendant quelques mois, terrifiée à la seule idée de sortir de chez moi. J'avais peur de tout et de tout le monde. Mais j'ai décidé que je ne pouvais pas laisser mon agresseur gagner. Il m'a dit qu'il détestait les Américains. Il m'a craché dessus. En fin de compte, j'avais besoin de cracher sur ces souvenirs, de les enterrer. Il est mort et je suis toujours en vie. J'avais besoin de vivre pour de bon plutôt que de me contenter d'exister. C'était très difficile de remettre le pied à l'étrier, de recommencer à voyager. Avec le temps, c'est devenu plus facile. J'avais désespérément besoin de reprendre le pouvoir et j'y suis parvenue dans mon travail, dit-elle.

Hope prit une grande inspiration, prête à lui expliquer ce qu'elle voulait réellement.

— Je semble incapable d'avoir des rapports sexuels normaux. Honnêtement, je n'avais jamais essayé avant toi. Aucun homme ne me donnera envie d'essayer. Je crois que c'est l'idée d'être…envahie qui me fait peur. Je ne me souviens que de la douleur et ça me ramène systématiquement à des souvenirs traumatiques. Je n'avais même aucun désir sexuel jusqu'à nos retrouvailles. Je veux que tu m'aides, Jason. Je veux que tu m'aides à dépasser mes peurs, expliqua-t-elle.

Si Jason n'y parvenait pas, alors personne n'y parviendrait. Hope avait décidé de lui demander de l'aide lors de sa sortie matinale dans la nature. Elle avait besoin de surmonter ses peurs handicapantes, et Jason était le seul homme avec qui elle se sentait capable d'affronter cela.

Jason resta bouche bée, son regard trahissant son inquiétude.

— Hope, je ne peux pas te forcer après…

— Je n'ai aucune maladie sexuellement transmissible et je prends la pilule. Après ce qui m'est arrivé, je prends un contraceptif parce que je voyage toujours à l'étranger. Je suis peut-être un peu paranoïaque. Quelles sont les chances que cela se reproduise ? Quoi qu'il en soit, cela me procure un sentiment de sécurité supplémentaire. J'étais soulagée de n'avoir rien attrapé et ne pas être tombée enceinte. Ce n'est pas un manque d'envie, Jason. Je veux juste que tu comprennes cela, je veux que tu comprennes pourquoi j'ai paniqué hier soir. Tu connais tous mes secrets maintenant. Je veux rester avec toi pour les deux prochaines semaines pour essayer de surmonter ça. Quoi qu'il arrive, nous pourrons ensuite retrouver nos vies normales, dit-elle. Hope faillit s'étouffer en disant cela. Il serait difficile de lui dire au revoir. Mais il s'agissait là de sa seule chance.

— Tu dois me faire confiance, Hope. Tu dois vraiment me faire confiance, dit-il doucement.

Jason lui caressa délicatement la joue. Ses yeux étaient énigmatiques.

— Maintenant que je sais ce que tu as traversé, moi aussi j'ai peur. Je ne veux pas que tu subisses ne serait-ce qu'une minute de souffrance supplémentaire.

— Nous n'avons plus de secrets. Je te fais confiance. Ressens-tu toujours du désir pour moi-même si j'ai été...abusée ? demanda-t-elle. Hope avait passé des années à se sentir sale et indésirable.

Jason attira à nouveau sa tête contre son torse.

— Je crois même que je te désire encore plus. Tu es la femme la plus courageuse que je connaisse. Tate et ses hommes t'ont peut-être secourue, mais tu as sauvé ta propre vie. Je regrette juste de ne pas l'avoir su plus tôt. Je n'arrive pas à croire que tu aies traversé tout cela sans jamais en parler à tes frères.

— Je ne pouvais pas. Et je te fais confiance pour ne rien leur dire. Cela ne changerait rien maintenant, répondit-elle nerveusement.

Il n'y avait aucune raison que ses frères le sachent, et elle n'avait aucune envie d'en reparler un jour.

— Je ne dévoilerai jamais tes secrets, répondit-il d'un ton catégorique.

Jason lui posa ensuite quelques questions, principalement sur la façon dont elle l'avait vécu ainsi que sur l'intervention de Tate. Hope lui répondit. Elle se sentait bien mieux maintenant qu'il était au courant de tout. Jason se montra patient, lui laissant le temps dont elle avait besoin pour répondre à ses questions, le tout sans jamais cesser de la serrer contre lui.

Après avoir fini de lui donner tous les détails dont il avait besoin, Hope se sentait totalement soulagée, son esprit était plus léger et son corps détendu dans les bras de Jason.

Jason était en enfer et il avait le sentiment d'être le diable en personne.

Lâche !

Sa conscience était lourde après tout ce que Hope venait de lui révéler alors qu'il avait mis en place tout ce simulacre pour pouvoir l'épouser. Comment pourrait-il lui avouer une chose pareille à un moment où il avait désespérément besoin de sa confiance ?

Bon Dieu ! Jason lui avait menti, il l'avait manipulée et l'avait accusée de choses dont elle n'était pas du tout coupable. Hope avait été violée. À plusieurs reprises. Elle avait vécu une chose terrifiante. Jason ne pensait désormais plus qu'à lui ôter sa douleur, à tout faire disparaître. Il s'en voulait profondément de ne pas avoir ce pouvoir.

Enfoiré !

Salaud !

Égoïste pathétique !

Hope avait vécu une chose qu'il ne pouvait même pas imaginer, pourtant cela n'avait pas empêché Jason de soupçonner qu'il lui était arrivé quelque chose de très grave. Mais il était trop préoccupé par lui-même, par ses propres désirs. Et s'il avait un peu pensé à elle ? Non. Au lieu de cela, son foutu égocentrisme maladif l'en avait empêché. Quel moins que rien !

Hope avait trouvé le courage de s'ouvrir à lui, de lui révéler ses secrets. Il était incapable de penser à son calvaire sans avoir la sensation de perdre la tête. Le fait de l'imaginer coincée dans le coffre d'une voiture avant d'être violée à maintes reprises faisait frémir son corps d'une colère meurtrière. Son instinct protecteur était accablé et il ne voulait plus jamais la perdre de vue.

La plupart des gens ayant vécu une chose semblable à celle que Hope avait subie n'oseraient probablement plus jamais sortir de chez eux. Pourtant, Hope avait surmonté cela, déterminée à ne pas laisser le traumatisme prendre le contrôle de sa vie. Doux Jésus. Cela demandait un courage incroyable. Tate avait raison de dire que Hope avait des couilles.

De toute évidence, Tate la connaissait mieux que lui. Cela avait beau le mettre en colère, il était également très touché par cela. Colter avait su garder les secrets de Hope, mais Jason aurait bien voulu que cet enfoiré de prétentieux lui en parle, qu'il le prévienne de tout ce qu'elle avait traversé. Jason n'était vraiment pas fier de lui à cet instant précis. Aussi bien pour son comportement vis-à-vis de Hope que vis-à-vis de son ami. Colter avait sauvé la vie de Hope, et rien que pour cela, Jason voulait l'embrasser, le remercier d'avoir su la protéger lorsqu'il n'était pas là pour le faire lui-même.

Elle n'a jamais eu de rapports sexuels avec un homme autrement que par la force.

Bon Dieu ! Il espérait tant pouvoir l'aider. Être son homme. Son seul homme. Le fait d'imaginer que quiconque autre que lui puisse la toucher le poussa à resserrer ses bras autour d'elle jusqu'à ce qu'elle s'en plaigne.

— Excuse-moi, dit-il en embrassant son front. J'ai l'impression d'être un peu trop protecteur.

J'ai l'impression de devenir un peu fou. Ou plutôt complètement fou.

— Je n'ai pas besoin de ta protection, Jason. J'ai besoin que tu me fasses l'amour et que tu m'aides à aimer ça, dit-elle sans hésitation.

Jason réprima un grognement bestial. Pour lui, ces deux choses étaient liées. Il voulait lui faire l'amour et la faire sienne pour mieux la protéger. Sexuellement, il voulait qu'elle oublie tout ce qui s'était produit avant lui. Mais il était désormais lui-même quelque peu terrifié par l'acte. Et s'il lui faisait mal ? Quoi qu'il en soit, si c'est ce que Hope voulait, alors il lui donnerait tout ce qu'elle désirait.

— En parlant de protection, tu m'as dit ne pas avoir de maladie sexuellement transmissible, mais tu ne m'as pas demandé si j'en ai, dit-il.

— Je te fais confiance, murmura-t-elle. Si c'était le cas, je sais que tu me l'aurais dit.

CLAC !

Voici une autre gifle de la part de sa conscience.

Hope lui faisait confiance, mais il n'était vraiment pas digne de celle-ci.

Je ne peux pas le lui dire maintenant. Pas tout de suite. Elle doit d'abord avoir une bonne raison de me faire confiance. Et à partir de maintenant, je ne ferai plus jamais rien qui puisse trahir cette confiance. Un jour, je lui dirai tout, mais je veux d'abord essayer de lui donner ce qu'elle me demande.

— Je n'ai jamais eu de rapports sexuels sans protection. J'ai du mal à faire confiance aux autres, avoua-t-il avec honnêteté.

Hope se leva de ses genoux pour s'asseoir à côté de lui. Ses yeux verts examinèrent son visage avec curiosité.

— Avec combien de femmes as-tu couché ?

Jason avala la boule qui venait d'obstruer sa gorge.

— Suffisamment, balbutia-t-il.

Hope croisa les bras sur sa poitrine.

— Combien ?

Jason avait honte d'admettre qu'il avait cessé de compter.

— Je n'en sais rien. Je ne m'en souviens pas, répondit-il.

Il savait néanmoins que personne n'avait jamais eu autant d'importance à ses yeux qu'elle. Les autres femmes n'étaient qu'une solution temporaire, un baume pour ses blessures, chacune d'elle voulant la même chose que lui : des relations sexuelles sans sentiments.

— Pas d'ex petite amie ? demanda-t-elle en fronçant légèrement les sourcils.

— J'ai eu une petite amie. Quand j'étais à la fac.

— Que s'est-il passé ?

— Elle m'a largué quand elle s'est rendu compte que je n'étais pas aussi riche qu'elle l'imaginait.

— Quoi ? lâcha-t-elle furieusement.

Jason haussa les épaules.

— Oui. J'ai commencé à lui parler des problèmes que j'avais avec l'entreprise de mon père, puis elle s'est empressée de se débarrasser de moi pour quelqu'un de plus fortuné. J'imagine que je représentais pour elle un investissement trop risqué, lui dit-il avec un faible sourire.

Certes, ce fut douloureux à l'époque, mais il s'en était remis assez rapidement. Il était trop occupé à essayer de sauver l'entreprise de son père. Cette expérience l'avait peut-être rendu plus méfiant vis-à-vis de ses relations avec les femmes, mais son cœur n'avait pas été brisé.

— Personne ne devrait rompre avec Jason Sutherland. Elle ne devait pas avoir toute sa tête.

— Suis-je un être si désirable, Hope ? Tu as pourtant l'intention de demander le divorce, dit-il.

Jason savourait secrètement son indignation.

— Nous pouvons faire annuler le mariage. Nous n'étions pas vraiment dans notre état normal. Et c'est différent. Nous avons un accord, répondit-elle d'un ton hésitant. Cette fille était vraiment ta petite amie. Et elle n'avait vraisemblablement aucune excuse pour te blesser.

Jason regarda l'alliance à son doigt.

Elle est à moi. Le divorce est hors de question. Idem pour une annulation.

Les lèvres de Jason se tordirent alors qu'il essayait tant bien que mal de ne pas sourire face à l'agacement de Hope. Elle était en colère à sa place pour une rupture qu'il avait vécue dans sa jeunesse.

— C'était il y a longtemps, dit-il en passant son bras autour de sa taille pour satisfaire son besoin de la reprendre dans ses bras.

Il en profita pour la soulever et la poser sur ses genoux.

— Et je suis bien content que cette relation se soit terminée, sans quoi je ne serais peut-être pas ici avec toi.

C'était un mensonge et il le savait bien. Jason n'avait jamais eu d'intérêt pour personne d'autre que Hope. Peut-être qu'il cherchait à s'occuper, pour attendre. Hope avait toujours été là, dans son esprit, ne lui permettant inconsciemment pas d'avoir une relation sérieuse avec une autre femme. Ce qu'il ressentait pour elle, il ne le ressentait pour personne d'autre. Jason était donc aujourd'hui exactement où il était censé être. Enfin. Son instinct lui intimait que tout cela n'avait rien d'un hasard. Le cauchemar vécu par Hope le hanterait pour le restant de ses jours. Il ne pouvait s'empêcher de se demander si cela aurait pu être évité s'il avait essayé de séduire Hope plus tôt. Elle n'aurait alors jamais parcouru le monde sans un minimum de sécurité pour veiller sur elle. Il *aurait* dû être dans sa vie plus tôt.

— Je n'aime pas imaginer que quiconque puisse te faire souffrir, dit-elle tout en lui caressant la joue avec sa main douce.

— Tu sais donc ce que je ressens. Ce qui t'est arrivé me tord les entrailles, dit-il d'une voix rauque. Si seulement je pouvais revenir en arrière, tout faire disparaître.

— Je sais, dit-elle en contemplant son visage. Tu es le seul homme qui me donne ce sentiment d'être bien vivante.

Elle est à moi.

Jason ressentait exactement la même chose. Cependant, il ne savait trop comment se maîtriser avec Hope. Elle suscitait chez lui un véritable besoin. Un désir désespéré. Ce qu'il ressentait était si primitif qu'il n'était pas sûr de pouvoir lui donner ce dont elle avait besoin.

— Ça ne va pas être facile pour moi, avoua-t-il calmement. Parfois, j'ai l'impression de perdre le contrôle quand je suis avec toi. Et j'aime être aux commandes quand je suis au lit. Avec toi, je suis presque incapable de maîtriser mon désir de te soumettre à moi. Tu m'obsèdes.

Hope écarta une mèche rebelle du front de Jason.

— Ce n'est pas entièrement de ta faute. Mon corps est réceptif à ta personnalité dominante et possessive. C'est mon esprit qui ne tourne pas rond.

— J'aime ce corps et cet esprit, ma chérie. Reste avec moi. Autorise ton corps à être réactif avec moi et rien qu'avec moi.

Jason faillit craquer en décelant du désir dans les yeux émeraude de Hope. Son sexe s'impatientait.

Hope hocha la tête et passa ses bras à son cou.

— J'ai besoin de toi.

C'était la première fois de sa vie que Jason entendait quelqu'un lui dire ces mots sans que cela ne soit lié à l'argent. Hope avait besoin de *lui*.

— Je suis là, dit-il en se levant tout en gardant ce qu'il avait de plus précieux dans ses bras.

— Qu'est-ce que tu fais ? demanda-t-elle avec curiosité.

Jason se dirigea vers la chambre d'un pas ferme.

— C'est l'heure de notre première leçon, ma petite pêche, avant que je devienne complètement fou.

— Nous avons deux semaines, répondit-elle d'une voix qui trahissait néanmoins son désir.

— C'est insuffisant, dit-il en lui permettant de poser ses pieds au sol.

Très insuffisant.

Chapitre 7

Hope essaya de dissimuler son excitation en regardant Jason ôter sa chemise. Dans le mouvement, tous les muscles de son torse se contractèrent, puis il laissa le vêtement tomber par terre.

Ses doigts agiles défirent ensuite les boutons de son jean un par un. Pendant tout ce temps, le regard sauvage de Jason ne quitta pas le visage de Hope.

Elle déglutit difficilement lorsqu'il abaissa son pantalon ainsi que ses sous-vêtements. Il se tenait désormais devant elle, merveilleusement nu. Jason repoussa ensuite les draps au fond du lit et s'allongea sur celui-ci. Couché sur le dos, il croisa les mains derrière sa tête et continua à la dévorer du regard.

— Je suis à toi. Maintenant que vas-tu faire de moi ?

Oh. Mon. Dieu.

Doux Jésus. Jason, avec sa peau halée et soyeuse, l'attendait sur le lit. Hope n'avait jamais rien vu d'aussi sexy.

J'ai déjà eu des rapports intimes avec lui. Nul besoin d'être nerveuse.

Hope se mordilla nerveusement les lèvres. Son corps puissant et son esprit envoûtant la mettaient dans un état second. Son entrejambe s'inonda d'une chaleur liquide rien qu'en le regardant. Son sexe était en érection, prêt à être satisfait et visiblement très impatient.

— Je comptais sur toi pour me dire comment m'y prendre, avoua-t-elle.

Jason secoua lentement la tête.

— Déshabille-toi. Ensuite, tu es libre de faire ce que bon te semble. Tu es aux commandes, Hope.

C'était un défi pour elle et un sacrifice pour lui. Hope en avait les yeux humides de larmes non versées. Jason était un homme d'action, un mâle dominant qui lui permettait de prendre le contrôle. C'était contre sa nature, mais il le faisait pour elle.

Très bien. Je peux le faire.

Hope enleva le haut et laissa le textile tombé au sol. L'attache frontale de son soutien-gorge se dégrafa sans difficulté, puis elle le laissa également tomber par terre sans même regarder où il atterrissait. Son regard était figé sur le visage de Jason.

— Bon Dieu. Tu es magnifique, dit-il d'une voix rocailleuse.

Hope se sentit belle face à Jason qui admirait ses seins sans vergogne. Pourtant, elle ne se pensait vraiment pas avantagée physiquement. Son apparence était banale, au mieux. Et sa silhouette généreuse n'attirait que rarement le regard des hommes. Mais devant Jason, son corps prit vie. Ses mamelons se dressèrent alors qu'il les regardait comme s'il voulait les dévorer.

— Tu es donc à ma merci, dit-elle avant de glisser son short ainsi que sa culotte le long de ses jambes.

Le désir qu'elle éprouvait pour lui était désormais plus fort que jamais.

— Alors, occupe-toi de moi, répondit-il avec séduction. Et je serai toujours à ta merci.

C'est lui.

Lorsqu'elle était en psychothérapie, son psychologue lui avait dit qu'elle trouverait un jour un homme en qui elle aurait suffisamment confiance. Jason était cet homme, le seul homme capable d'embraser son corps.

— Fais de moi ce que bon te semble, insista Jason avec passion.

Entièrement nue, Hope monta sur le lit à quatre pattes avec un léger sentiment de vulnérabilité. Jason était très viril, peut-être trop viril pour elle.

— Je n'ai pas beaucoup d'expérience en matière de séduction, avoua-t-elle alors qu'elle était désormais à genoux près de lui.

— Bébé, tu n'as pas besoin d'avoir de l'expérience. Je suis déjà séduit, répondit-il.

Envoûtée par ses yeux incroyables, Hope lui répondit avec un sourire faible.

— Je veux te toucher.

— Alors, vas-y, dit-il d'un ton catégorique. Cela pourrait bien me tuer, mais ce sera une mort heureuse.

Hope s'assit délicatement à cheval sur les jambes de Jason, son entrejambe en contact avec ses cuisses. Elle posa alors la paume de ses mains sur ses épaules et explora la peau chaude de son buste. Lentement, ses doigts suivirent les contours parfaitement définis des muscles de son abdomen menant jusqu'à son sexe. Sa position allongée plaçait son érection contre son bas-ventre. Hope prit sa verge en main et lécha ses lèvres subitement sèches.

— Elle est énorme, s'exclama-t-elle.

Jason poussa un grognement étouffé et agrippa des deux mains la tête de lit en bois au-dessus de sa tête.

— C'est une vraie torture, Hope. Embrasse-moi, exigea-t-il d'une voix profonde.

Cet ordre, qui donnait l'impression d'un appel au secours, poussa Hope à abaisser immédiatement son corps sur le sien pour l'embrasser. Elle frémit en sentant la chaleur de sa peau contre la sienne, ses mamelons sensibles frottant contre son torse. Hope glissa ses doigts sans les cheveux de Jason. Chaque seconde de ce contact physique intensifiait son désir sexuel.

Il se regardèrent alors dans les yeux, le bleu flamme entrant en collision avec le vert émeraude. Leurs regards exsudaient un désir dénudé. Jason s'était mis à nu dans tous les sens du terme. Il serrait la tête de lit si fort dans ses mains qu'il redoutait que le bois cède.

Hope approcha ses lèvres des siennes, puis elle l'embrassa, déversant toutes ses émotions dans ce baiser. Elle agrippa ses cheveux dans ses mains et gémit dans sa bouche. Jason lui répondit avec vigueur, comme pour la faire capituler alors qu'elle était encore en position de domination.

Jason lâcha la tête de lit pour enrouler ses bras autour d'elle. Ses mains glissèrent le long de son dos en direction de ses fesses.

Hope sentit les parois de son vagin se dilater, comme si son appareil génital ne demandait qu'à l'accueillir. Son bassin ondula contre lui tandis que Jason approfondissait son baiser. Hope ressentait manifestement le même désir intense et charnel que lui. Sa langue rencontra la sienne. Les plis de son vagin inondé frottèrent contre son érection. Hope en voulait davantage.

Elle poussa un gémissement haletant en arrachant ses lèvres des siennes.

— S'il te plaît, Jason. J'ai besoin de te sentir. Aide-moi.

Jason glissa sa main entre leurs corps pour atteindre la chair sensible entre les cuisses de Hope.

— Chérie, tu es détrempée, remarqua-t-il entre ses dents serrées. Jason saisit ses cheveux et tira sa tête en arrière.

— Regarde-moi, grogna-t-il. Ne me quitte pas des yeux. Reste avec moi.

Hope posa ses mains sur son torse et se servit de cette surface dure et solide comme d'un support.

— S'il te plaît, gémit-elle.

Son désir était si aigu qu'elle en avait du mal à respirer.

— Dis mon nom. Dis-le et répète-le, encore et encore. Ne t'avise pas de fermer les yeux. Continue de me regarder. Reste bien concentrée sur ce que tu fais et avec qui tu le fais, insista Jason.

Du bout des doigts désormais mouillée, il caressa délicatement son clitoris.

— Jason, gémit-elle.

Hope voulut fermer les yeux, mais elle resta concentrée sur lui.

À cet instant précis, plus rien ne semblait exister. Il n'y avait plus qu'un désir intense pour l'homme qu'elle chevauchait.

— Jason.

— C'est ça, ma douce. Il n'y a que moi. Rien que moi, dit-il d'une voix apaisante, son regard intense.

Jason positionna le bout de son sexe à l'entrée de son vagin. Hope enfonça ses ongles dans son torse en le sentant saisir délicatement ses hanches.

— C'est toi qui commande, Hope. Si tu es prête, vas-y. Sinon nous pouvons rester dans cette position. Le choix t'appartient entièrement, dit-il en attendant, ses mains toujours posées sur ses hanches.

Vas-y. Vas-y. Vas-y.

Hope vit les muscles de sa mâchoire se contracter. Jason était manifestement prêt à attendre aussi longtemps que nécessaire.

Désireuse de leur donner ce que tous deux voulaient, elle abaissa lentement son bassin sur son érection. Les parois de son vagin s'étirèrent en acceptant toute sa longueur en elle.

— Jason, gémit-elle.

— Wow, bébé. Ralenti, dit-il d'une voix rauque en agrippant ses hanches pour l'immobiliser.

En sentant la taille de son sexe en elle, Hope n'avait aucune envie de ralentir. Son érection massive causait également une légère douleur, alors elle se força à calmer ses ardeurs.

— J'ai tellement envie de toi.

Lentement, les muscles se détendirent pour s'accommoder à ses mensurations. La douleur disparut et Jason guida le mouvement avec prudence. Son visage était tordu, comme s'il luttait pour ne pas se laisser aller, mais ses yeux rassurants ne quittèrent jamais les siens.

Enfin, une fois Hope confortablement assise sur lui, les mains de Jason se détendirent. En le regardant dans les yeux, elle sentit son cœur enfler dans sa poitrine et son corps s'embraser. Ce qu'elle ressentait était aussi accablant que sublime.

— Bon sang. C'est incroyable, bébé, c'est tellement sexy, répondit Jason d'une voix serrée.

Hope laissa échapper un miaulement sensuel de satisfaction. Elle se sentait étirée et comblée, tout en elle laissait place à Jason.

Ses mains agrippèrent ses hanches avec davantage de fermeté.

— Vas-y, Hope. Laisse-toi aller complètement. J'en ai besoin.

C'est tout ce qu'elle voulait entendre. L'agonie dans les yeux de Jason suffit à la débrider pour de bon. En se laissant guider par les mains de Jason, elle releva son bassin et se laissa retomber sur lui. Un grognement satisfait et féminin glissa entre ses lèvres et résonna dans la chambre. Son regard resta rivé au sien. Son seul objectif était désormais d'apaiser l'anxiété manifeste de Jason et de la remplacer par un sentiment de satiété.

— Est-ce que ça va ? demanda-t-il, sa voix grave et profonde.

— Oui, haleta-t-elle.

Une spirale de chaleur se déploya dans son ventre tandis que son bassin se souleva selon un rythme régulier avant de rejoindre le bassin de Jason, les claquements de leurs corps étaient audibles et hypnotisants. Hope était consumée par cette connexion charnelle. Elle ne put empêcher ses yeux de se fermer.

— Continue de me regarder. Ne t'égare pas. Ne me quitte pas maintenant, grogna-t-il en saisissant ses cheveux pour la forcer à maintenir le contact visuel.

— Jason, murmura-t-elle en un soupir tremblant.

Hope bascula en avant pour l'embrasser, sa langue glissant dans sa bouche au rythme de leur coït.

Sans rompre leur baiser, Jason se redressa soudainement en position assise. Il plaça une main ferme sur ses fesses et haussa le rythme. Il la pénétra plus fort et plus vite en la tenant en place. Hope enroula ses bras autour de ses larges épaules, incapable d'arrêter l'orgasme imminent qui grandissait en elle. Dans cette position, son clitoris était vigoureusement stimulé, ce qui la fit basculer pour de bon.

Hope arracha sa bouche de la sienne et renversa sa tête en arrière lorsqu'un orgasme puissant lui traversa le corps. Elle fut alors incapable de faire autre chose que crier son nom.

— Oh, Jason ! Jason.

— C'est moi, chérie. Rien que moi, lui rappela-t-il vivement contre son oreille.

Le vagin de Hope se contracta autour de son érection, mais Jason n'interrompit pas ses mouvements de va-et-vient.

— Oui. Jouis avec moi, Hope, exigea-t-il en saisissant ses fesses à deux mains pour s'enfouir en elle de toute sa longueur.

Les contractions consécutives autour de son sexe le firent jouir à son tour.

Ils restèrent enlacés, le cœur de Hope martelait contre le torse de Jason. Essoufflé, il lui caressa le dos et la nuque tout la serrant contre lui.

— Doux Jésus, pantela-t-il avant de se laisser tomber en arrière sur l'oreiller en emportant Hope avec lui.

Encore sous le choc, Hope resta aussi immobile que muette. Son poids reposait intégralement sur le corps massif et luisant de Jason.

Enfin, Jason dit :

— Est-ce que ça va ?

Hope se sentait si libre et si légère qu'elle pourrait probablement voler.

— Oui. Je vais même très bien, répondit-elle en essayant de reprendre son souffle. C'était incroyable. Est-ce que c'est toujours comme ça ? songea-t-elle tout haut.

— Absolument pas, répondit-il sans hésiter. C'est souvent très bon, mais jamais à ce point-là. L'alchimie qui règne entre nous est extraordinaire.

Hope sourit contre sa peau humide.

— Merci.

— Pour quoi ? demanda-t-il avec étonnement.

— De m'avoir aidée, répondit-elle.

Jason n'avait peut-être pas conscience de ce que cela représentait pour elle, de pouvoir enfin trouver une telle extase dans un acte qui lui était auparavant si odieux.

— Je me sens enfin...libérée.

— Je préférerais néanmoins que tu n'explores ta sexualité qu'avec moi, grommela-t-il.

Hope éclata de rire.

— Pour le moment, je pense que tu es le seul homme avec qui je suis *capable* de le faire.

— N'hésite pas à te servir de moi quand tu le désires, répondit-il hâtivement.

Hope se laissa enfin glisser sur le côté afin de permettre à Jason de respirer un peu.

— Je suis honorée de t'avoir à ma disposition.

Jason tourna la tête pour la regarder, ses yeux subitement teintés d'inquiétude.

— Est-ce que tu es sûre que ça va ?

Le cœur de Hope palpita. Cette question la touchait beaucoup. Elle posa sa main sur la joue de Jason et caressa tendrement sa mâchoire ornée d'une barbe naissante.

— Oui. J'ai enfin trouvé un homme à qui je peux faire confiance sexuellement. J'étais dans l'instant présent. Je ne t'ai jamais quitté, pas une seule seconde. Je savais exactement avec qui j'étais dans ce lit et qui me faisait jouir. Je ne sais pas si je pourrais faire ça avec un autre homme.

— Je ne veux pas que tu le fasses avec un autre homme, répondit-il brutalement, possessivement.

Jason enroula son bras autour d'elle et se positionna sur le côté, les plaçant ainsi tous les deux face à face, les yeux dans les yeux. Leurs têtes reposaient sur le même oreiller. Hope soupira et glissa sa main le long de son buste avant de la poser paresseusement sur sa hanche. Jason disait peut-être cela maintenant, mais il finirait par se lasser d'elle et, en échange, Hope serait enfin libre de tous les fantômes de son passé.

— Je vais finir par t'épuiser, le taquina-t-elle.

Jason émit alors un son sourd et guttural sans même ouvrir la bouche.

— Ne compte pas trop là-dessus, ma douce, dit-il.

Cette menace sensuelle ainsi que son regard passionné la firent frémir. Les yeux de Jason étaient intenses, presque sauvages.

— Il me faudra probablement un certain temps pour m'habituer à ça, dit-elle.

Son corps l'implorait déjà de le sentir à nouveau en elle.

— Et j'ai certainement encore beaucoup à apprendre.

— Énormément de choses, concéda-t-il. Cela risque de prendre beaucoup de temps, ajouta-t-il avec un sourire séduisant et malicieux.

— Nous avons deux semaines, lui rappela-t-elle.

Jason resta muet un instant en contemplant son visage.

— C'est insuffisant.

— C'est notre accord, insista-t-elle avec légèreté.

Inconsciemment, elle caressait avec convoitise les muscles durs de son buste.

— Attention à ce que tu dis, femme, dit-il en lui mettant une claque sur les fesses. Sinon tu pourrais bien le regretter, l'avertit-il dangereusement.

— J'ai besoin d'une douche, dit-elle avant de se redresser sur le lit. As-tu l'intention de passer la journée au lit ?

— Seulement si tu es aussi dans ce lit, répondit-il. Ce ne serait pas amusant de rester ici sans toi. Je préfère encore te suivre sous la douche.

— Je croyais que tu ne voulais pas aller trop vite, lui dit-elle en lui lançant un regard espiègle.

— Je peux me contenter de toucher avec les yeux, répliqua-t-il en la regardant avec un désir éhonté.

Bon Dieu, j'ai l'impression d'être une déesse devant lui.

Hope ne s'était jamais sentie aussi désirable et c'est avec assurance qu'elle se dirigea nonchalamment vers la salle de bain.

Avec un grognement sourd, Jason la suivit immédiatement.

Chapitre 8

Hope fouilla dans son sac à main, elle ignora la carte bancaire que Jason lui avait laissée pour aller faire du shopping dans le centre-ville de Rocky Springs, puis elle sortit sa propre carte bancaire. Elle la tendit à l'homme sympathique qui se tenait derrière le comptoir, heureuse d'avoir trouvé tout ce qu'elle cherchait, et plus encore.

Le magasin d'articles de sport où elle se trouvait proposait une vaste gamme de matériels et de vêtements de randonnée. Jason lui avait donné les clés de sa voiture de location avec réticence, comme s'il craignait qu'elle prenne la fuite.

Comme si j'avais l'intention de quitter le seul homme à m'avoir jamais donné un orgasme.

Elle en voulait plus, bien plus, et elle lui en avait d'ailleurs fait part avant de partir faire ses emplettes. Jason lui avait répondu avec un sourire à tomber par terre suivi d'un baiser à couper le souffle.

Après avoir payé ses achats, Hope retourna à la voiture, ouvrit le coffre par la simple pression d'un bouton, puis elle plaça le tout à l'arrière du spacieux SUV noir. Elle ne put s'empêcher de sourire en se disant que, malgré le prix exorbitant de cette voiture, il s'agissait probablement du véhicule le moins cher que Jason avait jamais conduit. Il serait néanmoins difficile de profiter d'une voiture de sport dans cette région.

Jason adorait les véhicules performants. Quand il était adolescent, l'un de ses passe-temps consistait à restaurer de vieilles voitures de sport. Hope se demanda s'il le faisait toujours ou bien s'il avait abandonné maintenant qu'il avait les moyens de s'offrir n'importe quelle voiture de collection déjà entièrement restaurée.

Hope s'arrêta, regarda autour d'elle et sourit en repérant une chocolaterie gastronomique. Elle s'y arrêterait en dernier, sans quoi le chocolat serait fondu avant son arrivée à la maison d'hôtes.

Rocky Springs était une ville de montagne charmante qui lui rappelait d'autres villages du Colorado. La rue principale du centre-ville était occupée par un ensemble éclectique de boutiques très utiles.

Hope plissa les yeux dans la lumière du soleil pour essayer de voir ce qui se trouvait de l'autre côté de la rue.

— Vous m'avez l'air perdue, retentit une voix féminine et bienveillante à côté d'elle.

Hope tourna la tête et découvrit une belle brune aux longs cheveux lisses, noirs comme du charbon, qui tombaient sur ses épaules et dans son dos. Les lèvres rouges de l'inconnue se courbèrent en un sourire, mais Hope ne pouvait voir ses yeux qui étaient dissimulés derrière une paire de lunettes de soleil ornées de strass. Qui qu'elle soit, cette femme était d'une beauté exotique, et ce, même vêtue d'une simple chemise rouge en coton ainsi que d'un jean ordinaire, une tenue semblable à celle que Hope avait enfilée à la hâte avec de se rendre en ville.

Hope lui rendit son sourire.

— Je visite un peu la ville. Je séjourne à la station thermale et mon..., hésita-t-elle avant de poursuivre. Mon mari veut m'emmener dîner. Je n'ai pas de robe. Je cherchais un magasin où je pourrais en trouver une.

— Vous séjournez donc chez nous ? demanda la femme avec un sourire qui ne cessait de croître. Je suis Chloé Colter. Je vis également à la station thermale, dit-elle en lui tendant sa main.

Hope la saisit et la serra.

— Hope Sinclair, répondit-elle machinalement.

En récupérant sa main, elle regarda Chloé d'un air interrogateur.

— Vous êtes la sœur de Tate, comprit-elle.

Cette belle femme à la silhouette délicate ne ressemblait en rien à Tate Colter.

Chloé retira ses lunettes de soleil.

— Nos yeux sont bien la seule chose que nous avons en commun, rit-elle en révélant des yeux effectivement similaires à ceux de Tate : gris ornés de longs cils.

— Et je crois savoir que vous êtes Hope Sutherland maintenant. Félicitation pour votre mariage. Tate est passé me voir hier et il nous a annoncé, à notre mère et à moi, que Jason s'était marié qu'il séjournait actuellement ici. Nous étions impatientes de vous rencontrer.

C'est vrai, je suis Hope Sutherland. Du moins pour l'instant. Elle n'était vraiment pas habituée à ce qu'on l'appelle par son nom de femme mariée et il ne lui était même pas venu à l'esprit de se présenter sous le nom de Sutherland.

Après avoir retrouvé ses esprits, Hope prit conscience que le fait de regarder Chloé dans les yeux lui donnait l'impression de regarder Tate.

— Vos yeux sont *exactement* comme ceux de votre frère, répondit Hope avec stupéfaction.

— Nous avons tous les cinq les mêmes yeux, dit Chloé. Tate est en réalité une étrange anomalie blonde, à plus d'un titre. Tous mes autres frères ont les cheveux très sombres, tout comme moi. Tate ressemble davantage à notre père, paix à son âme. Le reste de la fratrie ressemble à notre mère, précisa-t-elle.

Chloé remit ses lunettes de soleil et pointa son doigt en direction du côté opposé de la rue.

— Il y a une très belle boutique de l'autre côté de la rue. Il faut prendre à gauche et marcher quelques centaines de mètres. Je vais vous accompagner, dit-elle.

Chloé baissa la tête et écarquilla soudain les yeux.

— Oh bon sang ! Votre bague est magnifique.

Hope leva sa main gauche.

— C'est vrai. Jason a beaucoup de goût, reconnut-elle.

Hope se sentit un peu mal à l'aise en se souvenant qu'elle ne porterait pas cette alliance bien longtemps, mais elle laissa néanmoins Chloé lui prendre la main afin d'examiner le bijou sous tous les angles.

— C'est certain. Sans compter que l'argent ne constitue pas une limitation pour lui. Il a fait un excellent choix. La bague est somptueuse sans être clinquante. Je suis fiancée, alors je m'intéresse beaucoup aux bagues dernièrement.

Le regard de Hope se posa automatiquement sur la main gauche de Chloé, mais son annulaire était nu.

— Vous n'avez pas encore fait votre choix ?

Chloé soupira. Elle rendit sa main à Hope et commença à marcher avec elle.

— James veut attendre un peu pour l'"alliance.

Un rire surpris échappa à Hope.

— Le nom de ton fiancé est James ? Si tu permets que je te tutoie.

— Bien sûr. Et oui, c'est bien son prénom.

— J'ai moi aussi été fiancée à un James, dit-elle.

Hope ne put s'empêcher de rire de plus belle tandis qu'elles traversèrent la rue ensemble, le tout sous un soleil radieux. Hope s'arrêta à l'ombre des devantures de magasins équipés de auvents.

— Qu'est-ce qui te fait tellement rire ? La rupture n'a pourtant pas dû être facile, demanda Chloé avec curiosité.

Hope secoua la tête, puis elles se remirent à marcher sur le trottoir.

— C'est une longue histoire, lui dit-elle d'un ton amusé.

— Raconte-moi, insista Chloé.

En regardant la femme qui se tenait à côté d'elle, Hope se sentit le cœur léger. C'était agréable d'être en compagnie d'une autre femme qui connaissait sa véritable identité. À part David, elle n'avait jamais vraiment eu d'amis. Il n'est pas aisé de nouer des liens avec les autres quand il n'est même pas possible de parler de sa propre vie. Même ses voisins, à Aspen, ne savaient pas vraiment qui elle est. Jusqu'à présent, son existence était donc très solitaire.

Ainsi, après avoir pris une grande inspiration, Hope raconta à Chloé l'histoire de son faux fiancé, mais elle se garda de lui dire qu'elle avait fait cela pour empêcher ses frères d'interférer dans le cours de sa vie. Chloé devait parfois s'arrêter de marcher tant cela la fit rire. Elle n'hésita pas non plus à se plaindre d'être née dans une famille fortunée et d'avoir, elle aussi, des frères surprotecteurs.

Une fois la séance de shopping terminée, Hope avait le sentiment de s'être fait une nouvelle amie, et ce sentiment était incroyable.

Plus tard dans la soirée, Hope observa Jason depuis la cuisine tandis qu'il travaillait sur son ordinateur dans le salon – le contempler étant devenu son activité préférée. Il semblait très concentré, ses yeux plissés sur son écran. Hope avait préparé le dîner, ils avaient mangé ensemble, puis elle l'avait exclu de la cuisine afin qu'il puisse finir son travail. Jason étant au beau milieu d'un projet important, elle avait même refusé qu'il l'accompagne pour sa journée shopping, insistant pour qu'il profite de son absence pour finir de se concentrer sur son travail. Jason lui avait alors lancé un regard désapprobateur, le genre de regard qui lui rappelait qu'il ne voulait pas qu'elle aille où que ce soit sans lui. Elle avait insisté sur le fait qu'il ne s'agissait que d'une virée shopping. Ce n'était pas comme si elle partait à la recherche d'une tempête. Jason avait cédé, non sans manifester sa réticence. Lorsqu'elle fut de retour à la maison, Jason l'avait même accueillie à la porte d'entrée avec un soulagement manifeste traduit par un baiser passionné qui embrasa l'ensemble de son anatomie.

Hope se mordit les lèvres pour ne pas rire lorsque Daisy sauta sur le fauteuil de Jason et marcha sur le clavier de son ordinateur. Son cœur manqua un battement en le voyant prendre Daisy très délicatement dans ses bras pour la poser à côté de lui, le tout sans oublier de lui offrir l'attention qu'elle réclamait en lui caressant plusieurs fois la tête. Hope faillit verser une larme en remarquant que Jason s'adressait même au félin totalement sourd en murmurant. Daisy se frotta à lui comme si elle pouvait entendre ses mots réconfortants.

Le Jason qu'elle adorait était de retour. Il était redevenu ce garçon attentionné, doux et protecteur qu'elle avait connu. L'homme qu'il était devenu était tout bonnement irrésistible. Le salaud manipulateur au cœur de pierre avait disparu. Jason posa son ordinateur portable et caressa Daisy à deux mains sur ses genoux.

Hope cessa de le regarder un instant pour ouvrir le frigo et sortir les chocolats qu'elle lui avait achetés.

— Je croyais que la plupart des hommes n'aiment pas les chats, dit-elle en entrant dans le salon.

— Daisy m'adore, répondit-il défensivement tout en continuant de caresser le chat.

Hope s'arrêta à côté du fauteuil sur lequel il était installé.

— Ouvre la bouche. Je t'ai acheté quelque chose.

Jason la regarda avec méfiance.

— Si c'est des huîtres des Rocheuses, je vais te mettre une fessée, prévint-il.

— Hum, non, ce ne sont pas des huîtres des Rocheuses. Mais je regrette maintenant que ça n'en soit pas, songea-t-elle avec provocation.

Le caractère dominant de Jason l'excitait autant que cela l'intimidait. Le fait de laisser Hope prendre les commandes devait être difficile pour lui, pourtant il le faisait pour elle.

— Ouvre la bouche, ordonna-t-elle gentiment. S'il te plaît, ajouta-t-elle.

Le regard de Jason était torride depuis son commentaire à propos d'une éventuelle fessée. Enfin, il ferma les yeux et ouvrit la bouche, un signe de confiance qui fit palpiter le cœur de Hope. Elle plaça le morceau de chocolat au lait et noix de pécan en forme de tortue dans sa bouche. Jason commença à mastiquer avant d'émettre une onomatopée de plaisir lorsque les saveurs frappèrent ses papilles gustatives.

— C'est bon ? demanda-t-elle même si elle connaissait déjà la réponse.

Hope connaissait bien les merveilles confectionnées par ce chocolatier. Il s'agissait d'une petite entreprise qui possédait plusieurs boutiques dans le Colorado.

Jason déglutit d'un air euphorique.

— Par pitié, dis-moi qu'il y en a d'autres, dit-il d'un air des plus sérieux.

— Il y en a d'autres, confirma-t-elle avec un sourire. Je sais que tu as une véritable histoire d'amour avec le chocolat.

— J'ai mangé des chocolats aux quatre coins du monde et je peux te dire que ceux-ci sont incroyables.

Jason posa Daisy sur le sol sans la brusquer, puis il se débarrassa pour de bon de son ordinateur portable.

Hope poussa un petit cri lorsqu'il enroula un bras autour de sa taille pour la faire tomber sur ses genoux. Elle ne se laissa pas déstabiliser pour autant et s'empressa de se positionner sur lui à califourchon.

— C'est mon tour maintenant, dit-elle avec une fausse indignation. Je commençais à devenir jalouse de mon propre chat.

Jason posa ses mains sur fesses et la tira plus près de lui.

— J'adore ton chat, bébé. Mais c'est encore mieux quand c'est toi qui es sur mes genoux, dit-il en glissant une main sous sa chemise pour caresser la peau de son dos.

Hope eut envie de ronronner comme Daisy en sentant sa main dans son dos. Elle enroula ses bras autour de son cou.

— Je ne peux pas attendre demain, Jason. J'ai envie de toi, dit-elle. Hope pouvait sentir son érection à travers l'épaisseur de son jean et elle ne put s'empêcher de pousser son bassin contre lui.

Je veux être plus proche. Je veux le sentir en moi.

— Hope, fit-il avant de placer une main derrière sa tête pour l'embrasser.

Hope répondit immédiatement, elle poussa son bassin en avant une fois de plus et glissa ses doigts dans ses cheveux ébouriffés pour le décoiffer encore davantage.

Hope s'abandonna complètement et poussa un gémissement désespéré dans sa bouche en sentant ses mains agripper ses fesses, comme si Jason essayait de fusionner leurs anatomies. Elle avait envie de sa domination, elle voulait que Jason lui prouve qu'il avait envie d'elle plus que de raison. La peur n'était pas un frein. Son désir régnait désormais en maître, avide de s'abandonner à lui, de le laisser lui montrer tout ce qu'elle avait manqué depuis si longtemps. Hope se sentait audacieuse. Maintenant, Jason l'obsédait.

À bout de souffle, elle releva la tête.

— Prends-moi, Jason. J'ai besoin de toi.

Il laissa échapper un grognement étranglé et se leva du fauteuil, les jambes de Hope toujours enroulées autour de son corps puissant, les mains de Jason toujours sous ses fesses.

— Dieu sait que j'en ai envie, bébé. J'ai juste peur de faire quelque chose de travers. Et si tu ressentais de la douleur si nous recommençons trop tôt ?

Le cœur de Hope fondit face au mélange de passion et d'inquiétude qu'il manifestait.

— Ce ne sera pas le cas, lui assura-t-elle.

Hope n'avait aucune hésitation. Elle savait précisément avec qui elle était et pourquoi elle était avec lui.

— Je n'ai pas la maîtrise dont j'ai besoin avec toi, dit-il en se dirigeant vers la chambre. Mais je vais tout de même te faire jouir, grogna-t-il.

Dans la chambre, Hope posa ses pieds au sol.

— Déshabille-toi, ordonna-t-il d'une voix amplifiée par un désir maîtrisé.

Ce n'est pas ce dont Hope avait envie. Elle voulait sentir Jason en elle.

— Tu t'en occupes, insista-t-elle en faisant un pas en arrière. Nous avons dit que je ferais tout ce que tu désires. Alors, déshabille-moi, le défia-t-elle sans sourciller.

Les narines de Jason se dilatèrent et les muscles de sa mâchoire se contractèrent.

— Pourquoi ?

— Parce que j'en ai envie, répondit-elle, captivée par un Jason qui luttait manifestement avec lui-même.

Ensemble, ils devaient désormais dépasser la peur que Jason pouvait avoir de la blesser. Son désir de le sentir en elle de façon totalement brute et indomptée l'accablait. Son désir actuel de s'abandonner à Jason lui faisait en réalité l'effet d'un puissant aphrodisiaque.

— Je sais avec qui je suis. Maintenant, vas-y, Jason, s'obstina-t-elle en l'appelant volontairement par son prénom.

Les yeux de Jason se mirent à briller. Lentement, il commença à déboutonner la chemise à manches courtes que portait Hope.

— J'ai besoin de te toucher, Hope.

Il défit le premier bouton avec difficulté avant de finalement saisir les deux côtés du vêtement pour tous les arracher. Les boutons volèrent dans toutes les directions. Pour ne pas perdre une seconde de plus, il fit la même chose avec son soutien-gorge pour libérer ses seins. Le sous-vêtement en dentelle céda sans difficulté à la puissance de ses mains.

Le vagin de Hope fut submergé de chaleur en sentant le regard affamé de Jason sur sa poitrine. Elle saisit le t-shirt de Jason et essaya de le lui retirer. Il l'aida un peu en levant les bras au-dessus de sa tête, permettant ainsi à Hope de le débarrasser du vêtement qu'elle laissa tomber par terre, avec ses propres vêtements désormais déchirés.

Jason se mit à genoux, posa ses mains sur ses seins et se servit de ses pouces pour lui caresser les mamelons. Hope prit appui sur les épaules de Jason, elle ferma les yeux et gémit. La sensation que lui procuraient ses doigts sur sa poitrine fut amplifiée par la chaleur de sa bouche qui déposait désormais des baisers humides sur son ventre. Chaque centimètre carré de peau qu'il touchait devenait hypersensible. Son corps tremblait, avide et affamé.

— S'il te plaît, supplia-t-elle.

Ses nerfs étaient à vif.

Une nouvelle vague de chaleur enveloppa son corps lorsque Jason pinça délicatement ses mamelons. Il glissa ensuite une main le long de son ventre et défit le bouton de son jean. Il abaissa la fermeture éclair, saisit le pantalon ainsi que la culotte, puis il poussa le tout vers le bas, le long de ses jambes.

— Débarrasse-toi de tout ça, lui ordonna-t-il une fois les vêtements à ses chevilles.

Hope s'appuya sur les épaules de Jason et agita ses pieds afin d'écarter les vêtements. Elle se tenait désormais entièrement nue devant lui. Son corps et son esprit étaient pleinement concentrés sur Jason. Elle se sentait à l'aise. De toute évidence, il aimait les formes généreuses de ses hanches et de ses fesses.

Toujours à genoux, Jason s'abaissa davantage, ses fesses presque au sol. Hope sentit alors son souffle chaud contre sa vulve, ce qui la fit frissonner d'impatience.

— Oui, gémit-elle.

Elle voulait se faire dévorer par sa bouche chaude et affamée.

Lentement, Jason glissa ses mains sur la face intérieure de ses cuisses.

— Tu es si belle, dit-il, comme hypnotisé en glissant ses doigts sur la chair sensible qui entourait sa vulve.

Il glissa ensuite son pousse sur les plis humides afin de mieux caresser son clitoris.

La respiration de Hope devint difficile. Les doigts taquins sur son bourgeon de nerfs étaient sur le point de la faire exploser.

— Jason, souffla-t-elle.

— C'est ça, ma douce. Dis mon nom. N'oublie pas qui est sur le point de te faire jouir. Accroche-toi à moi, dit-il.

Jason souleva soudain une de ses jambes et la passa par-dessus son épaule, puis il agrippa ses fesses pour attirer ses parties intimes contre sa bouche. Il la savoura alors comme si sa vie en dépendait.

Doux Jésus ! Hope enfonça ses ongles courts dans ses épaules en sentant sa bouche entre ses cuisses. Il glissa sa langue sur sa vulve, encore et encore. Accablée par la chaleur de sa bouche, Hope ne put s'empêcher de gémir.

— Mon Dieu. Jason. Oui.

Elle perdit toute notion de temps et d'espace en baissant les yeux sur la tête blonde entre ses cuisses qui s'affairait à lui donner un plaisir purement charnel. Hope agrippa fermement ses beaux cheveux ébouriffés, comme pour l'inciter à continuer avec davantage de vigueur encore. Son corps fut saisi de tremblement incontrôlable lorsque la langue de Jason s'attarda sur son clitoris.

— En moi, Jason. S'il te plaît, haleta-t-elle.

Hope avait désormais envie de l'acte que Jason avait essayé dans la douche, mais qui l'avait plongée dans des souvenirs traumatiques.

— Maintenant, insista-t-elle en sentant l'hésitation de Jason.

Hope voulait se sentir complètement consumée par Jason.

Ainsi, il s'exécuta et glissa doucement deux doigts en elle. Toujours avec beaucoup de délicatesse, il fléchit légèrement l'extrémité de ses doigts partiellement insérés pour stimuler son point G. Un point dont elle ignorait l'existence.

Hope implosa instantanément. Les parois de son vagin se resserrèrent autour des doigts de Jason. Elle renversa sa tête en arrière, cria son nom et laissa la puissance de son orgasme s'emparer d'elle.

— Jason !

Il se leva et la rattrapa avant qu'elle ne s'écroule. Du bout des doigts, il continua à extraire autant de plaisir qu'il pouvait trouver en elle. Hope laissa tomber sa tête en avant, sur le torse de Jason. Son souffle court et sa fréquence cardiaque au plus haut, elle s'accrocha à lui pour ne pas tomber.

Une fois la tempête passée, Jason récupéra sa main et l'enroula autour de sa taille pour la soutenir, son autre main lui caressa le dos. Lorsque Hope retrouva un peu ses esprits, Jason la souleva dans ses bras et la porta jusqu'au lit où il la déposa sur la couette soyeuse. Elle le regarda ôter hâtivement son jean ainsi que ses sous-vêtements jusqu'à ce qu'il soit entièrement et merveilleusement nu.

Le souffle de Hope devint saccadé lorsqu'il se mit à ramper sauvagement sur le lit.

— Une fois ne suffit pas, lui dit-il d'une voix grave. Il n'existe rien de meilleur que de t'entendre crier mon nom quand je te fais jouir.

Jason était désormais aussi sauvage qu'elle le désirait.

— Alors, prends-moi, lui dit-elle d'une voix tremblante.

Elle avait envie de tout ce qui caractérisait Jason. Elle le voulait tel qu'il était en ce moment même.

Il se plaça entre ses cuisses et couvrit son corps avec le sien, sa bouche contre l'un de ses seins.

— Regarde vers le haut et n'oublie pas avec qui tu es, bébé.

Hope obéit et leva les yeux pour regarder le baldaquin du lit. Elle fut alors surprise de découvrir son propre reflet ainsi que celui de Jason.

O

h mon Dieu. Qu'est-ce que c'est que ça ? demanda-t-elle avec stupéfaction, son regard figé sur le reflet érotique d'elle et Jason, nus et enlacés dans le lit.

Elle était certaine que ce miroir n'était pas là auparavant et celui-ci ressemblait étrangement au grand miroir de la salle de bain.

Jason releva la tête et lui lança un regard malicieux ponctué d'un sourire satisfait.

— Je ne veux plus jamais que tu oublies avec qui tu es. Je me suis dit que ce serait un bon moyen de t'aider.

— Est-ce le miroir de la salle de bain ? demanda-t-elle.

Son cœur martelait avec force dans sa poitrine face à l'expression lubrique de Jason. Le fait qu'il ait fait cela pour elle la fit fondre. Il avait cela pour protéger Hope de ses souvenirs difficiles.

— C'est effectivement le miroir de la salle de bain. Et il est très bien accroché. Je suis plutôt bon bricoleur, répondit-il avec un sourire maléfique. Maintenant, il ne te reste plus qu'à le regarder et à garder les yeux bien ouverts.

Hope essaya vainement d'avaler la boule qui obstruait désormais sa gorge. Jason l'avait installé pendant qu'elle faisait son shopping en ville, remettant à plus tard son propre travail, rien que pour elle. Hope était accablée par un merveilleux flot d'émotions en prenant conscience que Jason avait fait tout cela pour l'aider à surmonter ses peurs.

— Merci d'avoir fait ça pour moi, dit-elle.

Bien que cela ne soit probablement pas nécessaire, Hope n'en demeurait pas moins touchée par cette grande attention. Elle n'était plus hantée par la peur. Et tant qu'elle était en compagnie de Jason, elle savait que ce problème ne se présenterait plus.

Ses yeux bleus clairs restèrent figés sur les siens pendant un long moment, comme s'ils étaient tous deux à court de mots. Enfin, d'une voix douce et sincère, Jason répondit :

— Je ferais n'importe quoi pour toi, ma chérie. Je ne peux pas effacer ce qui s'est passé, mais je peux certainement essayer de remplacer ces souvenirs par quelque chose de plus agréable.

Tu l'as déjà fait.

Hope voulut le lui dire de vive voix, mais elle ne fut capable que de pousser sa tête contre sa poitrine, désireuse d'être enveloppée de son essence jusqu'à ce qu'elle se noie en lui.

Elle le regarda prendre un de ses mamelons dans sa bouche et le taquiner avec sa langue. La chaleur de sa bouche irradia l'ensemble de son corps, y compris son cœur. Il passa d'un sein à l'autre. Hope agrippa ses cheveux.

— Ça suffit, dit-elle en le poussant à se coucher sur le dos.

Elle ne pouvait plus le regarder lui donner du plaisir sans le sentir en elle.

— Est-ce que tu aimes regarder ? demanda-t-elle d'une voix mielleuse.

— Te regarder est devenu une obsession pour moi, grogna-t-il.

Hope incita Jason à ouvrir ses jambes afin qu'elle puisse se positionner entre ses cuisses.

— Dans ce cas, tu devrais aimer regarder ceci, dit-elle.

Hope baissa la tête pour embrasser son torse. Elle glissa sa langue sur ses mamelons, puis elle descendit le long de son buste sculpté, sa langue suivant les contours de ses abdos saillants.

— Oh Bon Dieu, haleta-t-il lorsqu'elle enroula enfin ses doigts autour de son érection.

Hope dut réprimer un sourire de satisfaction avant de glisser sa langue à l'extrémité de sa verge. Jason émit un gémissement étouffé. Hope ajusta sa position puis, à genoux entre ses cuisses et les fesses en l'air, elle s'affaira à lécher toute la longueur de son sexe.

— De quoi ça a l'air ? demanda-t-elle, prête à le prendre dans sa bouche.

Le fait de regarder Jason lui donner du plaisir fut d'un érotisme insoutenable et elle se demandait s'il ressentait actuellement la même chose. Mais surtout, elle voulait lui offrir le même niveau d'extase.

— J'ai l'impression de vivre l'un de mes fantasmes les plus fous, répondit-il.

Hope enroula ses lèvres autour de lui et prit en bouche autant de sa longueur que possible.

— Oh bon sang ! Hope, grogna-t-il en saisissant ses cheveux pour guider ses mouvements.

Hope ressentait une ivresse à l'idée de pouvoir lui donner autant de plaisir qu'il lui en avait donné. Il s'agissait d'un pouvoir grisant et exaltant.

— J'ai besoin d'être en toi maintenant, dit-il avant de se redresser, de la soulever et de la coucher sur le dos.

La respiration de Jason était haletante et son visage était sauvage. Il saisit les mains de Hope, les plaqua contre le matelas et glissa ses doigts entre les siens.

— Tu es à moi. Entièrement à moi. Ma femme, dit-il. Aucun autre homme ne te touchera. Je tuerai le premier qui s'y risquera.

Les yeux écarquillés de Hope étaient rivés sur lui, mais elle n'avait pas peur. Tous ses sens étaient en ébullition. La chaleur de sa peau contre la sienne était presque insoutenable.

— Alors, prends-moi. Fais de moi ta propriété, dit-elle en enroulant ses jambes autour de lui, ses talons fermement appuyés contre les fesses de Jason, comme pour l'inciter à l'envahir.

— J'en ai besoin.

— Est-ce que ça va ? Je suis désolé. Je t'avais bien dit que j'avais beaucoup de mal à me maîtriser avec toi, grommela Jason en poussant sur ses bras pour ôter son poids d'elle.

— Ne t'avise pas de me laisser tomber, menaça-t-elle en resserrant ses jambes autour de lui et en serrant ses mains sur les siennes.

— Tu as passé une bague à mon doigt. Maintenant, prends-moi. Je me fous de savoir combien de temps ça dure. Fige cet instant dans la réalité, Jason. Je vois et je sais avec qui je suis. Je suis avec mon mari, dit-elle avec supplication.

Elle ne voulait pas que Jason s'inquiète pour elle. Elle encourageait donc sa tendance possessive afin de le libérer.

— Si tu ne le fais pas, alors je rencontrerai peut-être un homme qui le fera.

Face à ces paroles, l'inquiétude de Jason laissa place à ce qu'il y avait de plus passionnel et possessif.

— Tu. Es. À. Moi, appuya-t-il en faisant pivoter la main de Hope afin qu'elle puisse voir sa bague.

— Regarde. Tu es à moi, insista-t-il en lâchant sa main droite pour positionner sa verge avec précision et s'enfouir entièrement en elle d'un seul coup de reins.

Hope poussa un gémissement lorsqu'il la combla de toute sa taille. Les parois de son vagin s'étirèrent sans difficulté pour l'accueillir. Elle regarda le miroir au plafond, non pas pour se souvenir qu'elle était bien avec Jason, mais parce que le voir la prendre était la chose la plus érotique qu'elle avait jamais vue. Le diamant à son doigt scintillait, lui rappelant que pour le moment, elle était bel et bien à lui. Hope savourait le fait d'être en sa possession.

Elle agrippa fermement les mains de Jason et souleva son bassin en réponse à chacun de ses coups de reins dominants. Son érection pénétrait et se retirait avec fluidité dans son vagin abondamment lubrifié. Avec une grande fascination et une excitation excessive, elle contempla ce spectacle dans le miroir au-dessus de sa tête, hypnotisée par les mouvements passionnels de Jason. Son corps splendide couvrait le sien et les muscles de son dos ainsi que de ses fesses se contractaient chaque fois qu'il prenait possession d'elle.

— Jason, gémit-elle.

Hope était enveloppée par l'essence ardente et virile de Jason. Leurs corps se tendirent, sur le point de basculer dans le précipice ensemble.

— Jouis pour moi, gronda-t-il avec insistance. Jouis *avec* moi.

Il baissa la tête pour l'embrasser, sa bouche dévorant la sienne avec exigence. Incessamment. Sauvagement.

L'orgasme ne se fit pas attendre et frappa Hope de plein fouet plusieurs vagues successives et paralysantes. Jason arracha sa bouche de la sienne et releva subitement la tête. Les muscles de son cou se contractèrent et il poussa un râle rauque tandis que les spasmes incontrôlés de Hope le poussèrent simultanément à l'orgasme.

— Hope ! fit-il avant de se laisser tomber sur le côté, emportant Hope sur lui.

— J'ai perdu le contrôle. Je suis désolé.

— Je ne le suis pas, répondit-elle à bout de souffle. Je crois que tu m'as guérie.

Jason poussa un soupir de soulagement.

— Tu me rends complètement fou, femme. Je n'ai vraiment pas l'esprit clair quand je suis avec toi. Tu es tellement réactive que j'en perds la raison.

Hope sourit, la tête appuyée contre son torse humide.

— Tu es un homme irrésistible, le taquina-t-elle.

— Je suis ton seul homme, répondit-il en giflant faiblement ses fesses. Si tu me parles à nouveau d'un autre homme, je te préviens que je ne serai pas responsable de ce qui arrivera. Je ne suis pas du genre à partager. Et je ne partagerai jamais.

Hope voulut lui rappeler qu'ils ne formaient qu'un couple temporaire, mais son cœur l'en empêcha. Même si elle n'était sa femme que pour une durée déterminée, elle voulait vivre l'instant présent. Et aujourd'hui, Jason Sutherland lui appartenait. Elle s'inquiéterait de la séparation en temps voulu. Pour l'instant, pour une fois, elle voulait profiter de la joie d'être avec lui, d'être avec le seul homme dont elle avait jamais eu envie. Le fait de se sentir désirée était enivrant pour elle. Et pour la première fois de sa vie d'adulte, elle ne se sentait plus seule. Jason comblait tous les espaces vides de son cœur. Même si ce n'était que pour une courte période, Hope se sentait merveilleusement bien.

— Je n'arrive pas à croire que tu aies volé le miroir de la salle de bain, remarqua-t-elle.

Le fait que Jason ait décroché l'immense miroir de la salle de bain pour le fixer au-dessus du lit afin de la protéger de ses peurs était probablement la chose la plus adorable que quiconque ait jamais faite pour elle.

— Je ne l'ai pas volé. Je le remettrai à sa place. Comme je te l'ai dit, je suis plutôt bon bricoleur et j'ai trouvé une caisse à outils complète dans un placard, dit-il d'une voix apaisée et amusée.

— Est-ce que tu restaures toujours des voitures ? demanda-t-elle, désireuse de savoir tout ce que Jason avait fait au cours des huit dernières années.

— Oui, quand j'ai le temps. J'ai un atelier à New York. Je travaille actuellement sur une Ferrari des années 60.

Hope pouvait entendre l'excitation dans sa voix et elle était heureuse qu'il n'ait pas abandonné quelque chose qu'il aimait tant.

— Ce qui veut dire que tu quittes parfois la ville, plaisanta-t-elle. Est-ce que travailler sur ces voitures est ton seul passe-temps ?

— Je vais à Boston aussi souvent que possible pour rendre visite à ma mère. J'ai d'ailleurs un bateau amarré au port de Boston. Je dirais que ma véritable façon de m'évader consiste à sortir ce bateau en mer. Une fois au large, c'est plus facile de laisser le travail de côté.

Hope releva la tête.

— Est-ce que c'est un bateau, ou bien un yacht ? demanda-t-elle, doutant un peu que Jason se contente d'un simple bateau à moteur.

— Je suppose qu'elle peut être considérée comme un yacht.

— Elle ? Comment l'as-tu baptisé ?

Jason resta silencieux un instant.

— *Sutherland's Hope*, répondit-il enfin.

Hope resta muette quelques secondes, le temps d'assimiler le fait que son bateau porte son nom. De toute évidence, il s'agissait d'une coïncidence, mais cela n'empêcha pas son cœur de palpiter.

— C'est un très joli nom, répondit-elle avec honnêteté. Quelle est l'histoire qui se cache derrière ce nom ?

— C'est un nom qui symbolise mon espoir de trouver un jour une certaine tranquillité d'esprit, expliqua-t-il en la regardant droit dans les yeux.

— L'as-tu trouvée ?

— Pas encore, mais je pourrais bien la trouver si tu venais un jour avec moi sur ce bateau, répondit-il sans hésitation.

— Je n'ai pas beaucoup d'expérience en matière de navigation, mais j'adorerais y aller, dit-elle.

Malheureusement, ils ne resteraient pas ensemble assez longtemps pour qu'elle ait l'occasion de le voir heureux et détendu.

— Tu n'as pas besoin d'expérience. J'ai un capitaine et un équipage. Tu devras juste faire attention de ne pas tomber par-dessus bord, répondit-il.

— Est-ce que tu pêches ?

— Oh que oui, répondit-il d'un ton catégorique avec un grand sourire. Quel serait l'intérêt d'avoir un bateau aussi gros si je ne pêchais pas ?

Hope lui rendit son sourire, enchantée par l'idée que Jason trouve du plaisir ailleurs que dans son travail.

— Combien de femmes as-tu emmenées avec toi ? demanda-t-elle. Cette question lui avait en réalité échappé.

— Aucune. Jamais, répondit-il.

Jason fit rouler Hope jusqu'à ce qu'elle soit couchée sur le dos, il couvrit son corps avec le sien et plaqua ses poignets au-dessus de sa tête, contre le matelas.

— Serais-tu jalouse ?

Hope détourna les yeux de son regard intense.

— Je serais idiote d'être jalouse, non ? Nous sommes amis. Tu essaies de m'aider. Nous ne serons ensemble que pour une courte période.

— Tu n'as pas répondu à ma question, insista-t-il en la poussant à le regarder dans les yeux.

— Dis-moi, exigea-t-il.

Les yeux dans les yeux, le vert se heurta au bleu et Hope succomba à l'intensité de son regard.

— D'accord. Oui. Un peu. Peut-être que moi non plus je n'aime pas partager.

Le regard de Jason changea. La lueur dans ses yeux prit la couleur de la possessivité.

— Bien, fit-il avant de l'embrasser.

Après ce baiser amoureux, il déposa de tendres baisers sur son visage, ses joues et le long de son cou.

— Tu n'auras jamais à partager, ma chérie, la rassura-t-il, sa voix étouffée contre la peau de son cou.

Hope soupira. Les mots de Jason étaient si doux qu'elle voulait les garder dans son cœur pour toujours. Elle devait se montrer prudente. Leur temps était compté.

— Je t'emmènerai sur mon bateau et nous pourrons baptiser les deux cabines. Je n'ai jamais couché avec personne là-bas. Elle est complètement vierge, dit-il en continuant d'embrasser son cou.

Submergée par ses émotions, Hope gémit de désir. Elle était apaisée d'entendre Jason lui parler d'un avenir commun, mais elle souffrait en sachant que toutes ces choses ne se produiraient jamais.

Mais je peux être heureuse pour le moment.

Hope repoussa ses pensées déprimantes, puis elle enroula ses jambes autour de Jason et capitula à sa séduction persuasive.

Chapitre 10

Deux jours plus tard, Jason fronça les sourcils en regardant le t-shirt posé sur le lit, un vêtement que Hope lui avait acheté lors de sa séance de shopping. Il adorait les bottes de randonnée qu'elle lui avait également trouvées, d'autant plus qu'elle avait pensé à acheter un spray imperméabilisant. Mais il était hors de question qu'il porte un foutu t-shirt des Broncos. Il souleva le t-shirt orange et bleu en le saisissant entre son pouce et son index, comme s'il s'agissait d'un serpent venimeux.

— Je ne porterai pas ce truc, cria-t-il.

Hope était dans la cuisine pour préparer le petit-déjeuner avant leur départ en randonnée, mais Jason beugla assez fort pour qu'elle l'entende.

Quelques secondes plus tard, elle se tenait à la porte de la chambre. Jason fut immédiatement excité lorsque Hope le regarda de la tête aux pieds et que ses yeux se figèrent un instant sur son torse nu.

— Hum...c'est bien dommage. Personnellement, je trouve qu'il n'y a rien de plus sexy qu'un homme vêtu d'un t-shirt des Broncos. Sur toi, ce serait encore plus sexy. Je crois même que je ne pourrais pas m'empêcher de te toucher, soupira-t-elle avec déception avant de lui tourner le dos pour revenir à la cuisine.

*Bon sang ! Après un tel commentaire, cela ne faisait aucun doute :
il porterait ce t-shirt.*

Jason s'empressa de l'enfiler. Si ce t-shirt ridicule pouvait le faire
paraître plus sexy aux yeux de Hope, alors il était prêt à le porter. Il
savait bien qu'elle le manipulait, mais il s'en fichait. Le désir sexuel
ainsi que le bonheur de Hope étaient devenus les deux principales
missions de sa vie.

Au cours des deux derniers jours, ils n'avaient quasiment pas quitté
le lit. Et ils n'étaient sortis de la maison qu'une seule fois pour aller
dîner. Le repas fut délicieux, mais Jason était obnubilé par le corsage
décolleté de la robe rouge que portait Hope ce soir-là, exposant une
grande surface de sa peau qu'il voulait explorer avec ses mains et
avec sa bouche. Il avait même renoncé à un dessert au chocolat afin
de pouvoir la ramener à la maison et se mettre au lit avec elle le plus
rapidement possible.

Jason fronça les sourcils en regardant la carte bancaire que Hope
avait laissée sur la commode de la chambre. Elle avait tout payé
elle-même lors de sa sortie shopping, ce qui le touchait autant que
cela l'agaçait. Jason voulait prendre soin d'elle, lui offrir tout ce qu'elle
désirait. La plupart des femmes auraient accepté bien volontiers sa
carte bancaire et l'auraient utilisée jusqu'à ce que les plafonds de
paiement soient atteints, ce qui peut prendre un certain temps. Les
plafonds de sa carte bancaire n'étant pas vraiment dans la moyenne.
Ce n'était pas le cas de Hope. Oh que non ! Elle n'avait même pas
touché à la carte bancaire de Jason. Même si Hope avait les moyens,
il était tout de même bien plus fortuné qu'elle. D'autant plus que
les revenus liés à l'argent dont elle avait hérité n'étaient pas encore
optimisés. Agacé, Jason sortit son portefeuille de la poche arrière de
son jean pour y ranger sa carte bancaire. Dans le mouvement, il fit
tomber plusieurs papiers et cartes de visite sur le sol. Il les ramassa,
les remit dans son portefeuille et se dirigea vers la cuisine. Lorsque
ses narines captèrent l'odeur de bacon, son estomac se manifesta.

Doux Jésus. Hope est une sacrée cuisinière.

Il s'agissait d'un talent qu'elle avait acquis après avoir quitté le
domicile familial. Ce n'était certainement pas sa mère inutile qui

lui avait appris à cuisiner. L'estomac de Jason se noua rien que de penser à l'adolescence de Hope aux côtés d'une mère qui ne voulait pas d'elle. Même si elle pouvait compter sur ses frères, elle avait vécu la majeure partie de sa vie dans la solitude.

Tout comme moi.

Jason était stupide d'avoir attendu si longtemps pour être avec la seule femme dont il avait vraiment envie. Et maintenant qu'il était avec elle, Jason était terrifié à l'idée de la perdre à nouveau. Il ne pouvait pas laisser une chose pareille se produire. Il devait tout lui avouer à propos de sa stratégie pour l'épouser. Il devait lui avouer avoir menti.

Elle va me détester.

Depuis que Hope lui avait tout dit à propos de son passé, Jason était rongé par la culpabilité de lui avoir menti. La peur était la seule chose qui le poussait à se taire. Il craignait de la perdre pour de bon s'il lui disait la vérité. Cet accord de deux semaines n'avait rien de réaliste et il le savait. Jason voulait être avec elle pour le restant de ses jours. Il avait suffisamment attendu. Il travaillait désormais ardemment à la rendre accro à leur vie ensemble. En ce qui le concernait, il était totalement dépendant d'elle. Il ne pouvait pas passer plus de quelques heures loin d'elle sans souffrir d'un manque intolérable.

Comment vais-je pouvoir accepter sa carrière ?

S'il exigeait de Hope qu'elle abandonne, elle serait malheureuse. Néanmoins, il ne pouvait pas non plus la laisser se mettre en danger. Peut-être pourraient-ils trouver un compromis. Il pourrait l'accompagner dans ses expéditions pour veiller à sa sécurité.

Si elle me pardonne. Si elle reste avec moi.

Jason avait la ferme intention qu'elle reste à ses côtés, même s'il devait à nouveau kidnapper ses jolies petites fesses. Il n'envisageait plus de vivre sans elle. L'annulation de leur mariage n'était pour lui-même pas une option.

Elle est à moi. Elle est désormais Hope Sutherland.

En entrant dans la cuisine, il la vit s'affairer près de la cuisinière. Jason était toujours aussi émerveillé de la voir dans la même maison que lui. Ses cheveux roux, attachés en une queue de cheval, se balançaient de droite à gauche tandis qu'elle se déplaçait gracieusement dans la pièce.

Jason était hypnotisé, fasciné pas chacun de ses mouvements. Ses yeux se posèrent sur ses fesses bien formées lorsqu'elle se pencha pour ramasser quelque chose tombé par terre.

Non. Elle n'ira nulle part. Pas sans moi.

Son cœur se mit à tambouriner contre sa paroi thoracique et ses mains devinrent moites rien que d'imaginer qu'elle pourrait le quitter.

Hors de question.

— Bonjour, dit-elle joyeusement en le voyant. Je constate que tu portes le t-shirt. Et je confirme que tu es vraiment l'homme le plus sexy du monde, ronronna-t-elle en s'approchant de lui pour déposer un tendre baiser sur ses lèvres.

Jason sourit. Il ne pouvait s'en empêcher. Hope le menait en bateau, mais elle était si adorable qu'il n'avait aucunement l'intention de contester. Non. Il était en réalité prêt à tout pour l'entendre dire qu'il était sexy. Oui, c'est à ce point-là qu'elle le menait par le bout du nez.

Jason l'aurait bien soulevée dans ses bras si elle ne tenait pas une poêle à crêpe brûlante dans sa main.

— Que mangeons-nous pour le petit déjeuner ? demanda-t-il.

Hope n'avait de cesse de lui donner à manger. La randonnée de la journée tombait donc à point nommé.

— Du bacon, des œufs ainsi que des pancakes au chocolat, répondit-elle.

D'un geste de la main, elle l'invita à s'asseoir en attendant qu'elle dresse son assiette.

Jason en avait l'eau à la bouche.

— Comment sont ces pancakes au chocolat exactement ? demanda-t-il en espérant qu'elle ne lui faisait pas une mauvaise blague.

— C'est une recette que j'ai trouvée sur internet. C'est assez copieux, mais connaissant ton amour pour le chocolat, je pense que ça devrait te plaire, dit-elle en posant une assiette d'œufs et de bacon devant lui. — Commence par manger ça le temps que je finisse ces pancakes.

— Tu vas m'engraisser, lui dit-il avant d'attaquer son assiette comme un homme affamé.

Jason savait désormais qu'elle ne plaisantait pas au sujet des pancakes. L'odeur de chocolat embaumait la cuisine.

— J'aime cuisiner, mais c'est bien plus agréable d'avoir quelqu'un avec qui partager le repas préparé, dit-elle tout en s'occupant des pancakes.

Jason ne pouvait pas voir son visage, mais il pouvait entendre la vulnérabilité dans le ton de sa voix. Il eut des papillons dans le ventre à l'idée qu'elle appréciait être en sa compagnie en dehors de la chambre. Il voulait qu'elle partage chaque aspect de sa vie.

— Bébé, ne t'inquiète pas. Je serai toujours là, répondit-il.

Jason voulait être tout pour elle. Sa vie était tout aussi solitaire que celle de Hope, peut-être même davantage. Personne d'autre n'était jamais parvenu à l'apaiser comme elle pouvait le faire. Il avait terriblement besoin d'elle et il en avait pleinement conscience.

Hope le débarrassa de son assiette vide et la remplaça par une autre. Son estomac gronda lorsqu'il découvrit la pile de pancakes dégoulinants de chocolat. Après avoir posé deux tasses de café sur la table, elle s'assit face à lui avec une assiette bien moins garnie que celle de Jason.

— Bon Dieu. Est-ce bien réel ? demanda-t-il en sentant l'odeur alléchante de chocolat et de beurre de cacahuète.

— Goûte et dis-moi ce que tu en penses, dit-elle avec un sourire. C'est la première fois que j'essaie cette recette.

Jason ne se fit pas prier. Il s'empara rapidement de sa fourchette pour la plonger dans son fantasme au chocolat et gémit de plaisir en prenant sa première bouchée.

— Incroyable, dit-il entre deux bouchées.

Hope mangea ses pancakes plus lentement, comme si elle souhaitait savourer chaque bouchée.

— Hummm...c'est presque mieux que le sexe, soupira-t-elle avant de lécher sa fourchette.

Jason la foudroya du regard.

— Chérie, ces pancakes sont délicieux, mais rien n'est mieux que le sexe en ta compagnie.

Certes, Hope avait employé l'adverbe *presque*, mais cela ne suffisait pas à Jason. Il se figea un instant afin de regarder la langue rose de Hope lécher l'ustensile couvert de chocolat.

Doux Jésus ! Il ne savait pas que le simple fait de la regarder lécher du chocolat serait une expérience si érotique.

Elle glissa sa langue sur la fourchette une fois de plus, puis elle ferma les yeux, les traits de son visage adoucis par un bonheur manifeste.

— J'ai terminé, déclara-t-elle avant de déposer la fourchette dans son assiette vide.

Jason fourra son dernier morceau de crêpe dans sa bouche tout en regardant Hope. Elle glissa son index dans son assiette et suça lentement son doigt recouvert de chocolat.

Son érection était tendue contre le denim qui la maintenait confinée. — Chérie, si tu fais ça encore une fois, je vais te donner autre chose à te mettre dans la bouche, quelque chose de bien plus gros que ton doigt. Je peux même le couvrir de chocolat, grogna-t-il.

L'imagination de Jason était en effervescence.

Hope lui lança un regard innocent.

— Un Jason enrobé de chocolat ? Miam, dit-elle éhontément.

Hope cherchait délibérément à l'exciter, et Jason adorait cela. Le fait qu'elle devienne une séductrice sans crainte le rendait fou. Elle lui faisait manifestement confiance.

La fréquence cardiaque de Jason s'accéléra lorsqu'elle se leva de sa chaise, ses hanches se balançant tandis qu'elle se dirigeait vers le placard. Elle sortit un bol, puis elle retourna le poser sur la table, devant Jason.

— Voici ce qu'il reste, lui dit-elle avec un semblant de provocation qui poussa Jason à se lever.

Il saisit le bas du t-shirt que portait Hope et le tira par-dessus sa tête. Le vêtement avait à peine touché le sol qu'il s'empressa de la dépouiller du reste de sa tenue, impatient de la voir nue.

— Jason, je ne pense pas que...

— Inutile de penser, l'interrompit-il en contemplant son corps dénudé. Il ne faut pas jouer avec le feu si tu n'es pas prête à éteindre l'incendie, femme.

— D'accord. Alors déshabille-toi, répliqua-t-elle en croisant les bras sur sa poitrine. J'avais de toute façon l'intention d'utiliser ce sirop de chocolat sur toi.

Elle n'eut pas à le lui demander deux fois. Jason se déshabilla devant les yeux ébahis de Hope, presque comme si elle était étonnée qu'il se dévêtît devant elle. Lorsqu'il fut entièrement nu – sa verge animée d'une érection qui semblait crier à l'aide – Jason lui sourit.

Hope avait beau être d'humeur intrépide, elle semblait toujours un peu incertaine en raison de son manque d'expérience. Cela la rendait encore plus sexy. Hope pouvait provoquer Jason à tout moment et il lui montrait alors comment satisfaire leurs désirs respectifs. Il plongea sa main dans le bol et étala le chocolat chaud et liquide sur le cou, sur les épaules ainsi que sur les seins de Hope. Il laissa le chocolat couler sur son ventre, puis glissa ses mains sur la face intérieure de ses cuisses, puis sur sa vulve.

— Voici une Hope enrobée de chocolat. Voici mon fantasme, dit-il tout en glissant ensuite ses doigts chocolatés sur ses lèvres.

Hope le regarda dans les yeux tandis que ses doigts massaient encore lentement ses lèvres. Elle ouvrit la bouche et suça un de ses doigts. Ses yeux s'assombrirent de désir.

Jason poussa un grognement guttural en sentant sa langue nettoyer le chocolat de chacun de ses doigts, l'un après l'autre. À son tour, Hope trempa sa main dans le bol et reproduisit ses actions : elle étala le chocolat sur ses lèvres, sur son torse, puis elle enroula ses doigts dégoulinants de chocolat autour de sa verge.

Jason faillit jouir à l'instant même où sa main entra en contact avec son érection. Cette expérience aussi visuelle que sensorielle le poussait dans ses retranchements.

— Hope, dit-il en guise d'avertissement.

Jason retira délicatement ses doigts de sa bouche chaude, puis il baissa la tête pour lécher le chocolat qui couvrait la chair délicate de son cou. Hope gémit doucement et inclina sa tête afin de lui offrir un meilleur accès. Sa respiration haletante de plaisir était sur le point de lui faire perdre le contrôle. Jason descendit le long de son corps, puis il mordilla doucement ses mamelons sans oublier d'utiliser sa langue pour la débarrasser du chocolat. Le mélange de Hope et du chocolat lui faisait perdre la tête.

Jason se mit à genoux et fit tourbillonner sa langue sur son ventre. Elle essaya bien de prendre appui sur ses épaules afin de ne pas s'écrouler, mais ses jambes se dérobèrent sous son poids et elle tomba également à genoux. Elle en profita alors pour pousser Jason à s'allonger sur le dos à même le sol. Elle se positionna sur lui à cheval et s'empressa de lécher son buste.

Jason savoura la sensation de ses lèvres contre sa peau. Il ferma les yeux et frémit en sentant sa langue glisser vers le bas de son abdomen. Si elle touchait son sexe, il était foutu. Jason se redressa en position assise, tira Hope contre lui, couvrit sa bouche avec la sienne et la dévora. Ses mains collantes maculées de chocolat détachèrent sa queue de cheval et agrippèrent sa chevelure. Hope agrippa également les cheveux de Jason et s'abandonna à son baiser brutal.

Lorsque celui-ci s'interrompit, tous deux étaient haletants et endiablés. L'air qui les entourait était chargé d'un désir érotique palpable. Alors que Hope était toujours à cheval sur ses jambes, Jason la souleva, la fit pivoter afin qu'elle lui tourne le dos, puis il se laissa tomber en arrière sur le carrelage de la cuisine. Il saisit ensuite ses hanches et la tira jusqu'à ce que son entrejambe repose sur son visage. Hope était désormais à quatre pattes, sa vulve au niveau de la bouche de Jason, la sienne au niveau de son érection. Il l'entendit gémir lorsqu'il commença à lécher le chocolat qui couvrait l'intérieur de ses cuisses.

— Oh mon Dieu. Jason, miaula-t-elle, son souffle chaud contre sa verge.

Jason chavira complètement lorsqu'il sentit la langue de Hope tourbillonner autour de l'extrémité de son érection.

Bon sang !

Sachant qu'il ne tarderait pas à jouir, il plongea entre ses cuisses et grogna en sentant sa chaleur liquide contre ses lèvres. Il saisit alors fermement ses fesses et la tira plus fermement contre son visage, savourant le mélange de chocolat et d'excitation sexuelle. Hope était douce, chaude et délicieuse. Si délicieuse qu'il ne put s'empêcher de la dévorer. Il mordilla délicatement son clitoris avant de lécher le petit bourgeon de nerfs comme un homme devenu fou.

À sa grande surprise, Hope délaissa sa verge un bref instant afin d'enfoncer ses dents dans l'une de ses cuisses avec assez de force pour laisser une marque.

Doux Jésus !

Cet acte était si bestial et possessif que Jason ne put s'empêcher de grogner de plaisir. Hope en ressentit les vibrations entre ses cuisses et gémit à son tour avant d'engloutir son érection, encore et encore, puis de s'aider d'une main afin d'ajouter à l'intensité de sa fellation.

Jason sentit son corps trembler et son bassin s'animer d'un mouvement régulier. Il gifla alors ses fesses pour la sommer de rester immobile. Il voulait pouvoir sentir son clitoris contre sa langue. Il voulait pouvoir goûter à son orgasme imminent. Hope bougea à nouveau et il lui gifla les fesses une seconde fois, la poussant à gémir autour de son sexe. Elle savait exactement ce qu'il voulait. Jason voulait qu'elle reste immobile, alors elle bougeait de façon intentionnelle, comme pour lui demander de la dominer. Et Jason lui donnait précisément ce qu'elle voulait. Ainsi, il lui gifla les fesses une dernière fois et il sentit le corps de Hope se mettre à trembler. Il glissa sa langue en elle et sentit les spasmes de son vagin. Malgré l'orgasme qui s'emparait d'elle, elle continua à lui sucer avidement la verge.

En sentant l'arrivée imminente de sa propre libération, Jason saisit fermement les hanches de Hope et explosa au fond de sa bouche.

Ni l'un ni l'autre ne s'arrêta. Ils continuèrent jusqu'à l'épuisement.

Enfin, la cuisine redevint silencieuse à l'exception du bruit de leur respiration chaotique. Hope roula sur le côté afin de laisser Jason respirer. Il l'attrapa par la taille pour la serrer près de lui.

— C'était le meilleur petit déjeuner de toute ma vie, déclara Jason. Son torse se gonflait et se dégonflait encore rapidement.

Hope laissa échapper un petit rire haletant tout en essayant de reprendre son souffle.

Son rire étant contagieux, Jason éclata à son tour d'un rire de bonheur.

— Nous sommes dans un sale état, dit-il en serrant le corps gluant de Hope contre le sien.

Le carrelage de la cuisine était également couvert de chocolat, tout comme les cheveux et le visage de Hope.

Aux yeux de Jason, elle était plus belle que jamais. Il se leva, aida Hope à se lever, puis il enroula ses bras autour de sa taille et frotta affectueusement son nez contre le sien avant de l'embrasser.

En releva la tête, il remarqua une petite marque rouge sur son cou. — Est-ce que je t'ai fait mal ? demanda-t-il avec remords en passant délicatement son doigt sur la trace.

— Non, répondit-elle avec un soupir satisfait. J'adore quand tu perds le contrôle. Ce que nous venons de faire était si..., s'interrompit-elle comme si elle ne parvenait pas à trouver un mot approprié.

— Coquin, l'aida Jason avec un sourire malicieux.

Hope acquiesça et lui rendit sourire.

— Chérie, je ne t'ai même pas encore montré ce que c'est que d'être coquin, ajouta-t-il.

Les yeux de Hope s'illuminèrent.

— Ah oui ?

Amusé par son enthousiasme, Jason ne put s'empêcher de rire.

— Oh que oui.

— Est-ce que tu vas tout m'apprendre avant de partir ? demanda-t-elle timidement.

— Bien sûr, jura-t-il catégoriquement.

Jason n'irait nulle part, et elle non plus. Chaque fois qu'elle parlait de séparation, il détestait cela. S'il obtenait ce qu'il voulait, et il avait la ferme intention d'y parvenir, ils auraient alors l'éternité devant eux.

— Et je ne vais nulle part, ajouta-t-il en resserrant ses bras autour d'elle.

Heureux d'avoir enfin Hope dans ses bras, Jason était toujours accablé par ses regrets et ses remords. Il se sentait idiot de ne pas avoir agi plus tôt. S'il avait été honnête avec lui-même ainsi qu'avec Hope, peut-être aurait-il pu la sauver de l'horrible traumatisme qu'elle avait vécu. Coucher avec elle ne suffirait pas à le débarrasser de l'agitation intérieure ainsi que de la solitude dont il souffrait. Il avait besoin d'elle. Il voulait qu'elle soit dans sa vie pour toujours. Il n'aurait jamais dû lui mentir. Il n'aurait jamais dû la manipuler pour satisfaire ses propres désirs égoïstes. Désormais, il ne lui restait plus qu'à prier qu'elle accepte de lui pardonner, sans quoi elle pourrait tout aussi bien lui arracher le cœur de la poitrine et sauter dessus à pieds joints.

En réalité, Hope le tenait dans le creux de sa petite main, et Jason ne cherchait même pas à s'en libérer. S'il ne s'était pas comporté comme un tel enfoiré, Jason aurait peut-être pris conscience qu'il était complètement, totalement et irrévocablement amoureux d'elle. Et il était probablement amoureux d'elle depuis qu'il l'avait vue à sa soirée de remise de diplômes, quand elle n'avait alors que dix-huit ans.

Cette épiphanie le mettait dans une situation très délicate – mais peut-être pas irrévocable.

Dis-lui toute la vérité.

Jason se jura de le faire. Bientôt. Très bientôt.

Chapitre 11

Il fallut trois jours à Hope et Jason pour pouvoir enfin partir en randonnée, le temps qu'ils quittent enfin le lit pour sortir au lever du soleil.

Hope prit une grande bouffée de l'air frais de la montagne. Son cœur était léger tandis qu'elle centrait Jason dans l'objectif de son appareil photo afin de l'immortaliser avec une cascade en arrière-plan. Ces derniers jours, elle avait commencé à prendre de nombreuses photos de lui, désireuse de ne pas oublier cette période surréaliste de sa vie durant laquelle elle s'était sentie désirée et protégée par Jason. Il était très photogénique et chaque cliché était à couper le souffle.

— Merci, lui dit-elle en abaissant son appareil photo.

Hope avait pris des photos incroyables de la faune ainsi que des paysages durant leur randonnée en direction du lieu recommandé par Tate. Ce dernier avait envoyé une carte des sentiers à Jason, en lui précisant que la cascade valait le détour, et il disait vrai. La vue était spectaculaire, l'eau tombant en cascade dans plusieurs ruisseaux différents depuis une immense falaise rocheuse.

— Tu es sacrément photogénique, lui dit-elle en le rejoignant près du point d'observation.

Il enroula ses bras autour de sa taille et appuya son front contre le sien.

— Tu cherches juste à prendre des photos compromettantes de moi avec ce t-shirt des Broncos, l'accusa-t-il sur le ton de la plaisanterie.

Le cœur de Hope fondit, comme chaque fois que Jason se montrait affectueusement amusant, ce qui était souvent le cas ces derniers jours. D'autant plus qu'il passait son temps à la toucher d'une manière ou d'une autre, sans que cela ne soit nécessairement sexuel.

— Peut-être bien que oui, répondit-elle malicieusement, sans vouloir lui avouer la véritable raison pour laquelle elle le prenait autant en photo : afin qu'elle puisse les regarder quand il ne ferait plus partie de sa vie.

Jason lui prit la main et glissa ses doigts entre les siens.

— T'es prête ?

Elle hocha la tête. Une longue marche les attendait pour rentrer à la maison d'hôtes et Hope avait pris toutes les photos dont elle avait besoin.

— Oui, répondit-elle.

Sans lui lâcher la main, Jason marcha devant elle afin de descendre une pente très raide avec assurance.

— Tu n'as pas l'air d'être un randonneur débutant, songea-t-elle à haute voix.

— À vrai dire, je ne suis pas un débutant, répondit-il. J'ai commencé à faire de l'escalade quand j'étais à la fac. J'en fais toujours un peu avec quelques anciens copains de la fac.

— Tu fais de l'escalade ? Où ça ? demanda-t-elle avec surprise en suivant Jason avec prudence.

Jason énuméra alors les lieux où il avait grimpé, dont certains endroits nécessitant un niveau plutôt avancé.

— Et tu me traites de folle parce que je chasse les tempêtes ? fustigea-t-elle.

Le simple fait d'imaginer Jason suspendu sur le flanc d'une falaise lui donnait des sueurs froides.

Une fois Jason arrivé en bas de la pente, il attrapa Hope par la taille et la souleva afin de la poser sur la terre ferme.

— L'escalade est une discipline relativement sûre, répliqua-t-il. Je prends toutes les précautions nécessaires.

Hope posa ses mains sur ses hanches.

— Je t'ai dit exactement la même chose à propos des tempêtes.

— C'est différent, répondit-il avec agacement.

— Et pourquoi ?

— Parce que c'est toi qui prends ces risques. Tout peut arriver.

— Par contre c'est normal que tu aies un passe-temps dangereux ? Sans compter que la photographie de phénomènes climatiques extrêmes est mon métier.

— C'est ton choix, répondit-il d'un ton bourru. Tu n'as pas vraiment besoin de l'argent que ça te rapporte.

— Peut-être pas. Mais je ne suis plus incroyablement riche. J'ai donné la majeure partie de mon héritage, rétorqua-t-elle.

Cet aveu allait le rendre fou de rage, mais à cet instant précis, Hope se fichait pas mal de ce qu'il pensait.

Le regard de Jason trahit sa stupeur et son incrédulité.

— Pourquoi ? Tu m'as dit que tu avais fait des placements financiers.

Hope n'avait pas prévu de lui parler de son argent. Sa décision était strictement personnelle et ne le concernait pas. Mais elle n'était plus en colère contre lui et ils s'étaient beaucoup rapprochés ces derniers jours. À vrai dire, elle était amoureuse de lui, ce qui lui donnait envie de tout lui dire.

Je l'aime. Je l'aime tellement que c'en est douloureux.

— Ce que je t'ai dit est vrai. J'ai assez d'argent pour être à l'aise jusqu'à la fin de ma vie, même si je ne travaille pas. Mais j'ai fait don de la majeure partie de mon héritage aux victimes des catastrophes naturelles dont j'ai été témoin. Cet argent leur est bien plus utile qu'à moi, surtout si c'est pour le laisser dormir sur un compte bancaire, expliqua-t-elle.

Connaissant l'intelligence financière de Jason, Hope savait qu'il serait déçu par son manque d'ambition de gagner davantage d'argent. Ne souhaitant pas voir sa réaction, elle lui tourna le dos et continua à marcher.

— Hope, dit-il en la suivant.

Il l'attrapa par le bras et la fit pivoter pour qu'elle le regarde.

— Tu es la femme la plus admirable et généreuse que j'ai jamais connue, avoua-t-il d'une voix chargée en émotions.

Surprise par sa réaction, Hope le regarda d'un air interrogateur.

— Je n'ai pas les mêmes ambitions que toi. Je me fiche de l'argent. Néanmoins, cela ne veut pas dire que je suis totalement idiote. J'ai gardé suffisamment d'argent pour assurer mes arrières. Ce n'est pas l'argent qui me rend heureuse.

— Dans ce cas, fais don de tout ton argent. Ça n'a pas d'importance. Je veillerai toujours sur toi, répondit-il sans hésitation. J'ai plus d'argent que nous pourrions en dépenser à nous deux durant toute une vie. En réalité, nous ne pourrions même pas réduire notre fortune même si nous y travaillions à plein temps.

Hope resta bouche bée face à un Jason vraisemblablement sérieux.

— Nous n'allons pas rester mariés, Jason, lui rappela-t-elle.

Le cœur de Hope battait si fort qu'elle pouvait sentir sa fréquence cardiaque dans ses oreilles.

— J'en ai pourtant envie. J'aimerais que nous restions mariés pour toujours, Hope. Je veux être avec toi pour le restant de mes jours, où que tu sois, où que tu ailles. Je ne veux plus jamais que nous soyons séparés, que ce soit pour une semaine ou pour une minute, dit-il.

— Ne me dit pas que tu es sérieux ? dit-elle.

Hope en avait tout autant envie que lui, mais elle avait du mal à croire qu'il puisse envisager de passer sa vie avec elle.

— Je n'ai jamais été aussi sérieux. Je ne veux d'aucune autre femme, ma petite pêche. Rien que toi. J'apprendrai à accepter ton métier. Je t'accompagnerai dans tes voyages pour veiller sur toi. Une fois que tu auras donné toute ta fortune aux autres, tu pourras aussi donner la mienne si ça te chante, dit-il.

Sa voix grave était une intensité sans précédent.

Il est sérieux. S'il est prêt à me laisser faire ce que bon me semble de son argent, alors c'est qu'il veut vraiment de moi.

Jason ne plaisantait jamais avec l'argent. La finance faisait partie de son quotidien.

— Vraiment ? demanda-t-elle d'une voix tremblante et avec des larmes dans les yeux. Tu veux vraiment que nous restions mariés ?

Oh, mon Dieu, j'espère qu'il ne cherche pas à me faire une mauvaise blague.

Elle savait que son cœur se briserait en un million de petits morceaux s'il n'était pas sincère.

Jason enroula fermement ses bras autour d'elle.

— J'ai besoin de toi, Hope. S'il te plaît, reste avec moi. J'ai besoin de ta douceur pour équilibrer le salaud qui sommeille en moi. J'ai besoin de ton cœur généreux pour me rappeler que l'argent n'est pas la seule chose qui compte. J'ai besoin d'être aimé pour autre chose que ma fortune. J'ai besoin que tu me contredises quand je raconte n'importe quoi. Et je te promets de ne pas *trop* me plaindre à propos de ta carrière, dit-il comme s'il avait attendu toute sa vie pour lui dire toutes ces choses.

Face à ces mots, Hope eut l'impression que son cœur enflait dans sa poitrine. Elle passa ses bras à son cou, appuya son visage contre son torse et laissa enfin ses larmes couler.

— Je te promets de ne pas donner ton argent. Je crois savoir que tu en donnes déjà bien assez, sanglota-t-elle alors qu'un sentiment de soulagement détendait l'ensemble de son corps tremblant.

— Qu'est-ce qui se passe, bébé ? demanda-t-il en lui caressant les cheveux.

Hope releva la tête, elle regarda droit dans le bleu de ses yeux et vit...Jason. Un homme ouvert comme un livre et vulnérable, sans aucune tentative de cacher ses peurs. Il voulait sincèrement être avec elle.

— J'avais tellement peur. Je ne savais pas comment j'allais pouvoir te dire au revoir, lui avoua-t-elle.

— Est-ce que tu veux rester avec moi ? demanda-t-il avec prudence.

— Bien sûr que oui. Il n'y a rien dont j'ai plus envie que d'être avec toi, répondit-elle sans hésiter. Tu es mon addiction.

Jason sourit de toutes ses dents.

— Ça a fonctionné. Je t'ai rendue accro au sexe.

— Je ne suis pas accro au sexe, protesta-t-elle. Je suis accro à ta présence.

Sans ôter son bras de sa taille, Jason saisit la main gauche de Hope et la porta à sa bouche pour embrasser la bague à son doigt.

— Alors, épouse-moi, Hope. Pour de vrai.

Hope éclata de rire.

— Corrige-moi si je me trompe, mais je crois que nous sommes déjà mariés.

— Oui, mais tu n'as pas eu le choix. J'aimerais que tu fasses ce choix par toi-même, dit-il.

— Je ne veux personne d'autre que toi, lui dit-elle avec tendresse tout en posant sa main sur sa joue ornée d'une barbe de trois jours.

— Dieu merci ! s'exclama-t-il en la soulevant par la taille pour la faire virevolter dans les airs.

— Alors, ne me parle plus de me quitter. Plus jamais, insista-t-il avec autorité en la reposant à terre.

— Jamais, répondit-elle avec un rire joyeux.

Hope était heureuse qu'il ait retrouvé son caractère dominant. Sa vulnérabilité lui brisait le cœur. Même si elle n'avait aucunement l'intention de se laisser faire, elle préférait qu'il soit lui-même. Elle préférait voir un Jason droit et audacieux plutôt qu'un Jason vulnérable et apeuré. Pourtant, cette ouverture sur ce qu'il y avait de plus sincère chez lui l'avait profondément touchée. Jason Sutherland n'était pas le genre d'homme à montrer ses faiblesses à n'importe qui. Mais il tenait suffisamment à Hope pour s'ouvrir à elle.

— Viens avec moi, dit-elle en la prenant par la main.

Il l'entraîna dans une partie de la forêt dense en pins, puis il s'arrêta et se tourna vers elle.

— J'ai besoin d'être en toi, Hope.

Elle mourrait d'envie de le sentir en elle et elle comprenait ce qu'il ressentait. Son désir se manifesta immédiatement dans son bas ventre, lui donnant l'assurance qu'ils ne se sépareraient pas. Ce qu'elle ressentait allait au-delà du simple désir physique, il s'agissait d'une confirmation de leur envie de rester ensemble.

— Oui, dit-elle, impatiente de lier son corps à celui de Jason.

— Tu es à moi maintenant, dit-il en la poussant contre le tronc d'un immense pin.

Il lui prit les mains, glissa ses doigts entre les siens et releva ses bras au-dessus de sa tête avant de l'embrasser sans prévenir.

Hope lui rendit immédiatement son baiser. Elle lui offrit sa bouche et gémit contre ses lèvres. Elle s'embrasa en sentant son corps ferme et musclé contre le sien. Sa langue rencontra la sienne, la sensation était chaude et intime.

Hope rompit leur baiser afin de reprendre son souffle.

— Tout de suite, Jason. Cette fois, je ne peux pas attendre, lui dit-elle d'un ton ferme.

Nul besoin de préliminaires. Son entrejambe était déjà inondé, affamé et prêt à être comblé.

—S'il te plaît, ajouta-t-elle.

Jason saisit le pantalon de Hope au niveau de la ceinture et l'abaissa jusqu'à ses genoux. Il s'empressa ensuite d'ouvrir son propre jean.

— Nous n'avons pas de miroir, Hope. Je...

— Oh, Jason. Aussi sexy que cela puisse être, je n'ai pas besoin de miroir. Je connais la chaleur de ton corps, la douceur de ta peau, ton odeur. Plus jamais je ne paniquerai avec toi.

Hope se retourna et prit appui sur le tronc d'arbre.

— Prends-moi, Jason. Prends-moi avant que je meure de frustration, le supplia-t-elle.

Cette position était inédite pour Hope, mais son impatience l'emporta sur la prudence.

Derrière elle, Jason posa ses mains sur ses fesses et les caressa avec vénération.

— Doux Jésus, Hope. Tu es tellement belle. Moi non plus je ne peux pas attendre, dit-il.

Il glissa une main entre ses cuisses et fut accueilli par sa chaleur humide.

Jason se positionna et s'enfouit en elle si profondément que Hope cria son nom. Soulagée, elle laissa tomber sa tête en avant.

— Jason.

— C'est moi, ma chérie. Ce sera toujours moi, lui assura-t-il avec possessivité.

Jason se retira presque entièrement d'elle puis, après avoir fermement saisi ses hanches, il replongea en elle. Hope poussa ses fesses en arrière, comme pour en redemander.

— S'il te plaît, Jason. Ne me fais pas attendre.

Ces quelques mots suffirent à l'enflammer. Jason commença à bouger. Sa verge entrait et sortait de son vagin abondamment et naturellement lubrifié. Ses coups de reins étaient rapides et vigoureux. Hope poussait simultanément ses fesses en arrière, les claquements de leur peau étaient audibles en raison de la force du coït.

— Oui. Plus fort, supplia-t-elle.

Hope voulait que Jason lui donne tout ce qu'il pouvait.

Il ôta une main de ses hanches et la glissa le long de son ventre, puis entre ses cuisses, jusqu'à trouver son clitoris.

— Jouis pour moi, bébé. Je ne vais pas tenir bien longtemps, grogna-t-il.

Ses doigts caressèrent le bourgeon lancinant avec suffisamment de pression.

Hope se mit à trembler. La sensation d'étirement causée par son érection en elle ainsi que les frottements contre son clitoris suffirent à la faire exploser de plaisir. Un orgasme puissant prit le contrôle de son corps en vagues successives. Cette tornade de plaisir persista tandis que Jason continuait à la pénétrer jusqu'à parvenir à sa propre libération.

— Hope, rugit-il en s'enfouissant une dernière fois en elle aussi profondément que possible où il déversa sa jouissance.

Tous deux tremblants, l'un contre l'autre, Jason enroula ses bras autour d'elle et embrassa sa nuque.

— Ma douce Hope, dit-il.

Ils restèrent ainsi pendant un long moment, savourant le bonheur qu'ils venaient de partager ainsi que l'intimité de leur position. Enfin, Jason se redressa et aida Hope à remonter son pantalon avant de s'occuper du sien. Il s'empressa ensuite de la reprendre dans ses bras et de la serrer si fort qu'elle pouvait à peine respirer. Hope enroula ses bras autour de son cou et lui caressa tendrement le dos, chacun complètement enivré par l'autre.

Chapitre 12

Le temps de Jason était écoulé.

Il agrippa fermement le volant du SUV, son corps tendu de la tête aux pieds. Depuis que Hope avait pris la décision de rester avec lui, la culpabilité le rongeait de l'intérieur.

Je dois lui dire.

Jason se doutait depuis le début qu'il ne pourrait pas s'en tirer sans lui avouer que leur mariage faisait en réalité partie d'un plan bien élaboré. Il voulait désormais clarifier la situation, mais il ne savait trop comment s'y prendre. L'idée que Hope puisse le quitter lui était insupportable.

Elle mérite de connaître la vérité.

Hope avait peut-être menti à propos de sa carrière, mais ce mensonge n'avait aucun impact direct sur la vie de Jason. De surcroît, elle lui avait déjà tout avoué. En revanche, le secret de Jason la concernait directement et elle aurait tous les droits de lui en vouloir. Bon sang, même lui s'en voulait.

Elle reste avec moi. J'ai exactement ce que je veux.

Pourtant, ce n'était pas si simple. Jason avait passé la majeure partie de sa vie sans souffrir du moindre doute. Même en reprenant l'entreprise en faillite de son père, il était certain de pouvoir la redresser. Aujourd'hui, il était hanté par la potentielle réaction de Hope lorsqu'il lui avouerait avoir orchestré leur mariage. Il voulait qu'elle soit heureuse et ne voulait surtout pas qu'elle soit blessée. Jason était hanté par tous ces doutes et questionnements.

L'amour, cet enfer.

Jason se savait amoureux d'elle. Il était devenu aussi fou que Grady, et Dieu sait que son ami avait pratiquement perdu la tête tant il aimait sa femme, Emily.

Qu'il lui dise la vérité maintenant ou bien qu'il remette à plus tard, la situation était la même et il n'avait d'autre choix que de lui dire. Ils ne pourraient pas avoir une vie commune heureuse tant qu'il ne lui aurait pas dit.

Salaud d'égoïste.

Jason ne voulait pas la blesser, pas après tout ce qu'elle avait déjà vécu, pas après toute la confiance qu'elle avait manifestée à son égard. Une part de sa réticence à lui en parler était purement et simplement égoïste. Il ne voulait pas avoir à affronter le regard qu'elle porterait sur lui après avoir appris la vérité. Jason aurait le cœur brisé de la voir souffrir à cause de lui.

— Je ne lui mentirai plus jamais, murmura-t-il avec colère en garant la voiture dans l'allée privée de la maison d'hôtes.

Jason s'était rendu en ville pour acheter de quoi préparer à dîner pendant que Hope était restée à la maison pour examiner et organiser certaines des photos qu'elle avait prises la veille. Il s'était absenté plus longtemps que prévu : il s'était arrêté acheter des fleurs ainsi qu'à la bijouterie, la même que celle où il avait acheté leurs alliances avant de s'envoler pour Las Vegas. Jason lui avait acheté un pendentif constitué d'une émeraude assortie à ses yeux et entourée de diamants. Il n'avait pas trouvé autre chose pour exprimer combien il l'aimait. N'étant pas entièrement satisfait par ce cadeau, Jason avait fait un dernier arrêt dans un magasin spécialisé pour lui acheter un appareil photo étanche dans l'espoir qu'elle l'utilise lors de leurs futures excursions en bateau.

Jason descendit de voiture, prit ses emplettes et parcourut la courte distance jusqu'à la porte d'entrée. Il avait l'impression que son cœur était dans sa gorge et que ses nerfs étaient à vif. Il avait l'intention de tout lui dire maintenant, sans attendre une minute de plus. Ce n'était pas dans ses habitudes de remettre à plus tard ce qui était difficile, ce qui devait être fait. Pour leur bien à tous les deux, il devait en finir avec ces mensonges. Il ne lui restait plus qu'à compter sur le cœur généreux de Hope et sur sa capacité à pardonner.

Peut-être comprendra-t-elle que je l'aime et que je n'étais pas moi-même...

Ayant déverrouillé la porte en partant, Jason glissa sa clé dans la serrure et fut surpris de trouver la porte ouverte.

Je me souviens pourtant l'avoir verrouillée.

Ils avaient beau se trouver dans une petite ville tranquille, il ne voulait pas la laisser seule dans une maison grande ouverte.

— Hope, dit-il en haussant la voix une fois à l'intérieur.

Elle n'était plus dans le salon, où elle se trouvait avant son départ.

Jason posa les sacs sur le plan de travail de la cuisine et s'empressa d'aller la trouver. Après avoir fait le tour d'une maison vraisemblablement vide, il retourna dans la cuisine.

Où diable est-elle passée ?

Dans la cuisine, il regarda autour de lui à la recherche d'un mot qui aurait pu être laissé par Hope, mais son regard se posa sur autre chose qui lui glaça le sang. Il s'agissait de la facture de leurs alliances, un document semblable à celui qu'il avait obtenu aujourd'hui après l'achat du pendentif.

Jason savait bien que ce papier n'était pas là avant son départ. L'espace d'un instant, il eut l'impression que son cœur avait cessé de battre. La facture était datée, constituant donc une preuve que les alliances avaient été achetées avant qu'il ne parte pour Las Vegas. Celle-ci avait dû tomber de son portefeuille et Hope l'avait trouvée.

— Et merde !

Jason se précipita à l'extérieur et fit le tour de la maison. La peur prit possession de son cerveau.

— Hope ! cria-t-il vainement.

Il n'y avait aucun signe de sa présence.

Elle n'est plus là. Elle est partie. Je suis un idiot. J'aurais dû lui en parler.

Jason sortit son téléphone portable de sa poche et appela Grady.

— Est-ce que tu as eu des nouvelles de Hope ? demanda-t-il immédiatement après que Grady ait décroché.

— Non. Il y a un petit moment que je ne lui ai pas parlé. Pourquoi ? demanda-t-il avec curiosité.

— Nous étions ensemble et elle a disparu. J'espérais qu'elle t'aurait appelé, avoua Jason.

Son esprit s'emballa en essayant de déterminer où elle aurait bien pu aller.

— Vous étiez ensemble ? Pourquoi ?

Jason prit une grande inspiration et expliqua rapidement et honnêtement ce qu'il avait fait, ce qui s'était passé. Il ne dit rien à Grady concernant les secrets de Hope, mais il lui avoua les siens.

— T'es un salaud, grogna Grady. Tu as fait boire ma sœur pour la forcer à t'épouser ?

Jason n'avait même pas l'intention de défendre l'indéfendable. Hope était bel et bien ivre au moment du mariage et Jason était bel et bien un salaud.

— Je suis amoureux d'elle, Grady. Je ne voulais pas qu'elle épouse un autre homme. Hope est au centre de ma vie maintenant, elle est ma femme. Je dois la retrouver. Tu pourras m'assassiner plus tard, mais pour l'instant aide-moi à la retrouver. S'il te plaît.

— Elle n'aurait pas disparu si tu ne l'avais pas manipulée, cria Grady avec colère.

Il resta ensuite silencieux un instant avant d'ajouter :

— Je vais demander à mes frères s'ils ont eu de ses nouvelles, mais sache qu'ils voudront te castrer.

— D'accord.

Jason se foutait de ce qui pouvait lui arriver, tant qu'il retrouvait Hope.

— Je vais fouiller les sentiers. Elle n'a pas de voiture. Elle ne doit pas être bien loin.

Jason faillit avoir une crise cardiaque supplémentaire lorsque son regard se posa soudain sur l'étui d'un appareil photo. Hope devait être bouleversée. Il ne l'avait encore jamais vue sortir sans son appareil photo.

— Tu as intérêt à la retrouver. Et prépare-toi à te mettre à genoux pour implorer son pardon.

Jason ne s'était encore jamais prosterné devant qui que ce soit, mais il était aujourd'hui prêt à le faire.

— Je suis prêt à tout. Tiens-moi au courant une fois que tu auras contacté tes frères, dit-il avant de raccrocher et de fourrer son téléphone dans la poche de son jean.

Un miaulement plaintif se fit entendre. Jason baissa les yeux et découvrit Daisy, enroulée autour de ses chevilles. Il se baissa pour la prendre dans ses bras, mais l'animal continua à miauler.

— Toi aussi tu es inquiète, n'est-ce pas ? dit-il en lui caressant la tête pour essayer de la calmer, en vain.

— Je sais exactement ce que tu ressens, mais je vais la retrouver.

Jason reposa le félin au sol et sortit à nouveau de la maison sans prendre la peine de fermer la porte à clé derrière lui.

— Est-ce que tu étais au courant ? demanda une Hope furieuse en s'adressant à Tate.

Alors qu'elle était jusqu'à présent euphorique à l'idée de rester avec Jason, voilà qu'elle était désormais dévastée. Après avoir trouvé la facture d'achat de leurs alliances sur le sol de la chambre, Hope avait bien compris que Jason n'était pas venu à Las Vegas par hasard.

Elle s'était immédiatement précipitée, à pied, jusqu'au chalet de Tate pour l'interroger à ce sujet. C'est Tate qui les avait ramenés ici à bord de son avion. À ce moment-là, Hope avait trouvé cela parfaitement crédible que Tate soit également présent à Las Vegas pour son travail mais elle le soupçonnait désormais d'avoir aidé Jason.

Tate fronça les sourcils.

— Alors il ne t'a rien dit. Je croyais que c'était déjà fait.

— Non. Tu n'as qu'à me le dire. De toute évidence, Jason n'est pas très bavard, répondit-elle sèchement en s'asseyant sur l'une des chaises à la table de la cuisine chez Tate.

Comme d'habitude, Tate fit pivoter sa propre chaise à cent quatre-vingts degrés pour s'y asseoir à cheval.

— Que sais-tu ? demanda-t-il avec agacement et résignation.

— Je croyais qu'il m'avait épousée quand il était aussi ivre que moi. Je croyais qu'il était à Las Vegas pour travailler et qu'il m'y avait croisée complètement par hasard. J'ai trouvé la facture des alliances, datée de la veille de son arrivée à Las Vegas, en provenance d'une bijouterie située ici, à Rocky Springs. Pourquoi ? demanda-t-elle en croisant les bras et en le foudroyant du regard.

— C'est ici que nous avons tout planifié, avoua Tate. Jason était ici pour un événement caritatif. Au même moment, il apprenait que tu étais sur le point de te marier. Il était prêt à tout pour te séparer du gars que tu allais épouser. Alors nous avons établi un plan et nous l'avons exécuté dès le lendemain.

Hope serra les dents face à la froideur glaciale avec laquelle Tate lui expliquait tout cela.

— Alors tu ne t'es pas contenté de nous ramener à bord de ton avion? Tu étais présent au mariage, n'est-ce pas ? demanda-t-elle.

— Oui, j'étais l'un des témoins de mariage, répondit-il sans hésiter. Tu aurais fini par l'apprendre puisque j'ai même signé le certificat.

Les yeux de Hope s'emplirent de larmes en regardant l'homme qui avait toujours été un héros pour elle. Non seulement Jason lui avait menti, mais de surcroît Tate l'avait trahie.

— Donc son plan était de m'épouser, puis de coucher avec moi jusqu'à ce qu'il se sente mieux, résuma-t-elle avec colère en essuyant les larmes qui coulaient sur ses joues.

— Pourquoi as-tu fait ça, Tate ? Pourquoi as-tu aidé Jason si tu savais qu'il avait l'intention de me larguer ?

— Tout d'abord, je ne savais pas qu'il s'agissait de toi jusqu'au moment du mariage. Deuxièmement, Sutherland n'a jamais eu l'intention de te larguer. Il est complètement fou de toi, il l'a toujours été. Et tu étais tout aussi folle de lui. Tu étais peut-être ivre, mais tu ne l'as pas fait sous la contrainte. Tu semblais même...heureuse. Je n'avais pas encore compris que ton fiancé n'existait pas et je ne voulais pas que tu épouses quelqu'un qui ne te rendrait pas heureuse. Tu mérites le bonheur.

— Tu croyais vraiment que je serais heureuse dans un mariage arrangé avec un homme qui ne m'aime pas ? lui demanda-t-elle en larmes.

— Oh, il t'aime. Et toi aussi tu l'aimes. Réfléchis, Hope. Jason avait peut-être peur de te dire la vérité, mais est-ce que tout ce qui s'est passé entre vous dernièrement est négatif ? Je ne le connais pas très bien, mais je sais qu'il a passé énormément de temps à récolter des fonds pour les femmes victimes de violences. C'est d'ailleurs pour cela qu'il était ici. Il était prêt à se donner en spectacle en étant mis à la vente aux enchères devant un parterre de femmes fortunées. Ce qu'il a fait avec toi n'était peut-être pas très honnête, mais je suis sûr qu'il aurait fini par tout te dire. Je pense qu'il avait tout simplement peur de te perdre.

— Il ne m'a jamais dit qu'il m'aimait, dit Hope avec désespoir. Il a juste dit vouloir rester avec moi et officialiser notre mariage.

— Et toi, lui as-tu dit ? demanda-t-il. Jason a agi dans l'urgence et le désespoir. Crois-tu vraiment qu'il aurait fait tout cela s'il n'était pas fou amoureux de toi ? Il y a des centaines de femmes qui meurent d'envie d'être avec lui. Mais c'est avec toi qu'il voulait être. Il voulait que tu sois sa femme.

Le cœur de Hope s'allégea un instant. Elle se demanda si Tate disait vrai. Quoi qu'il en soit, elle avait du mal à accepter le fait que Jason ne lui ait pas dit la vérité. Il l'avait tout bonnement forcée à faire ce qu'il désirait.

— Je veux rentrer chez moi, dit-elle.

Elle était toujours en colère contre Tate, mais elle avait surtout besoin de temps pour réfléchir à tout cela.

— Pourquoi ? Pour continuer à fuir ? demanda Tate avec colère.

— Je ne fuis pas...

— Bien sûr que si, insista Tate. Je comprends ta quête de liberté et d'adrénaline avec la photographie, tu voulais te faire un nom en chassant les tempêtes. Je comprends aussi que ton désir d'y retourner est une victoire après ton agression. Mais je n'ai pas l'impression que cela est suffisant désormais. Ton métier est devenu une excuse pour rester déconnectée du reste du monde. . . Parcourir la planète à la recherche de tempêtes te permet d'oublier les autres. Mentir à tes frères t'a permis de moins leur parler. Et maintenant tu t'apprêtes à fuir un mec qui est clairement amoureux de toi, même s'il n'est pas parfait.

— Et qu'est-ce qui te donne la légitimité de jouer l'expert en relations amoureuses ? demanda-t-elle sur la défensive.

Son esprit était accablé par les souvenirs de ces derniers jours passés avec Jason. Tout n'était pas un mensonge : sa douceur, son désir de l'aider à surmonter ses peurs, le réconfort qu'il lui apportait, et même la façon dont il traitait Daisy. Jason avait menti, mais elle aussi.

— Je suis un expert parce que je ne suis qu'un observateur. J'ai un regard neutre sur ce qui se passe. J'ai beau ne jamais avoir ressenti cela pour une femme, je vois bien que ce qu'il y a entre vous est authentique. Tu peux me détester si tu en as envie, Hope, mais je voulais simplement t'aider. Et aujourd'hui encore je cherche à t'aider, l'informa-t-il avec sincérité.

— Je ne te déteste pas, répondit-elle. Je suis peut-être un peu en colère, mais je ne pourrais jamais te détester. Tu m'as sauvé la vie.

— C'était mon travail. Ce qui se passe aujourd'hui est purement personnel, déclara Tate.

Hope savait bien que ce n'était pas totalement vrai. Tate prenait son métier très à cœur. Ils se ressemblaient beaucoup à ce sujet.

— Je ne te déteste pas, répéta-t-elle.

— Bien. C'est tant mieux parce que je t'ai toujours appréciée, lui dit Tate avec un sourire. Tu as des couilles. Alors, sers-t'en pour aller parler à Jason, dit-il. Force-le à se mettre à genoux pour te demander pardon. Il aurait dû te dire la vérité plus tôt. Vous êtes mariés maintenant.

— Tate ?

— Oui ?

— Tu es vraiment un enfoiré parfois, lui dit Hope sans hésitation.

— Cela signifie-t-il que tu ne me pardonnes pas ? demanda-t-il en la persuadant à l'aide de ses yeux gris et de la fossette qui ornait sa joue.

— Je vais y réfléchir, répondit-elle.

Elle se leva et se dirigea vers la porte, sachant pertinemment qu'elle lui avait déjà pardonné. Tate était un monsieur je-sais-tout qui croyait avoir une solution à tous ses problèmes. Et peut-être était-ce le cas. Mais elle se garda bien de le lui dire. Il était déjà bien assez prétentieux.

Tate la suivit et ne put s'empêcher d'ajouter avec arrogance :

— Aucune femme au monde n'a la force de rester en colère contre moi. Pas même ma mère ou ma sœur, Chloé. Elles font semblant d'être en colère quelques minutes, puis elles me serrent dans leurs bras jusqu'à ce que je ne puisse plus respirer.

Hope n'avait aucun mal à le croire. Tate Colter était un sacré charmeur. Après avoir ouvert la porte d'entrée, Hope se tourna vers lui.

— Je vais m'abstenir de te serrer dans mes bras, dit-elle.

— Tu finiras bien par le faire, répondit Tate avec un haussement d'épaules. Je vais te raccompagner jusqu'à la maison d'hôtes.

— Non, ça va aller, dit-elle.

Hope avait vraiment besoin de se retrouver un peu seule afin d'organiser ses pensées.

— En es-tu sûre ? demanda-t-il d'un air dubitatif.

— Oui. Je connais le chemin et je ne suis pas vraiment une débutante en matière de randonnée, lui assura-t-elle.

— Je sais que tu meurs d'envie de me faire un câlin, lui dit Tate avec malice.

Hope le regarda en plissant les yeux, puis elle répliqua :

— Non, certainement pas.

Elle lui ferma ensuite la porte au nez et s'en alla avec un petit sourire satisfait. Tate Colter avait le pouvoir de charmer n'importe quelle femme, sauf Hope.

Hope retrouva le sentier menant à la maison d'hôtes. Tout en marchant, elle ne pensa à rien ni personne d'autre que Jason, un homme impossible à ignorer.

Un homme que je ne veux pas ignorer.

Elle était blessée, mais peut-être que Tate avait raison sur certains points. Elle n'avait aucune envie de recommencer à chasser les tempêtes à plein temps. Hope prenait du plaisir à photographier les animaux sauvages du Colorado et elle se sentait prête à se lancer un nouveau défi. Elle subissait aujourd'hui les contrecoups de toutes ces années passées à observer les ravages de mère Nature et les vies détruites que cela impliquait. Elle aurait pu abandonner après son enlèvement, mais Hope s'était prouvé qu'elle pouvait continuer. Il n'y avait rien ni personne dans sa vie à cette époque, alors elle a continué à faire ce qu'elle faisait de mieux. Peut-être cherchait-elle bel et bien à fuir, à se déconnecter des autres.

Arrivée à mi-chemin, Hope emprunta un autre sentier, un sentier qu'elle ne connaissait pas.

Je ne suis pas encore prête à parler à Jason.

Ce chemin était plus difficile. Les pentes y étaient raides et glissantes, la poussant à avancer avec davantage de prudence.

Perdue dans ses pensées, elle continua à marcher jusqu'à ce que le sentier la mène à travers des formations rocheuses. Elle se retrouva bientôt dans un canyon sans issue.

Elle chercha du regard une autre ouverture dans les parois verticales, mais elle n'en trouva aucune. Hope allait donc devoir rebrousser chemin.

— Mince, murmura-t-elle, agacée de s'être laissée distraire par ses pensées lancinantes.

Après avoir fait demi-tour pour sortir du canyon, son pied glissa sur une pente rocheuse et elle tomba instantanément avec un cri de douleur.

Par terre, elle essaya tant bien que mal de s'asseoir et d'étendre la cheville qu'elle venait de se tordre, la douleur était à la limite du supportable. Elle parvint néanmoins à se relever, mais elle s'écroula à nouveau, incapable de s'appuyer sur sa jambe blessée.

Hope était partie sans son téléphone – quoique celui-ci ne capterait probablement pas le réseau au fond de ce canyon. Elle rampa vers une zone où la surface était plus lisse et confortable, le tout en se mordant les lèvres pour ne pas crier de douleur. Désormais assise sur un carré d'herbe, elle essaya de reprendre son souffle en se demandant ce qu'elle allait bien pouvoir faire. Hope n'était plus très loin de la maison d'hôtes.

— C'est pour y retourner que ça va être difficile, marmonna-t-elle en s'adressant à elle-même.

Elle essaya de se lever une fois de plus, mais il lui était impossible de marcher. La douleur était telle qu'elle dû enlever sa botte de randonnée à cause du gonflement de sa cheville blessée.

En découvrant la grosseur de sa cheville, Hope comprit qu'elle ne remarcherait pas de sitôt. Ses possibilités étant très limitées, elle décida de se reposer quelques minutes, après quoi elle tenterait de ramper jusqu'au sentier principal, où elle aurait davantage de chances d'être retrouvée.

J'espère que tu es en train de me chercher, Jason.

Il faudrait probablement un certain temps avant que Tate apprenne qu'elle n'était jamais rentrée à la maison – peut-être des jours, peut-être même une semaine – et d'ici là, il serait trop tard.

Hope se ressaisit, repoussa la peur qui l'accablait et se prépara à un effort long et douloureux pour tenter de sauver sa peau.

Chapitre 13

La nuit allait bientôt tomber et Jason était paniqué. À vrai dire, il avait peut-être dépassé le stade de la panique pour passer au désespoir.

Jason avait marché jusqu'au chalet de Tate. Ce dernier lui avait dit que Hope était passée le voir mais qu'elle était partie.

Hope est au courant de tout.

Colter l'avait déjà informé qu'il avait dit toute la vérité à Hope après qu'elle ait trouvé la facture des alliances, même si elle avait compris le complot d'elle-même. Tate avait même profité de la présence de Jason pour lui reprocher de ne pas lui en avoir parlé plus tôt. C'était bien mérité, mais pas de la part de Colter. Il préférerait se faire passer un savon par Hope. Pour l'instant, il voulait juste la voir.

Grady avait rappelé pour l'informer qu'aucun de ses frères n'avait eu de nouvelles.

Jason avait donc quitté la demeure de Tate en courant afin de retourner à la maison d'hôtes, mais Hope ne s'y trouvait toujours pas. Jason s'était alors empressé de rappeler Tate afin qu'ils puissent se lancer à sa recherche ensemble. Hope devait être dans le périmètre de la maison, quelque part dans la nature. Il n'existait qu'un seul sentier depuis le chalet de Tate, ce qui signifiait qu'elle avait dû quitter le chemin principal.

Après plusieurs heures de recherches, il n'y avait toujours aucune trace d'elle. Tate avait le périmètre à bord de son hélicoptère, mais certaines zones étaient invisibles depuis le ciel à cause de la densité de la végétation. Les frères de Tate ainsi que Chloé s'étaient joints à eux pour les aider. D'après la carte que Tate lui avait donnée, Jason aurait bientôt fini de fouiller la zone qui lui avait été assignée. Une fois qu'il aurait atteint le canyon, il y descendrait par la seule ouverture existante, puis il ferait demi-tour.

Tout en avançant, Jason hurla le nom de Hope. Son cœur semblait cesser de battre chaque fois qu'il retenait son souffle dans l'attente d'une réponse. Jusqu'à présent, tout ce qui l'entourait était parfaitement silencieux.

Selon Colter, Hope allait bien en quittant son chalet. Elle était partie en disant vouloir marcher seule afin de pouvoir réfléchir à la situation. Jason ne put s'empêcher d'espérer que son souhait n'était pas de mettre un terme à leur mariage.

Je suis désolé, bébé. Tellement désolé. Réponds-moi.

L'humeur de Jason était changeante, ses émotions passaient de la peur aux remords, en passant par la colère que Hope se soit écartée du sentier principal. Jason avait un mauvais pressentiment, comme si ses émotions étaient liées à celles de Hope. Son instinct semblait lui intimer qu'elle n'était actuellement pas seulement en train de réfléchir à l'avenir de leur relation. Hope n'était pas du genre à sortir des sentiers battus après la tombée de la nuit. Elle n'avait emporté aucun équipement : ni son téléphone, ni même une simple lampe de poche. Jason avait trouvé son téléphone dans la cuisine, branché à son chargeur.

Bon sang !

D'après Tate, Hope n'avait même pas une bouteille d'eau avec elle alors que l'après-midi avait été inhabituellement chaude. Jason essuya la transpiration de son visage à l'aide de son t-shirt déjà sale. Si elle était blessée ou coincée quelque part, Hope était probablement dans l'incapacité de trouver une source d'eau.

D'une voix rauque et cassée, il continua à l'appeler tandis que le soleil disparaissait peu à peu derrière les montagnes. Après avoir lutté contre la végétation, il arriva enfin dans une clairière et se retrouva face à la falaise opposée du canyon. Jason examina le mur de roche pratiquement vertical. Il s'agissait d'un canyon très long et très large. La seule issue étant de rebrousser chemin, Hope n'aurait pas pu aller plus loin. Le reste de la zone était constituée de surfaces rocheuses et impraticables. Ce canyon était donc le seul point accessible.

— Et merde ! dit-il avec frustration et désespoir.

Il devait la retrouver rapidement.

— Hope ! rugit-il.

L'écho de sa propre voix résonna contre les parois du canyon.

— Ici ! entendit-il en provenance de la partie la plus basse du canyon.

Jason se figea.

Son cœur palpita sauvagement en découvrant Hope, couchée sur le dos au beau milieu du canyon.

— Merde ! s'exclama-t-il en dégainant son téléphone portable pour appeler Tate et le prévenir que Hope était au fond du canyon, vraisemblablement blessée, sans encore en connaître la gravité.

Était-elle tombée ? Un sentiment de panique cherchait à s'emparer de lui, mais il s'efforça de se calmer. Une chute du haut du canyon l'aurait tuée. La surface au fond du canyon étant en majeure partie rocheuse, Hope n'aurait jamais survécu si elle était tombée de haut.

— Hope. Tiens bon. Je descends.

— Je vais bien, le rassura-t-elle d'une voix faible. C'est juste ma jambe.

— Juste ma jambe, répéta-t-il avec agacement. Hope pourrait être en train de se vider de son sang qu'elle ne l'admettrait pas, marmonna-t-il.

Sans plus attendre, Jason entreprit la descente. Les crevasses dans la roche facilitaient sa progression, mais la descente n'en était pas moins dangereuse. Toutefois, il était hors de question qu'il attende l'arrivée des secours. Jason ne voulait pas non plus perdre de temps à chercher un accès plus sûr au canyon.

Pendant sa descente, il entendit Hope crier son nom avec effroi pour l'empêcher de se mettre en danger.

La paroi rocheuse était trop haute, trop dangereuse et il n'avait même pas de corde de sécurité. Même un grimpeur expérimenté n'entreprendrait pas une chose pareille, mais Jason était porté par l'adrénaline et il accomplissait cette descente avec vitesse et aisance.

Hope n'osait plus faire le moindre bruit. Elle se contenta de le regarder faire, horrifiée. La moindre distraction pourrait le tuer.

Oh mon Dieu. Par pitié, faites qu'il arrive en bas sain et sauf. Après quoi je pourrai le tuer moi-même.

Hope retint son souffle lorsque Jason arriva à mi-chemin et continua à descendre sans s'arrêter. Son corps puissant s'aggravait à la paroi rocheuse avec force et détermination.

Il risque sa vie pour moi. Pour rien. Il aurait pu faire le tour et passer par en bas. J'aurais pu attendre.

Tandis que Hope se maudissait d'être retournée dans le canyon, ses yeux restèrent rivés sur Jason. En effet, elle était parvenue à sortir du canyon pour retourner dans les bois. Mais en entendant un hélicoptère voler à basse altitude, Hope avait jugé bon de se dégager des arbres et de retourner là où elle pourrait être vue depuis le ciel. Malheureusement, et compte tenu qu'elle ne pouvait se déplacer qu'à quatre pattes, l'hélicoptère était parti lorsqu'elle était enfin sortie des bois. De surcroît, elle portait un t-shirt vert qui ne l'aidait pas à se démarquer de son environnement. Ainsi, plutôt que gaspiller le peu d'énergie qui lui restait, Hope avait pris la décision de rester dans le canyon au cas où l'hélicoptère reviendrait. Il faisait chaud et elle était assoiffée, mais c'était alors sa seule chance de sortir de là. Hope n'avait plus la force de retourner jusqu'au sentier principal.

Même s'il n'était plus très haut, Hope faillit avoir une crise cardiaque en voyant le pied de Jason glisser avant de retrouver un appui. Enfin, ses bottes touchèrent le fond du canyon et Hope soupira de soulagement. Elle était haletante et tremblante après avoir longuement observé Jason prendre des risques inconsidérés.

Il se précipita vers elle et tomba à genoux à ses côtés.

— Que s'est-il passé ? Où es-tu blessée ? Bon Dieu ! Dis-moi que tu te sens bien, dit-il frénétiquement, son visage tourmenté.

Est-ce que tout ce qui s'est passé entre vous dernièrement est négatif?

Malgré la situation, les paroles de Tate tournaient en boucle dans sa tête. Jason venait de risquer sa vie pour elle et l'inquiétude qu'il manifestait n'était clairement pas factice. En réalité, il était terrifié pour elle et faisait passer son bien-être avant le sien.

— Je me suis juste fait mal à la cheville. Je ne peux pas marcher, répondit-elle avant de donner un grand coup de poing dans l'épaule de Jason. Bon sang, Jason ! Ne t'avise plus jamais de faire une chose pareille. J'ai eu si peur que j'ai probablement raccourci mon espérance de vie d'une bonne vingtaine d'années. Tu aurais pu te tuer.

— Je prendrai toujours le chemin le plus court pour te retrouver, dit-il.

Jason s'assit dans l'herbe et la terre, puis il posa délicatement la jambe de Hope sur ses genoux.

— Doux Jésus. Ta cheville est aussi grosse qu'un melon. Que diable s'est-il passé ?

Hope se mordit les lèvres tandis que Jason fléchissait son pied en douceur.

— Je ne regardais pas où je mettais les pieds. Et je suis tombée.

— Est-ce que tu arrives à bouger la cheville toute seule ? demanda-t-il.

— À peine. Je ne peux pas m'appuyer dessus, répondit-elle.

Hope essaya alors de remuer ses orteils et de fléchir sa cheville, le tout avec un soupir de douleur.

— Arrête. Tu as besoin de passer une radio. Tate ne devrait pas tarder à arriver, dit-il avec un regard à la fois anxieux et soulagé tout en écartant les cheveux ébouriffés qui cachaient le visage de Hope.

— J'aurais dû apporter un peu d'eau. Je suis parti aussi vite que possible.

— Je devrais survivre, le rassura-t-elle en observant son agitation. Hope pouvait attendre l'arrivée de Tate.

— S'il te plaît, ne risque plus jamais ta vie de cette façon. Je veux que tu me le promettes, supplia-t-elle d'une voix tremblante.

— Je ne peux pas te promettre une chose pareille, ma chérie. Je recommencerais sans hésiter si je devais te secourir, répondit-il.

— Tu es fou, lui dit-elle, quelque peu amusée par son obstination. Des larmes se mirent à couler sur ses joues tandis qu'elle regardait Jason Sutherland, plus débraillé qu'elle ne l'avait jamais vu. Il semblait avoir été traîné dans la boue après avoir passé des heures sous le soleil brûlant.

— C'est toi qui m'as rendu comme ça. J'étais parfaitement sain d'esprit jusqu'à présent, dit-il.

Hope entendit le bruit d'un hélicoptère en approche et tous deux se turent en regardant la machine se poser gracieusement non loin de l'endroit où ils étaient assis.

Jason la souleva dans ses bras et se dirigea rapidement vers l'hélicoptère, puis il attendit que les pales cessent de tourner et que le pilote lui fasse signe d'ouvrir la porte. Il la déposa sur un siège, puis il prit place à côté d'elle. Après avoir refermé la porte, Jason la souleva rapidement pour la prendre sur ses genoux.

— On décolle. Fonce à l'hôpital. Sa cheville est peut-être cassée. C'est sacrément enflé.

Le pilote retira son casque, se tourna vers Jason et lui tendit une bouteille d'eau.

— Un peu d'eau ne peut pas te faire de mal.

Sans surprise, c'est un Tate souriant qui était aux commandes de l'appareil.

— Voilà que je vole encore à ton secours, H.L. Sinclair. Est-ce que tu vas accepter de me faire un câlin maintenant ? demanda-t-il.

Hope lui offrit un sourire faible.

— Peut-être la prochaine fois, répondit-elle simplement.

— Il faudra d'abord me tuer si tu veux la toucher, intervint un Jason irrité.

— C'est tout-à-fait dans mes cordes, répliqua Tate avec un sourire insolent.

— À l'hôpital, Colter, et que ça saute. Tirons-nous d'ici, grogna Jason. Il donna la bouteille d'eau à Hope et l'aida à la porter à sa bouche. Après qu'elle ait bu quelques gorgées, Jason engloutit à son tour une partie de la bouteille avant de la poser à côté de lui.

— D'accord, d'accord. Ce que tu peux être impatient ! La mission est accomplie, Sutherland. Détends-toi, répondit calmement Tate.

Il se retourna ensuite vers ses instruments de navigation et remit son casque sur sa tête.

Tate ne tarda pas à faire décoller la machine qui s'éleva si vite dans le ciel que Hope eut l'impression d'avoir laissé son estomac au sol.

— Bon Dieu ! Il pilote ce truc comme si le diable était à nos trousses, se plaignit Jason.

— Tu l'as cherché, dit Hope en appuyant sa tête contre son épaule, sa bouche contre son oreille afin qu'il puisse l'entendre parler malgré le bruit de l'hélicoptère.

— Je suis déjà monté dans un hélicoptère avec lui, ajouta-t-elle.

Elle se souvenait encore de son vol d'évacuation. Tate n'était pas du genre à agir lentement. Il était méticuleux, précis, rapide et très brutal. Elle ne l'avait encore jamais vu en colère, mais elle ne doutait pas un seul instant qu'il puisse être une véritable arme de guerre derrière son sourire arrogant et son comportement taquin.

— Quand il t'a secourue ? demanda Jason, son corps tendu.

— Oui. Il semble repousser les limites de tout ce qu'il fait. Il pilotait exactement de la même manière quand il était dans les forces spéciales. Il est doué.

— Ça ne l'empêche pas d'être parfois un sacré enfoiré, rétorqua Jason avec fermeté.

— Il m'a sauvé la vie. Je crois qu'il a sauvé de nombreuses vies. Et rien que pour ça, je veux bien accepter son arrogance, déclara Hope.

— C'est quoi cette histoire de câlin ? demanda-t-il âprement.

Hope haussa les épaules.

— Je l'ai serré dans mes bras parce que j'étais heureuse de le voir et que je lui serai éternellement redevable. Il se croit irrésistible, répondit-elle.

Hope devait bien admettre que Tate était beau comme un Dieu. La petite fossette qui caractérisait son visage le rendait aussi fascinant que séduisant. Naturellement, son aura mystérieuse ainsi que sa personnalité faisaient de lui une tentation diabolique aux yeux de la plupart des femmes. Hope n'était pas comme la plupart des femmes et elle n'avait d'yeux que pour l'homme qui la serrait contre lui avec amour et protection, l'homme qui était descendu d'une falaise à mains nues pour la secourir.

Jason.

— Merci de ne plus serrer aucun autre homme que moi dans tes bras, exigea Jason.

Hope sourit.

— J'ai des frères.

— Ce sont les seuls à bénéficier d'une autorisation.

— Tate est venu nous chercher et il nous emmène à l'hôpital à une vitesse fulgurante, souligna Hope d'un ton taquin. Peut-être pourrai-je lui faire un petit bisou sur la joue ? demanda-t-elle.

Elle provoquait un animal sauvage, mais elle ne pouvait pas s'en empêcher. Plus Jason se montrait possessif, plus elle se sentait en sécurité, et Hope en avait bien besoin. Cela lui permettait un peu d'oublier sa cheville endolorie ainsi que la chaleur étouffante.

— Tu veux lui faire un bisou ? demanda Jason d'un air renfrogné.

— S'il te plaît. Juste pour le remercier, insista-t-elle.

— Non. Je ne veux pas voir tes lèvres ou ton corps s'approcher de Colter, répliqua-t-il fermement en resserrant ses bras autour d'elle. S'il hume ton parfum enivrant, il pourrait bien être séduit.

Amusée de constater que Jason la pensait irrésistible, elle répondit :

— Pour l'instant, je ne sens vraiment pas bon.

— Ça n'a pas d'importance, tu ne l'embrasseras pas, insista-t-il

— On verra, répondit-elle mystérieusement.

L'hélicoptère commença à perdre de l'altitude pour se préparer à l'atterrissage.

Agacé, Jason grogna et répondit :

— Pour l'instant, ta santé est la seule chose dont je me soucie. Et il semblerait que nous soyons arrivés à l'hôpital. Est-ce que tu as toujours mal ?

Hope hocha la tête. Sa cheville était saisie d'une douleur lancinante intolérable mais elle ne voulait pas que Jason sache à quel point elle souffrait.

— Je devrais m'en sortir.

— Je suis désolé, Hope. Tu ne peux pas t'imaginer combien je suis désolé, dit Jason d'une voix chargée de remords et de regrets.

Hope ouvrit la bouche pour répondre, pour essayer de l'apaiser un peu, mais la porte de l'hélicoptère s'ouvrit avant qu'elle n'ait le temps de dire quoi que ce soit. Les secouristes l'aidèrent à monter sur une civière qui l'attendait au pied de l'hélicoptère.

Lorsqu'elle fut installée, plusieurs soignants poussèrent la civière vers l'entrée du service des urgences. Un homme d'un certain âge lui posa une série de questions, ce qui la poussa à détourner son attention de Jason.

Hope fut immédiatement envoyée en radiologie, et tandis qu'elle s'éloignait de Jason, elle lui adressa un sourire pour essayer de le rassurer.

Peut-être qu'elle le forcerait à se mettre à genoux pour implorer son pardon, mais elle ne doutait pas un seul instant que l'amour de Jason Sutherland était bien réel. Sa descente suicidaire le long d'une falaise était une preuve on ne peut plus suffisante de cet amour. Hope avait eu l'occasion de penser à tout ce qui s'était passé depuis leur arrivée à Rocky Springs. Oui, Jason lui avait menti. Oui, il s'était parfois comporté comme un salaud au cœur de pierre. Mais sa bienveillance et sa tendresse avaient toujours été là.

Hope resta aux urgences pendant des heures. À son retour, Jason l'attendait pour ne plus jamais la quitter.

Chapitre 14

Le lendemain, Hope reçut un appel téléphonique de chacun de ses frères, tous furieux contre Jason. Après avoir reçu l'appel de Grady, le dernier de ses frères à l'avoir contactée, Hope en avait fini de les entendre détruire Jason verbalement.

Elle était désormais de retour à la maison d'hôtes, au lit, sa cheville surélevée. Les examens avaient permis de révéler qu'il s'agissait d'une grosse entorse et non d'une fracture. Sa cheville était déjà moins enflée grâce à la glace et aux médicaments anti-inflammatoires, et tant qu'elle n'essayait pas de s'appuyer sur son pied droit, la douleur était presque inexistante. Hope ne tarderait probablement pas à retrouver toute sa mobilité. Sa cheville avait juste besoin d'un peu de temps pour guérir.

Jason était à ses petits soins. Il ne la quittait plus des yeux et lui apportait tout ce qu'elle désirait et tout ce dont elle avait besoin. Il se tenait maintenant au pied de son lit et la regardait d'un air renfrogné alors qu'elle était au téléphone avec Grady.

— Je te jure que je vais lui faire avaler ses couilles quand je vais le voir. Emily fait les valises. On arrive, lui dit Grady d'un ton bourru.

Hope soupira. Elle avait déjà expliqué à chacun de ses frères que Jason prenait soin d'elle et qu'elle n'avait besoin de rien.

Grady était le plus têtu de tous, probablement parce qu'il était aussi le plus proche de Jason et qu'il avait un sentiment de trahison.

— Laisse ses testicules tranquilles, lui dit-elle calmement.

— Il t'a menti, dit Grady avec rage. Il t'a manipulée.

— Moi aussi je lui ai menti, Grady, dit-elle à son frère.

Le téléphone à l'oreille et le dos appuyé contre la tête de lit, son regard croisa celui de Jason. Ils n'avaient pas encore eu l'occasion de discuter de quoi que ce soit. Prendre soin d'elle était la priorité de Jason.

— Tout ne s'est pas passé comme je l'aurais voulu. Mais je l'aime et je veux que ce mariage dure pour toujours. . .

Jason se redressa et la regarda en plissant les yeux.

— Oui, Jason a dit exactement la même chose, il dit qu'il t'aime. Mais la façon dont il t'a poussée à l'épouser ne me plaît pas, grommela Grady à l'autre bout du fil.

— Il a dit ça ? demanda-t-elle.

Le cœur de Hope sursauta. Devant elle, Jason acquiesça d'un hochement de tête, ses yeux brillants et intenses.

— Oui, confirma Grady. Je suis inquiet, Hope. Je veux juste que tu sois heureuse.

— Je le suis, répondit-elle alors que les larmes lui montaient aux yeux.

Tous ses frères avaient exprimé leur inquiétude, et ils étaient sincères. Hope n'avait peut-être pas su être proche d'eux, mais elle voulait que cela change.

— Je t'aime, Grady. Je suis si contente que tu aies Emily. Je suis tout aussi heureuse avec Jason que toi avec Emily, lui dit-elle d'un ton rassurant.

— Tu es ma petite sœur. C'est mon rôle de m'inquiéter, répondit Grady d'une voix grave et émotive. Et je t'aime aussi, Hope. Je veux simplement m'assurer que tu épouses le bon.

— C'est le cas. J'ai épousé l'homme parfait pour moi. Je sais que tu es en colère contre Jason, mais tu le connais. Il a risqué sa vie pour me secourir alors que je n'avais qu'une simple entorse à la cheville. Crois-tu vraiment qu'il me ferait souffrir de façon intentionnelle ?

J'aime penser que son mensonge vient de son désir fou d'être avec moi, dit-elle avec provocation.

Jason acquiesça à nouveau, cette fois avec insistance, ses yeux rivés aux siens.

— Par pitié. Je ne veux pas entendre parler de la vie sexuelle de ma petite sœur avec l'un de mes meilleurs amis, même si je sais parfaitement ce qu'il ressent, s'empressa de dire Grady. Dis-moi juste une fois de plus, sans mentir, que tu vas bien.

— Je vais plus que bien, répondit-elle. Je suis amoureuse de Jason.

Jason semblait stupéfait, comme s'il était émerveillé de l'entendre dire cela.

— Dis-lui qu'il a de la chance qu'on ne vienne pas tous ensemble pour lui botter les fesses, grogna Grady.

— Je ne vous laisserai pas le toucher. J'aime son beau visage et ses jolies petites fesses telles qu'elles sont, merci, rétorqua-t-elle.

— Épargne-moi les détails, insista Grady.

Hope ne put s'empêcher de rire.

— Passe le bonjour à Emily, dit Hope.

— Ce sera fait, répondit son frère. Appelle-moi demain. Je veux avoir de tes nouvelles tous les jours, sinon je viendrai vérifier par moi-même.

— Je t'appellerai, dit-elle.

Ils se dirent au revoir, puis Hope raccrocha.

Jason s'approcha lentement d'elle, la débarrassa du téléphone et se mit à genoux à côté du lit.

— Le pensais-tu vraiment ? demanda-t-il d'une voix hésitante.

— Oui, répondit-elle en le regardant droit dans les yeux.

Les larmes de Hope coulaient désormais sur ses joues.

— Et toi ?

— Oui. Je t'aime plus que tout au monde, Hope, répondit-il en prenant sa main pour glisser ses doigts entre les siens. Si je le pouvais, je changerais la façon dont s'est déroulé notre mariage. D'un autre côté, je n'arrive pas à regretter de t'avoir épousée. Je veux être à tes côtés. Je t'aime trop. Peux-tu me pardonner ? demanda-t-il d'une voix qui semblait sur le point de craquer sous le poids de l'émotion.

Hope se souvint qu'elle voulait le pousser à implorer son pardon à genoux, elle lui demanda :

— À quel point veux-tu que je te pardonne ?

En réalité, elle lui avait déjà tout pardonné, mais elle n'était pas encore prête à le lui avouer.

— J'en ai suffisamment envie pour passer le reste de ma vie à racheter mes erreurs. Tu passeras toujours en premier dans ma vie, ma chérie. Et plus jamais je ne te mentirai.

— Pourquoi as-tu fait ça ?

Jason grimaça.

— Exactement pour la raison que tu as donné à Grady. J'étais complètement fou de toi. Quand j'ai appris que tu étais sur le point de te marier, j'ai décidé que je ne pouvais pas te laisser épouser quiconque autre que moi.

— Avais-tu l'intention de me dire la vérité ? demanda-t-elle avec curiosité.

— Oui. Je n'aurais pas pu vivre avec ce mensonge. J'avais l'intention de t'en parler dès mon retour du centre-ville. Voilà pourquoi j'avais acheté des fleurs, dit-il en hochant la tête en diction du gros bouquet dans un vase posé sur la commode de la chambre. . .

— Tu avais l'intention de me soudoyer pour que je te pardonne ? demanda-t-elle en se pinçant les lèvres pour s'empêcher de sourire. Jason semblait si désespéré. Hope ne voulait pas qu'il pense qu'elle se moquait de lui.

— Non. Je voulais juste te faire plaisir, répondit-il avec sincérité.

Hope sécha ses larmes. La tristesse manifeste de Jason lui brisait le cœur.

— Les fleurs sont magnifiques. Merci.

— J'ai acheté deux ou trois autres petites choses, dit-il en se levant pour sortir un grand sac du placard.

Il en sortit d'abord une petite boîte.

— J'espère que ça va te plaire.

Hope prit le petit écrin entre ses mains et constata que celui-ci provenait de la même bijouterie que leurs alliances. Elle ouvrit le couvercle et découvrit un magnifique pendentif posé sur un coussin de velours rouge. Celui-ci n'avait rien d'ostentatoire, mais il était magnifique. Le cœur qu'il représentait était un beau symbole d'amour.

— C'est magnifique, dit-elle avec émerveillement.

Jason n'avait pas choisi le plus gros et le plus spectaculaire des bijoux. Il avait fait un choix raffiné et hautement symbolique.

Jason aida Hope à le mettre autour de son cou, puis il alla chercher un petit miroir pour qu'elle puisse se voir.

— Je voulais t'offrir quelque chose que tu puisses porter tous les jours. Je voulais que mon cœur soit toujours avec toi. L'émeraude me rappelle la couleur de tes yeux. J'aurai toujours le temps de t'offrir quelque chose de plus gros, lui dit-il avec hésitation.

— Oh que non, dit-elle en lui prenant la main. Je l'adore. Je ne le quitterai jamais. Et je ne veux rien de plus.

— On verra, répliqua Jason avec un sourire malicieux.

Il lui tendit ensuite le sac.

— J'espère que ça va te plaire.

Hope regarda dans le sac et eut le souffle coupé en découvrant son deuxième cadeau. Il s'agissait d'un appareil photo haut de gamme pouvant être utilisé sous l'eau.

— Je n'arrive pas à y croire. Je n'ai encore jamais pris de photos sous l'eau.

— J'avais dans l'espoir que tu pourrais essayer, au moins quand on sera sur mon bateau. Je pense que tu devrais aimer la plongée en apnée. Avec ton sens de la couleur, tu adorerais faire des photos sous l'eau aux Bahamas.

Hope sourit et croisa les bras.

— Tu t'entêtes à appeler cela un bateau. Quelle est la taille exacte de ce bateau ?

— Il n'est pas vraiment petit. Il mesure environ soixante-dix pieds, avec des cabines incroyablement confortables, avoua Jason avec un soupçon de honte. C'est grand, mais pas gigantesque.

Hope éclata de rire.

— Jason, c'est absolument gigantesque.

— Je l'ai baptisé en pensant à toi, avoua-t-il. Ce n'était pas une coïncidence. Je ne pouvais pas mettre ce nom sur n'importe quel bateau.

Jason n'achèterait pas n'importe quel bateau. Il était milliardaire et il avait un goût prononcé pour tout ce qui se faisait de mieux. Hope était amusée par le fait qu'il ne considère pas son bateau comme un yacht, mais elle était touchée et surprise qu'il l'ait baptisé *Sutherland's Hope* en pensant à elle.

— Tu as vraiment baptisé ton bateau en pensant à moi ? demanda-t-elle timidement. Pourquoi ?

Jason s'approcha d'elle et s'assit très délicatement sur le lit afin de ne pas bousculer sa cheville. Il appuya son dos contre la tête de lit, puis il glissa son bras autour de ses épaules afin qu'elle puisse poser sa tête contre son buste.

— Je suis probablement amoureux de toi depuis que tu as dix-huit ans, expliqua-t-il pensivement tout en caressant ses cheveux. J'ai toujours été fou de toi. Chaque fois que je te voyais depuis cette soirée de remise de diplômes, c'était une souffrance, et je crois qu'après les fêtes de fin d'années, j'ai perdu la tête. Tu étais enfin célibataire. Plus de petits amis à l'horizon. Même si tu étais la sœur de Grady, je ne pouvais pas continuer à ignorer l'attirance que j'avais pour toi. J'étais dévasté de me retrouver seul quand je me suis réveillé après notre nuit ensemble. Et j'étais détruit en apprenant que tu étais sur le point de te marier.

Jason poussa un long soupir masculin, puis reprit :

— Ce que tu as dit à Grady est vrai. J'étais prêt à tout pour être avec toi et je refusais de te voir épouser un autre homme. Je ne pensais pas aux conséquences, Hope. J'étais hanté par l'idée que quelqu'un d'autre puisse te toucher. Quand Tate m'a proposé son plan fou, j'ai accepté volontiers. J'étais prêt à tout pour être avec toi, même être confronté à ta colère. Je craignais que tu sois malheureuse en épousant un homme qui ne te correspondait pas, mais je dois avouer que ma motivation était principalement égoïste. Je ne pensais qu'à moi.

Hope était terrassée. Pendant toutes ces années, elle ne s'était jamais rendu compte que Jason ressentait exactement les mêmes choses qu'elle.

— Est-ce tu te souviens du mariage ? demanda-t-elle.

— Bien sûr. J'ai choisi les alliances. J'avais prévu de te faire boire pour pouvoir t'épouser. Je ne veux plus te mentir à ce sujet, dit-il. Je me disais que je te laisserais filer une fois que nous aurions tous deux passé un bon moment, mais c'était bien naïf de ma part. Il m'a fallu un certain temps pour m'en rendre compte. J'étais en colère que tu décides d'épouser un autre homme après ce qui s'est passé entre nous le soir du Nouvel An.

— Mon futur mari n'était même pas réel.

— Je ne le savais pas encore, dit-il.

— Comment s'est passé le mariage ? demanda Hope.

— Pour moi, c'était le plus beau jour de ma vie, même si tu étais ivre. J'ai passé la bague à ton doigt, et voilà que tu étais mienne après des années de torture. C'est horriblement égoïste, mais c'est la vérité. La cérémonie n'a pas duré très longtemps. Tate était mon témoin et j'ai trouvé une jeune femme pour être la tienne. Je suis désolé. Tu mérites mieux. Nous pouvons organiser une nouvelle cérémonie, une vraie, expliqua-t-il sans jamais cesser de caresser le dos et les épaules de Hope avec tendresse.

— Je ne pense pas que le mariage soit si important. Seule la vie que nous avons après compte, lui dit-elle.

Hope se fichait pas mal de la cérémonie de mariage, tant que tout était légal. Sa place était avec lui et il n'y avait que leur vie commune à partir d'aujourd'hui qui avait de l'importance.

— J'ai toujours ressenti la même chose pour toi. C'est pour cette raison que j'étais toujours vierge quand j'ai été violée. Personne ne t'arrivait à la cheville.

— Il y a longtemps que j'aurais dû t'avouer mes sentiments, grogna Jason avec dégoût.

— Nous ne pouvons pas changer le passé, Jason. Alors pouvons-nous juste nous concentrer sur l'avenir ? demanda-t-elle.

Maintenant qu'ils étaient ensemble, Hope ne voulait plus penser au passé. Ils ne pouvaient pas refaire l'histoire, revenir en arrière et tout recommencer. Toutefois, ils pouvaient désormais avoir une vie commune épanouie.

— Je t'aime, dit-elle en poussant un soupir de bonheur. Et je t'ai toujours attendu.

— Moi aussi, ma petite pêche, répondit-il en déposant un doux baiser sur son front. Je suis désolé de t'avoir menti. Est-ce que tu acceptes de me pardonner ?

— Je ne pense pas avoir le choix, dit-elle en essayant de paraître contrariée. Je t'aime maintenant. Et tu m'as rendu accro à toi.

— Chérie, je suis accro depuis que tu as dix-huit ans. Je t'aime. Pardonne-moi. S'il te plaît, supplia-t-il gravement. Si tu ne me pardonnes pas, cela pourrait bien me tuer.

— D'accord, dit-elle d'un air rêveur.

Il était difficile de résister à un Jason accablé de remords. De surcroît, il s'était suffisamment excusé. Hope voulait simplement l'aimer et être aimée en retour.

— Je suis décidément une fille facile.

— Tu es tout sauf une fille facile. Il m'a fallu des années pour te conquérir, remarqua Jason. Et maintenant, je vais passer mon temps à m'inquiéter avec la carrière que tu mènes. Je dois bien avouer que je suis à la fois admiratif et craintif face à ton intrépidité.

— Je ne suis pas intrépide. Et je n'ai plus l'intention de chasser les tempêtes, précisa-t-elle.

Hope avait pris sa décision après avoir parlé à Tate.

— Quand j'ai débuté dans ce domaine, j'étais excitée comme une puce. Je voulais me faire un nom dans le milieu et j'adorais l'adrénaline que cela me procurait. Après avec été...enlevée, j'ai dû retourner sur le terrain pour me prouver quelque chose. Tu avais raison de dire que je n'avais rien à prouver à un homme mort. En fait, je ne pense pas avoir passé ces dernières années à vaincre mes peurs. J'y étais déjà parvenu. J'étais juste déconnectée et solitaire et je ne connaissais rien d'autre. Le fait de mentir à ma famille m'a éloignée de mes frères et j'avais pris l'habitude de tenir tout le monde à distance. Je ne veux plus faire ça, conclut-elle.

— Dieu merci, lâcha Jason avec emphase. Plus sérieusement, je ne veux pas que tu arrêtes de faire quelque chose qui te plaît. Mais si tu n'en as plus envie, je dois bien t'avouer que je serais aux anges.

Hope se mit à rire.

— Pas d'inquiétude, je préfère me concentrer sur les photos de paysages et d'animaux sauvages, et pourquoi pas m'essayer à la photographie sous-marine. Je serai toujours une amoureuse des tempêtes, mais je pense que je les chassais pour les mauvaises raisons. Je ne connaissais rien d'autre que la solitude.

— ça, c'est terminé, ma douce. Je suis là maintenant. Et tu peux te rapprocher de tes frères maintenant que tu n'as plus rien à cacher.

— Oui, j'ai bien l'intention de me rapprocher de mes frères, répondit-elle joyeusement. Crois-tu que je devrais tout leur dire ?

— C'est à toi de voir, bébé. Quoi que tu fasses, je te soutiendrai. Mais tu dois faire ces choses pour toi, et non pour tes frères.

— Peut-être qu'un jour je leur dirai tout. Pour l'instant, je veux juste passer du bon temps avec mon mari et voir ce que ça fait de ne plus être seule, dit-elle.

— Moi aussi, dit-il en jouant avec une mèche de ses cheveux entre ses doigts. J'ai passé beaucoup trop de temps sans toi, tourmenté et morose.

— À occuper ton temps avec des œuvres caritatives ? demanda-t-elle avec curiosité.

— À vrai dire, oui. Je fais encore mon travail habituel, mais je pense avoir trouvé plus de satisfaction en créant cette association pour les femmes battues que dans tout ce que je n'ai jamais fait. Tate a dû t'en parler.

— Oui. Et je te trouve admirable, Jason Sutherland. Puis-je faire un don ? Je suis maintenant mariée à un homme très riche, l'argent n'est donc plus une inquiétude pour moi, le taquina-t-elle.

— Garde ton argent, conseilla-t-il. J'ai fait un don assez conséquent pour nous deux. Place ton argent dans des investissements sûrs pour nos enfants.

Hope sentit sa fréquence cardiaque monter en flèche.

— Allons-nous avoir des enfants ?

— J'espère bien que oui, répondit-il sans hésiter. J'aimerais beaucoup avoir une jolie petite fille qui ressemble à sa mère.

— Je ne pensais pas avoir des enfants, mais j'aimerais en avoir un jour, dit-elle.

Hope adorait les enfants, mais elle ne pensait pas un jour être aussi intime avec un homme.

— Est-ce que tu connais un bon conseiller en gestion de patrimoine qui pourrait m'aider à faire fructifier mon argent pour mes futurs enfants ?

— Je connais le meilleur de tous, dit-il avec orgueil.

Hope rit joyeusement et lui caressa le visage avec amour.

— Je n'en doute pas, murmura-t-elle en se penchant pour lui embrasser tendrement les lèvres.

Lorsque Jason lui rendit son baiser avec une douce affection qui lui donnait le sentiment d'être désirée, Hope eut la sensation que son cœur gonflait dans sa poitrine.

— Possède-t-il un bateau afin que je puisse essayer la photographie sous-marine ? Il pourrait bien être l'homme de mes rêves, lui dit-elle, ses lèvres désormais à quelques centimètres ses siennes.

— Bébé, je ne sais pas si je faisais partie de tes rêves, mais j'ai souvent rêvé de toi, et je peux te confirmer que je suis ton homme. Et je le serai toujours, lui dit-il avec autorité.

Hope pouvait sentir la chaleur de son souffle lui caresser les lèvres. Elle se figea un instant afin de savourer l'intimité torride de sa possessivité.

— Je crois que tu as raison. Tu es parfait, sourit-elle avant de lui offrir un nouveau baiser qui ne lui laisserait aucun doute quant à l'amour qu'elle pouvait avoir pour lui.

Jason ne put s'empêcher de pousser un grognement étranglé, le son victorieux d'un homme ayant obtenu tout ce qu'il désirait...et plus encore.

Une semaine plus tard, Hope entra dans la chambre en boitant, curieuse de découvrir d'où venait le bruit qu'elle entendait depuis le salon. Elle travaillait sur son ordinateur, mais les coups incessants provenant de la chambre l'avaient intriguée.

Sa cheville allait bien mieux mais Jason passait son temps à la porter. À ce rythme, il la porterait comme un bébé pour le restant de ses jours. Hope n'avait rien contre le fait qu'il prenne soin d'elle, mais elle mourrait d'envie de baisser sa culotte chaque fois qu'elle le regardait. Malheureusement, Jason n'était pas dans le même état d'esprit. Il avait trop peur de lui faire mal à la cheville, il ne lui offrait rien d'autre que de doux baisers et il la manipulait comme si elle était aussi fragile que du verre soufflé.

Dieu qu'elle l'aimait. Jason s'occupait complètement d'elle, mais à ce stade, elle voulait qu'il la touche et qu'il la prenne avant qu'elle ne meure de frustration.

Ils avaient prévu de retourner à New York dès le lendemain, Jason ayant besoin de s'y rendre pour son travail. Il craignait que Hope ne soit malheureuse dans cette grande ville, mais elle lui avait assuré qu'elle serait parfaitement satisfaite tant qu'ils étaient ensemble. Jason avait un travail et des responsabilités et Hope ne voyait aucun inconvénient à vivre dans son luxueux appartement pendant un certain temps. Jason avait décidé qu'il ne voulait pas y vivre de façon définitive, ce qui convenait également à Hope. À vrai dire, elle le suivrait à peu près n'importe où. Elle avait toujours son appartement à Aspen ainsi que sa charmante petite maison à Amesport, dans la Maine, où ils pouvaient s'évader. Hope avait dans l'idée de ne se rendre à New York que pour le travail et de s'installer à Amesport avec Jason.

Elle était très enthousiaste de se rapprocher de Grady. Hope adorait Emily et elle savait qu'elle n'aurait aucune difficulté à se faire de nouveaux amis à Amesport avec son aide. Elle était donc prête à y vivre la majeure partie de l'année, une fois que Jason aurait terminé ce qu'il avait à faire à New York. Quelque chose lui disait que Jason apprécierait également de se rapprocher de sa mère et de Grady.

Une fois dans la chambre, ses pieds en contact avec la moquette moelleuse, elle jeta un coup d'œil dans la salle de bain attenante. Jason se tenait devant le miroir de la salle de bain qu'il remettait à sa place.

— Alors comme ça on se débarrasse des preuves compromettantes? demanda-t-elle.

— Qu'est-ce que tu fais debout ? demanda-t-il en se tournant vers elle avec un regard sévère.

— J'ai besoin de marcher de temps en temps et je peux enfin m'appuyer sur ma cheville sans avoir mal, répondit-elle.

Elle examina le miroir, puis elle se dirigea vers le lit pour regarder au-dessus du baldaquin.

— Il n'y a aucune trace. Comme s'il ne s'était rien passé, rit-elle.

— Je t'avais bien dit que j'étais bon bricoleur, lui rappela-t-il en se plaçant derrière elle pour enrouler ses bras autour de sa taille.

Hope se retourna et passa ses bras à son cou.

— Quel homme aux multiples talents. Tu es doué pour beaucoup de choses.

Tu es doué pour me faire jouir. S'il te plaît, fais-moi jouir immédiatement.

Sa patience étant épuisée, Hope prit l'initiative de déboutonner la chemise que portait Jason.

— Hope. C'est trop tôt, grogna-t-il en saisissant ses mains baladeuses. Je ne veux pas te faire mal.

— Je suis déjà en souffrance, dit-elle en plaçant la main de Jason entre ses cuisses. Et tu es la seule personne capable de guérir ce mal. Prends-moi, Jason. Je n'en peux plus d'attendre.

— Bon sang, gronda-t-il. Je ressens la même chose, Hope.

Hope caressa son érection à travers le tissu son jean.

— Je peux le constater, murmura-t-elle avec séduction. Je peux m'en occuper. S'il te plaît, insista-t-elle en ôtant sa main de celle de Jason pour finir de déboutonner sa chemise. Je vais bien. Mais j'ai envie de toi.

Jason glissa ses doigts dans sa chevelure.

— J'aime quand tu me parles comme ça, mais je ne veux pas te prendre. Je veux plutôt te faire l'amour, bébé.

— Moi aussi, confia-t-elle.

La chemise de Jason maintenant entièrement ouverte, elle déposa une série de baisers mouillés sur son torse.

— Je veux te toucher.

Jason laissa la chemise glisser le long de ses bras tout en émettant un grognement d'animal.

— Alors, touche-moi. Mais si je te fais mal, préviens-moi.

Elle sentit un ruissellement entre ses cuisses en glissant ses mains le long de son buste musclé, sur ses biceps volumineux, puis dans son dos. Hope tremblait déjà tant son envie de le sentir en elle était intense.

Elle porta ses mains à sa taille et ses doigts tâtonnèrent un bref instant avec les boutons de son jean. Jason se débarrassa de son pantalon ainsi que de ses sous-vêtements, puis il saisit le bas du t-shirt que portait Hope. Elle leva les bras docilement, prête à être nue et impatiente de sentir sa peau contre la sienne.

— J'ai l'impression qu'il y a une éternité que nous n'avons pas fait ça, se plaignit-elle.

— Je sais, dit-il simplement. Cela ne fait pourtant qu'une semaine.

Hope tira sur le cordon de son short, puis elle agita ses hanches afin de faire glisser le vêtement ainsi que sa culotte le long de ses jambes. Jason s'accroupit pour l'aider à ôter le textile de ses chevilles avec précaution.

Il se redressa, la souleva et la déposa sur le lit tout en douceur.

— J'ai enlevé le miroir, se souvint-il soudain en se positionnant entre ses cuisses ouvertes.

Hope enroula ses bras autour de son cou.

— Je n'en ai pas besoin. Tu le sais bien. Fais-moi l'amour comme bon te semble, Jason. J'ai besoin de te sentir en moi.

Hope frémit en sentant son corps sur le sien, puis un sentiment de soulagement s'empara d'elle. La pilosité de son torse frottait contre ses mamelons dressés et sensibles.

Hope poussa un soupir d'exaltation. La chaleur et l'odeur de Jason attisèrent son désir. Elle glissa ses mains dans les cheveux de Jason.

— Je t'aime, haleta-t-elle.

Jason agrippa ses cheveux et glissa ses lèvres sur la peau délicate de son cou

— Je t'aime, répondit-il, son visage enfoui dans son cou.

Jason prit son temps, il couvrit ses épaules de baisers, puis ses seins. Il prit un de ses mamelons durcis entre ses lèvres et le vénéra avec sa bouche avant de rendre hommage à son voisin. Hope gémit et maintint sa tête contre sa poitrine, désireuse de le pousser à continuer.

— Jason. S'il te plaît, souffla-t-elle.

Hope n'allait pas pouvoir supporter ce petit jeu très longtemps.

Jason se redressa prudemment, son regard tempétueux et avide examina son visage, puis il posa sa bouche sur la sienne.

Hope lui rendit son baiser avec tout autant de passion que lui, ses mains caressant son dos de haut en bas. Elle ne put s'empêcher de gémir d'extase en étant dans cette position intime avec lui. Hope enroula ses jambes autour de ses hanches, désireuse de s'unir à Jason.

Jason arracha sa bouche de la sienne.

— Doucement, bébé, pantela-t-il.

Jason plaqua ses mains au-dessus de sa tête contre le matelas, puis il la regarda avec possessivité, ses yeux bleus tourbillonnants d'envie. — Tu es à moi. Tu m'appartiens, dit-il d'un ton à la fois lubrique et émerveillé.

— Pour toujours, murmura Hope. Fais-moi l'amour, Jason, ajouta-t-elle.

Elle adorait son attitude dominante au lit. Cela ne faisait qu'intensifier son désir, à tel point qu'elle avait l'impression que son corps pouvait s'embraser à tout moment.

Il maintint ses poignets immobiles d'une seule main et glissa sa main libre entre leurs corps torrides pour atteindre les plis trempés de sa vulve, sans tarder à trouver son clitoris.

— Tu es si réactive, si mouillée, rien que pour moi.

— Rien que pour toi, acquiesça-t-elle.

— J'aime la façon dont ton corps réagit au mien, murmura-t-il contre son oreille, son souffle chaud.

Hope gémit bruyamment en sentant ses caresses circulaires sur son clitoris. Jason lâcha ses poignets pour placer ses mains sous ses fesses.

Hope glissa ses ongles dans son dos et appuya ses talons contre ses fesses pour le pousser à agir.

— Oui, laisse tes marques sur mon corps, grogna-t-il. Dieu que c'est bon. Fais de moi ta propriété, Hope. J'ai toujours été à toi.

Hope cria son nom lorsqu'il s'enfouit puissamment et intégralement en elle.

— Oui, hurla-t-elle en enfonçant ses ongles dans son dos. Oh, Jason, encore.

Il se retira d'elle avant de replonger en un mouvement tout aussi vigoureux que le premier, le tout sans ôter ses mains de ses fesses afin de la maintenir bien en place.

Hope gémit et toucha chaque centimètre carré de peau que ses doigts purent trouver.

Jason intensifia ses mouvements, sans oublier de stimuler son clitoris.

— Oui. Continue, supplia-t-elle.

Son corps se mit à trembler et un tourbillon de chaleur lui traversa le corps pour finir sa course dans son bas ventre.

— Je t'aime, bébé. Jouis pour moi, exigea-t-il.

Il la pénétrait désormais plus fort, plus vite, plus profondément. Jason se pencha pour capturer sa bouche avec la sienne.

Je t'aime. Je t'aime. Je t'aime.

Il n'y eut qu'une seule pensée dans son esprit lorsque son orgasme s'empara d'elle. Elle s'agrippa à Jason tandis que son vagin se serrait autour de lui. Elle gémit dans sa bouche et sentit les vibrations de son grognement de jouissance.

Jason ne rompit pas le mouvement. Il continua un instant et trouva bientôt sa propre libération.

Il rompit leur baiser, mais il resta parfaitement immobile, comme s'il ne voulait plus jamais être séparé d'elle. Tous deux essayèrent de reprendre leur souffle. Hope pouvait sentir les battements de son cœur contre ses seins.

— Oh, non. Je suis trop lourd pour toi, dit Jason.

Il se laissa rouler sur le côté et emporta Hope avec lui afin que ce soit elle qui repose sur son corps.

— Ta cheville, ça va ?

Hope ne sentait même plus sa cheville. Son corps était parfaitement détendu et son esprit en paix.

— Oui, tout va bien, répondit-elle en lui caressant la joue.

Elle se sentait accablée par ses émotions.

— Je t'aime tellement, dit-elle avec la gorge serrée, des larmes coulaient sur ses joues.

— Ma douce, qu'est-ce qui se passe ? demanda Jason en sortant subitement de son euphorie.

Il prit son visage entre ses mains afin de mieux la regarder.

— Je suis heureuse, sanglota-t-elle. Je suis si heureuse. Je ne pensais pas que c'était possible, dit-elle.

Avant de se rapprocher de Jason, le sexe n'était pour elle qu'un acte violent.

— Tu es merveilleux, ajouta-t-elle.

Jason essuya doucement ses larmes et l'incita à poser sa tête sur son torse.

— Ça devrait toujours être comme cela. Ce que tu as vécu me tord les tripes, Hope, lui dit-il d'une voix chargée de douleur.

Hope releva la tête et le regarda tendrement.

— Ne fais pas ça. Ne pense pas au passé. Pense seulement à notre bonheur actuel. Je suis heureuse d'avoir survécu, sinon je n'aurais jamais connu ça. Je n'aurais pas eu la chance d'être avec toi.

— J'aurais aimé être dans ta vie pour que tu n'aies pas à subir une chose pareille, répondit-il.

Hope savait que Jason aurait besoin de temps pour ne plus y penser tous les jours.

— C'est du passé. Grâce à toi, je suis une autre femme, bien différente de celle que j'étais il y a encore quelques semaines.

— Tu as toujours été la même, Hope. Et tu as toujours été à moi, dit-il en resserrant ses bras autour d'elle.

Hope sentit son corps massif frémir contre le sien.

Elle était optimiste et savait que Jason finirait par tourner la page et oublier ce qu'elle avait vécu. Pour elle, l'amélioration était quotidienne. L'expérience traumatisante quittait peu à peu son esprit pour laisser place à ses souvenirs avec Jason. Hope n'hésiterait pas à lui rappeler tous les jours qu'il la rendait heureuse, qu'elle l'aimait, et le souvenir de cet horrible accident finirait par s'estomper. Il ne pouvait en être autrement. Personne ne pouvait éprouver autant de joie sans que cela ne chasse les mauvais souvenirs.

— Tu as raison. J'ai toujours été à toi, confirma-t-elle, son cœur enflé d'amour.

Si elle devait être parfaitement honnête, il y avait longtemps que Jason avait capturé son cœur. D'abord en tant que jeune garçon super héros, puis en tant qu'homme. Hope n'avait jamais vraiment cru au destin, mais depuis son enfance, elle avait pourtant le sentiment qu'ils étaient faits l'un pour l'autre. Elle avait juste besoin d'un peu de temps pour grandir.

— Je suis contente d'avoir grandi, dit-elle dans en soupir heureux.

— Dieu merci, moi aussi, acquiesça Jason. Je n'en pouvais plus d'attendre.

— Tu aurais pu épouser une autre femme, le taquina-t-elle.

— Il n'y a aucune autre femme pour moi, grogna-t-il en glissant délicatement ses doigts dans ses cheveux.

Ils restèrent ainsi pendant un très long moment. Allongés là, célébrant la joie d'être ensemble et se réjouissant de leur avenir commun. Ils murmurèrent leur amour et guérirent les vieilles blessures qui les avaient séparés.

Le lendemain, en quittant Rocky Springs, Hope eut *enfin* l'occasion d'embrasser Tate sur la joue pour le remercier de tout ce qu'il avait fait pour elle. Il pouvait parfois se montrer excessivement orgueilleux, mais il avait un cœur d'or sous sa carapace de mâle dominant.

— J'espère que Tate trouvera un jour quelqu'un de bien, déclara-t-elle pensivement en se dirigeant vers le jet privé de Jason.

— Oh, moi aussi, ma chérie. Et j'espère qu'elle lui fera vivre un véritable enfer avant de lui offrir son amour. Enfoiré d'arrogant, grogna Jason.

Hope sourit et s'avança vers l'avion en tenant la main de Jason.

— Ce n'est vraiment pas gentil de dire une chose pareille, dit-elle en lui frappant joyeusement le bras.

Elle savait que Jason adorait et respectait Tate, mais cela ne l'avait pas empêché de grimacer en voyant Hope serrer le bel homme blond dans ses bras.

— Ce n'est peut-être pas gentil, mais j'ai hâte que cela se produise, dit-il avec un sourire satisfait.

Hope sourit. Elle ne pouvait s'en empêcher. Elle avait été élevée avec quatre frères qui passaient leur temps à se martyriser les uns et les autres, mais cela ne les empêchait pas de s'aimer. Tate avait beau agacer Jason au plus haut point, Hope savait qu'ils s'adoraient.

— Tout allait bien jusqu'à ce que tu l'embrasses, l'accusa-t-il en l'aidant à monter à bord de l'appareil.

— Il a simplement eu un petit bisou sur la joue. Tu as droit à bien plus que cela, remarqua-t-elle avec un sourire séducteur.

— Prouve-le, dit-il en la suivant à bord de l'avion.

— Tu peux y compter, répondit-elle sans hésiter.

— Sans tarder, grogna Jason.

Hope se contenta de rire. Une fois l'avion dans les airs en direction de New York, elle s'empressa de le lui prouver. Le vol fut très... agréable.

Épilogue

Deux semaines plus tard.

Jason regardait Hope, assise à la proue du yacht. Oui, il qualifiait maintenant son navire de yacht. Sa femme ne méritait rien de moins. Il était émerveillé devant la beauté et le bonheur manifeste de son épouse. Bonheur qu'il partageait rien qu'en la contemplant. Elle était devenue le centre de son univers et le rendait si heureux que c'en était presque terrifiant.

Hope était montée à bord du yacht avec beaucoup d'enthousiasme, impatiente de prendre la mer. En la regardant, Jason savait qu'elle deviendrait tout aussi accro à l'océan que lui. Elle avait déjà commencé à prendre des photos de tout ce qu'elle voyait.

Ses cheveux détachés flottaient sauvagement sous l'effet de la brise maritime, la rendant plus sexy que jamais.

— Est-ce que tu t'amuses bien ? demanda-t-il en allant s'asseoir à côté d'elle.

— C'est incroyable. Merci de m'avoir emmenée ici, répondit-elle avec excitation.

Jason n'avait même pas envisagé de revenir ici sans elle. Il ne pouvait plus passer un jour loin d'elle sans ressentir un manque intolérable.

La veille, ils avaient rendu visite à la maman de Jason qui était ravie à l'idée que Hope fasse désormais partie de la famille. Sa mère avait toujours adoré les Sinclair, mais elle avait un faible pour la jeune fille qui n'avait jamais vraiment eu de mère pour la guider et dont le père était un ivrogne aussi violent qu'inutile. C'est donc comme un membre de la famille qu'elle accueillit Hope. Sa joie d'être traitée et adorée comme si elle était sa propre fille n'avait pas échappé à Jason.

— Je suis content que ça te plaise, lui dit-il simplement en déposant un baiser sur son front.

— J'adore être ici. J'ai déjà pris de belles photos.

Jason sourit. Il espérait pouvoir lui proposer une autre activité une fois qu'ils seraient au large.

— Je ne t'ai pas encore montré les cabines.

Hope le regarda avec un sourire en coin.

— Tu ne penses donc qu'à ça ?

— Quand je suis avec toi ? Oui. J'y pense la plupart du temps, répondit-il.

Jason n'avait aucune intention de nier son intention de la mettre dans son lit. N'importe quel lit. Il lui suffisait de la regarder pour avoir une érection dure comme de la pierre.

Quel imbécile il avait été de s'imaginer pouvoir coucher avec elle et passer à autre chose. L'effet fut en réalité inverse. Plus le temps passait, plus ils se rapprochaient l'un de l'autre, et plus l'attirance grandissait.

Il lui restait encore un peu de travail à New York, mais il espérait pouvoir emménager avec elle à Amesport d'ici la fin de l'année. Ils se rendraient certainement à Aspen de temps en temps pour skier, et Jason serait parfois contraint de se déplacer à New York, mais leur chez eux serait à Amesport, un lieu de vie que Hope appréciait. Pas une seule fois Hope ne s'était plainte de leur séjour forcé à New York. Elle était du genre à trouver du positif dans toutes les situations et elle en avait profité pour visiter la ville et prendre autant de photos que possible. Jason ne doutait pas qu'elle serait bien plus heureuse à Amesport, tout comme lui. Il était heureux de se rapprocher de Grady et Emily.

— Penses-tu que Grady se soit suffisamment calmé pour que je pointe le bout de mon nez dans le Maine ? demanda-t-il.

— Oui, il n'y a aucune rancœur. Tu lui as parlé. Il a hâte que nous allions vivre là-bas, répondit-elle en écartant ses cheveux de son visage.

Au grand soulagement de Jason, les frères de Hope avaient passé l'éponge sur ce qu'il avait fait. Probablement parce qu'ils parlaient régulièrement à leur sœur et qu'ils la savaient heureuse.

— J'en suis heureux, avoua-t-il. Grady et moi sommes amis depuis longtemps.

— Et vous l'êtes toujours, insista-t-elle d'un ton catégorique avant de glisser ses doigts dans ses cheveux pour lui offrir un baiser torride.

Jason grogna. Il voulait vraiment lui montrer ces cabines.

— Viens en bas, dit-il de manière persuasive une fois leurs bouches séparées.

— Mais c'est magnifique ici, protesta-t-elle en lui lançant un sourire de connivence.

— Ce sera tout aussi magnifique en bas.

— L'équipage ne trouvera pas cela étrange de nous voir disparaître si vite ?

— Ils travaillent pour moi, répondit-il avec fierté.

— Je dois dire que je pourrais bien faire une sieste. Quelqu'un m'a tenue éveillée hier soir, dit-elle d'un ton badin.

Jason la souleva dans ses bras et se dirigea vers l'escalier menant aux cabines.

— Chérie, je pense que tu serais toujours fatiguée après une sieste.

— Alors peut-être que nous devrions rester ici, sur le pont, surenchérit-elle en enroulant ses bras autour de son cou.

— Certainement pas, rétorqua-t-il.

Hope était tellement belle, il était hors de question qu'il la laisse faire une sieste dans l'immédiat. Peut-être plus tard. Bien plus tard.

— Je t'aime, murmura-t-elle contre son oreille.

En l'entendant dire cela, Jason se déplaça un peu plus vite et laissa Hope ouvrir la porte de la cabine. . .

— Alors, qu'est-ce que tu en penses ? demanda-t-il nerveusement.

— C'est magnifique, répondit-elle. Je n'arrive pas à croire que tu n'as jamais couché avec une femme sur ce yacht. Ça fait des années que tu en es le propriétaire.

— J'en étais incapable. J'ai passé tout ce temps à attendre ce moment.

— C'est un vrai yacht de chasteté, hein ?

Si tu ne comptes pas le nombre de fois où je me suis occupé de moi-même en pensant à toi, alors ce lieu est totalement pur.

— Alors faisons de tes fantasmes une réalité, lui dit-elle avec calme et sérieux.

— C'est déjà fait.

Jason l'embrassa, puis Hope s'affaira à donner vie à chacun de ses fantasmes, faisant de la réalité une bien meilleure expérience que son imagination.

Il avait attendu Hope toute sa vie et chaque moment passé en sa compagnie était unique.

Jason en vint à la conclusion que, parfois, certains miracles valent la peine d'attendre.

~ *Fin* ~

J'espère que vous avez apprécié l'histoire de Jason.
Ne manquez pas l'aventure de Tate, bientôt disponible !

À propos de l'auteur

J.S «Jan» Scott est une écrivaine à succès de romans torrides dans le domaine de la littérature sentimentale. Aux États-Unis, elle figure sur les listes des auteurs à bestsellers établies par le New York Times, le Wall Street Journal et USA Today. Elle est elle-même une grande lectrice de tous types d'ouvrages et de littérature variée. J.S écrit dans le genre de la romance contemporaine ainsi que de la romance paranormale. Ses histoires se caractérisent par la présence quasi systématique d'un mâle dominant et par une fin toujours heureuse, parce qu'elle refuse d'écrire ses livres autrement ! Elle vit dans la magnifique région des montagnes Rocheuses américaines aux côtés de son mari et de deux bergers allemands un peu trop gâtés.

Retrouvez-moi sur http://www.authorjsscott.com
ou http://www.facebook.com/authorjsscott
Vous pouvez également m'écrire à l'adresse suivante
jsscott_author@hotmail.com

Ou bien sur mon Tweeter @AuthorJSScott

Du même auteur

L'obsession du milliardaire :

L'obsession du milliardaire ~ Simon: L'obsession du milliardaire, tome 1

Le cœur du milliardaire ~ Sam: L'obsession du milliardaire, tome 2

Le salut du milliardaire ~ Max: L'obsession du milliardaire, tome 3

Le jeu du milliardaire ~ Kade (L'obsession du milliardaire, tome 4)

L'éveil du milliardaire ~ Travis (l'obsession du milliardaire, tome 5)

Les Sinclair :

Un milliardaire pas comme les autres (Les Sinclair t. 1)

Le milliardaire défendu (Les Sinclair t. 2)

La Caresse du milliardaire (Les Sinclair t. 3)

L'Appel du milliardaire (Les Sinclair t. 4)